夫婿找上門 2

風 文創 443

微雨燕 著

目錄

第十三章

待到月上中天的時候，一個黑漆漆的身影突然出現在村口，躡手躡腳地往村裡走去。

等走到正中央一間大瓦房門口，他才停下。往四周觀察一遍，確定沒有人發現自己的行蹤，他趕緊拐個彎，加快腳步往前跑了起來。

跑到房門口，他抬手就拍門，壓低了嗓音叫道：「娘，開門！快開門！」

房門立刻吱呀一聲開了，鍾老太太端著油燈走出來。昏暗的燈光下一張臉上老淚縱橫。

「我的兒，你可算是回來了！」

「噓！別說話，妳想害死我是不是？」鍾剛沒好氣地喝止她，順便一口吹熄了油燈。

鍾老太太連連點頭。「對對對，你說得對，是我想岔了。好孩子，趕緊進來，娘給你準備了好多吃的。」

「那還不趕緊進去？」鍾剛連忙把她一推，就大步踏了進去。

藉著稀薄的月色，堂屋桌上擺著五、六個盤子，裡頭堆滿了各色吃食。如果村子裡有人看到，那麼一定會發現，這些盤子裡裝的都是昨天秀娘家請客的食物，而且都是好料！

鍾剛也不遲疑，逕自坐下來，拿起筷子就吃。

鍾老太太一臉心疼地看著兒子狼吞虎嚥的模樣，拉起袖管擦擦眼角。「可憐我的剛兒，這幾天受苦了。瞧瞧你的臉，都瘦成什麼樣了！」

鍾剛一口氣解決兩個盤子，才抬起頭打個大大的嗝。「怎麼沒水？妳想噎死我嗎？」

「啊，有的有的！你等等，我這就去給你舀水！」鍾老太太如夢初醒，趕緊踮著小腳跑出去舀水。

就在這個時候，只聽周圍突然出現了一連串急促的腳步聲。而後，一枝火把被點燃了，又一枝火把點燃了，然後是第三枝……最後，一共燃起六枝火把，將鍾家略有些破舊的大瓦房給照得亮如白晝。

鍾老太太心裡咯噔一下，手裡的瓢也掉回缸裡。她瞪大眼，看到在六枝火把的帶領下，十多個人從四面八方把他們房子前頭堵得死死的。

走在最前頭的，不就是上次過來活捉過溪哥的衙役嗎？

而現在，這個人凶相畢露，惡聲惡氣地看著她。「鍾剛在哪裡？趕緊讓他出來！」

「我……我的兒子不在屋子裡頭，他不在！」鍾老太太失聲低呼。叫完了，她又回頭對著裡頭大喊。「剛兒快跑，官府有人來捉你了！你快跑啊！」

屋子裡立刻傳來一陣劇烈的響動，繼而鍾家後院也動盪起來。

不過這樣的吵鬧持續不到半盞茶的工夫，不一會兒，就看到幾個衙役打扮的人拎著一身髒污的鍾剛從屋子裡頭走出來。

「頭兒，案犯鍾剛，已被捉拿歸案！」

「好！」領頭的衙役大叫一聲好，立即一改方才的凶惡，回頭對鍾老太太笑咪咪地道。

「鍾劉氏，這次捉拿案犯鍾剛，多虧妳及時告知消息，那二十兩銀子妳收好，這是官府獎勵妳的，作為妳的養老銀子。」

聽到這話，鍾剛的雙眼裡冒出兩道利芒，跟剔骨尖刀似的直往鍾老太太心口上扎進去。

「妳賣了我？為了二十兩銀子，妳就把我給賣了？」

「沒有！我沒有！」鍾老太太嚇得臉都白了，腦子裡也一片空白，只能不停搖頭擺手。

一旁捕頭冷笑起來。「要不是你親娘說你在外頭窮困潦倒，又沒別的親戚可以依靠，肯定會來找她，我們怎麼會想到用這個方法把你捉拿歸案？你娘還說了，上次拿了張大戶的十兩銀子，你自己兩、三天就花光了，一文錢都沒留給她。就知道自己花天酒地，卻連親娘都不記得，你這樣的兒子養了還不如不養！這些年她攢的那些棺材本也早被你給掏空了，她實在供不起你這個敗家子。也是沒辦法，才會想乾脆把你交給官府算了，好歹還能拿到二十兩銀子，至少她省著點用，一個人下半輩子就有了。」

話一出口，鍾剛的臉色就不只難看了。如果可以變身的話，相信他一定會變成一條惡犬，直接撲上去把自己親娘給活活咬死。

那惡狠狠的目光看得鍾老太太心裡都一陣後怕，可是這個被捉住的人怎麼說也是自己的親生兒子啊！自己疼了這麼多年，一手拉拔大的兒子。不管他怎麼說怎麼做，自己總是心疼的。

很快她就流下眼淚，撲通一聲跪在地上。「官爺您這說的什麼話？我怎麼可能為了錢，去賣我的親生兒子？您一定是弄錯了，我從來沒收過你們的錢！」

「字據寫了，銀子也收了，事到臨頭妳竟然還這麼說？」捕頭白她一眼，又狀似安慰地道。「這小子都已經被我們捉住了，妳還有什麼可怕的？放心好了，等把人押解上京，官府至少也得判個流放。要是不碰上大赦天下，他這輩子就都會交代在那裡，回不來的，您老就放心吧！」

聽到捕頭這麼說，鍾老太太的眼淚就流得更凶了。「我真的沒幹過這事啊！官爺您肯定是弄錯了！」

鍾剛一聽說自己會被流放，也嚇得腿都軟了。這些年他經常往鎮上跑，也進過幾次茶樓酒館，聽說書的說過不少故事，其中就不乏犯了大錯，被殺頭抄家、千里流放的罪犯。聽說，流放的路上就不太平，還缺吃少穿的。那流放的地方更是到處都是蛇鼠蟲蟻，瘴氣密布，到了那裡的人十個裡頭至少有七、八個都會被活活折磨死。自己又沒有做大官的親戚來為自己翻身告御狀，到頭來肯定就是一個死字。

他不要死啊！他還連媳婦都沒娶上呢！

求生的慾望和自家親娘出賣自己的恨意交織在一起，他看著鍾老太太的眼神就更森冷得可怕。

「沒有？沒有，別人會一口咬定是妳？沒有，他們會知道我是今天這個時候回來？一切分明就是妳和他們早商量好的啊！娘啊，妳可是我的親娘啊！我真沒想到，為了區區二十兩銀子，妳就把我給賣了，妳可真是心狠手辣。」

「我真的沒有啊！」鍾老太太哭都沒力氣了，軟軟地趴在地上，她雙手拉扯著捕頭的衣襬。「官爺，您是抓錯人了吧？您就是抓錯人了！我的孩子從小就乖巧又聽話，他連螞蟻都沒踩死過一隻，怎麼會犯錯？一切都是別人誣賴他的。」

「可是他的罪狀不都是妳自己跟我們說的嗎？」捕頭翻個白眼，不耐煩地從袖子裡掏出一張紙遞過去。「妳自己看，這上頭還有妳自己按的手印，這個可不是作假！」

熟悉的紙條出現在眼前，鍾老太太立刻就傻了。雖然紙張已經被摺疊得顯舊了些，但她還是一眼就認出，這是今天一早她在秀娘家裡按了手印後，換來二十兩銀子的紙條。

她心裡頓時一喜。「官爺你們看錯了！這是我和村西頭那小娼婦……秀娘斷絕關係的文書，不是你們說的那個！」

「上個月你們不就已經斷絕關係了嗎？我可沒聽說過這關係還能斷絕兩次的。」捕頭冷笑。

鍾老太太一愣。「上次……上次那個不作數，這個才是有用的。」

「哈，送到官府裡備案的不作數，妳自己私底下按了手印的有用？我可是第一次聽說這種事！」捕頭立刻就笑了。其他人也跟著哈哈大笑。

鍾老太太也傻了，顫抖著手，指指捕頭手裡的紙條。「這個……難道沒用？」

「這個當然有用，但不是妳說的那個用途。」捕頭笑道，隨手交給身後一個面皮白淨的小捕快。「你來唸給他們聽聽，上頭到底寫著什麼！」

「好嘞！」那人接過大聲唸道。「我鍾劉氏，今日向官府揭發惡徒鍾剛之行蹤，協助官府將此罪惡滔天之徒捉拿歸案。一旦將人捉住，官府便給我二十兩銀子作為養老之資。為表誠信，二十兩銀子先交予我手，一旦事成，官府不得再追回。立字人，鍾劉氏。」

「不！」鍾老太太整個人立時就軟了下去。「怎麼會這樣？怎麼會這樣？我明明按的是……對了！是那個小娼婦，一定是她！」

她猛地站起來，大聲罵著就要往秀娘家的茅屋那邊跑過去，但捕頭一把就將她給拉了回來。「鍾劉氏，妳今日誘捕惡賊鍾剛有功，這二十兩銀子妳理當收下。只是現在已經很晚了，妳就別到處炫耀了，明天一早再滿村子叫囂不遲。」

說完，便對按著鍾剛的衙役一招手。「趕緊把人綁了，咱們回縣裡去覆命。」

「是！」兩個衙役旋即掏出一捆繩子來，當著鍾老太太的面把鍾剛給捆個結結實實。

鍾老太太一看，立時就把秀娘一家子給拋到九霄雲外。

「你們別捆我兒子，我兒子是無辜的，他真的是無辜的啊！」一面叫著，她一面手忙腳亂地想替鍾剛把繩子解開。

可是年邁的她哪是兩個年輕力壯衙役的對手？折騰不過他們，她只得折返回來，掏出兩錠銀子奉上去。「官老爺，這銀子我不要了，您放了我兒子吧！他真的沒有犯事啊！」

「哎，鍾劉氏，妳到底是想幹什麼？」捕頭不解地看著她。「一開始跑到衙門裡說要誘捕這個惡徒的人是妳，現在說不要錢要兒子的也是妳，妳到底是怎麼想的？」

「我……」

鍾老太太剛想說自己要兒子不要錢，但捕頭立刻又道：「再說了，妳在官府裡說的話，還按了手印的，難道還想反悔？區區二十兩銀子，就想買回一個窮凶極惡的匪徒性命，妳真當官府是妳家開的？妳信不信，光妳現在這幾句話，我就能以藐視官府、妨礙官差辦案之罪把妳一起給抓進大牢裡去。」

鍾老太太被這麼一吼，立時就慫了。

捕頭見狀，又放緩了語氣。「鍾劉氏，妳的心思我們也理解。這畢竟是妳的親生兒子，妳雖然恨他恨得牙癢癢，但親眼看到他受苦還是覺得有些於心不忍。不過沒事，妳閉上眼不就什麼都看不到了嗎？一會兒我們把人領走了，以後他都不會再出現在妳跟前，妳回頭就把他給忘了吧！這二十兩銀子，妳下半輩子就算不種地，省著點花，一個人也夠了，這可比養著這麼一個兒子靠譜多了不是？」

鍾老太太張張嘴，看看那邊已經快把自己給生吞下去的兒子，再看看一群人高馬大的衙役，徹底失聲。

捕頭便點點頭。「這才是嘛，這年頭，銀子比兒子管用，這些錢您老可要收好了，千萬別又被某些心術不正的人給騙走了。」

說著，就一揮手，直接牽上綁著鍾剛雙手的繩子往前一拽，一行人趁著夜色走了。

鍾老太太癱坐在地上，眼睜睜看著兒子被人捉走，手裡的兩錠銀元寶也握不住，咕咚咕咚往外頭滾了出去。

「剛兒，我的剛兒，我的兒啊……」艱難地對著大隊人馬離去的方向伸出手，她喃喃叫著，忽地眼睛一翻，活活氣暈了過去。

秀娘家茅屋那邊。

刻意放輕的腳步聲從家門口經過，躺在大床最外頭的溪哥倏地睜開眼，只是身形未動。

秀娘似乎也被外頭的聲音給驚動了，她皺皺眉，不安地翻了個身，身上的被子也掉了下來。

溪哥連忙伸手想替她蓋上，不想秀娘突然睜開了眼。

溪哥動作一頓。秀娘眨眨眼，自己拉上被子。「事情辦完了？」

「辦完了。」溪哥點點頭。

「好。」秀娘輕吁口氣，又對他微微一笑。「這下，可算是鬆了一大口氣。」

溪哥頷首。「是。」

秀娘便伸手在他後背上拍了拍。「好了，睡吧！」

嗯？溪哥挑眉，卻見秀娘已經閉上眼，側身面對著他睡下了。

於是，他收回手，心情不大爽利地閉上眼。

這麼大的事情，第二天一早就傳遍了月牙村，也順便傳到有心人耳朵裡。

「然後呢？那鍾老太太第二天一早沒去找他們麻煩？」津津有味地聽人將事情前前後後仔細說完，吳大公子咂著嘴，忍不住問道。

「去了呀！怎麼可能沒去！」

「然後？」

「她一早氣勢洶洶地找上門去，李秀娘就笑咪咪地看著她說：『哎呀，原來是大義滅親的鍾家孀子來了。來來來，您坐，我給您倒碗水。昨晚真是苦了您，親手將自己唯一的兒子送進牢裡，您心裡一定很難受吧？但您終究是做到了！這一點真是讓我佩服得不行，換了我肯定做不到，那畢竟是我十月懷胎生出來的，我身上掉下來的肉啊！以後我得多向您學習，也讓村裡的女人都向您學習才是。』」

「哈哈哈！」吳大公子放聲大笑。「她這根本就是往人傷口上撒鹽啊，這一手可真狠！鍾老太太肯定被氣瘋了吧？」

「沒錯。而且不僅如此，她話說完，就真的大聲把隔壁的人都給叫出來，把昨天晚上的事情說了，又將鍾老太太好一頓誇，人都快捧到天上去了。不住地誇她大義滅親，有俠義風範，男人都比不上，以後就是月牙村的女英雄，鍾老太太氣得直指著她，卻半個字都說不出來了。」

「哎喲喂！」吳大公子笑得肚子都疼了。「這女人真狠，真是太狠了！然後呢？鍾老太太沒撲上去要廝打她？」

「她倒是想，可是有李溪在，她根本就碰不到李秀娘半根頭髮。鍾老太太還想撒潑打滾，誣賴他們打人，沒想到李溪就直接把她給提起來，吊了好一會兒，她立刻嚇得半死，連掙扎都不敢了。」

李溪？哦，想起來了，是溪哥入贅秀娘家後取的名字。想到這裡，吳大公子心裡又開始酸溜溜的不是滋味。

石頭一看，就知道他又開始想那個已經嫁人的小寡婦了。又無奈地在心裡長長嘆了口氣，接著道：「說不過他們，打更打不過，鍾老太太敗得落花流水，蔫頭耷腦地回去了，可是走到半路就暈了過去。」

「裝的？」一聽居然還有戲！吳大公子立刻又精神抖擻。

「不，是真被氣暈了。村裡郎中看了半天，說是小中風，現在口歪眼斜的，話都說不出來。郎中還說，如今只能好生養著，再也不能受任何刺激，不然可就大事不好了。」

「哈哈哈，報應！活該！」吳大公子高興地放聲大笑，末了又忍不住問：「然後他們又做了什麼？」

「他們自然是對此表示惋惜，李秀娘當眾表示一定不會放任老人家不管。看在她養了自己十多年的分上，她以後也會給鍾老太太一口飯吃。李溪也點頭了。村裡人因此對他們夫婦大為讚揚，都說他們是善心人，一點都不記仇。」

「我的天。」吳大公子瞠目結舌。「坑了人，報了仇，結果到頭來自己還成了好人，這兩口子……不，李秀娘，這個女人實在是太厲害了！這手段陰損，不出手則已，一出手就直接置人於死地，幸虧我從沒得罪過她。」

說著，他又哀傷地長嘆口氣。「你說，這麼好的女人怎麼就沒成你家公子的夫人呢？要是娶了她，我現在的日子該多滋潤！」

石頭嘴角直抽。「公子你不是說她手段陰損嗎，怎麼轉頭又開始誇她是好女人了？」

「這陰損是對別人陰損，她把自家人是保護得好好的。這樣的女人就是典型的護短，誰要是被她認作自己人，就會被她納入羽翼之下，一輩子都受她呵護。多好！」

石頭頓時覺得整個人都不好了。「公子，你還需要被一個女人保護嗎？」

「當然需要！」吳大公子一本正經地點頭。「你家公子我也是個活生生的人，我也會覺得累啊！但如果身邊有個這樣的賢內助，我肩上的擔子至少輕了一半。如果哪天被哪個不長眼的人欺負了，我也不用自己咬牙硬扛著，直接回家對她哭一把，她就能出面為我討回公道，多好？這樣的日子，想想就覺得分外美妙啊！」

他自是將畫面描繪得十分美好，石頭卻快被他氣得吐血三升。忍無可忍，他冷冷戳破他的幻想。「公子你就死了這條心吧，人家才剛改嫁，那個男人也不是個好惹的，那天那些事情，你也看到了。」

吳大公子滿臉的憧憬嚮往立刻裂成一片片，他陰下臉，惡狠狠瞪了眼這個和自己從小一起長大的貼身小廝。「本公子發現，這些年本公子似乎對你太過縱容，讓你都開始蹬鼻子上臉，不把本公子當回事了！」

「小的錯了，請公子責罰。」石頭立即躬身，畢恭畢敬地認錯。

吳大公子又被氣得一噎，咬牙切齒地道：「滾！給老子滾得遠遠的，本公子現在不想看到你。」

「是，小的這就走。」石頭從善如流，轉身飛也似的走了。

吳大公子氣得牙癢癢，卻也無可奈何，只能恨恨地捶一記茶几。「可惡！一個個的就知道欺負我，都當我是好欺負的是不是？是不是？」

這邊吳大公子又喜又怒，心情變幻莫測，讓人無法捉摸。那邊秀娘卻已經和溪哥領著兩個孩子一起入了深山。

特製的巨大竹簍揹在溪哥身上，裡頭已經裝有半簍各色野菜。秀娘領著孩子們在前頭探路，每當看到認識的植物，靈兒和毓兒就搶著將這類植株的名字和特性大聲說出來。如果說對了，秀娘就含笑誇獎他們一句，說錯了就柔聲糾正，並分別為兩個孩子計數。

因為有了攀比，他們就越發活躍起來，拚命到處尋找熟悉的野草。一路上有他們兩個嘰嘰喳喳的，半點都不覺得孤寂。不知不覺，一家人到了半山腰一處小瀑布處，兩個孩子就又亢奮起來。

「爹、娘，看，有魚！」毓兒最先大叫。這個地方，以前他可沒少和溪哥一起過來捉過魚。

秀娘對這個地方也有印象。這瀑布看似不大，但是水流的衝力卻不小，經過多年的沖刷，下頭已然形成一個足足有一丈多深的水潭。上游溪水裡順流而下的小魚大半都停留在這裡休養生息。

這裡也的確是個休養生息的好地方，潭水深且不說，因為有瀑布的保護，尋常人根本不敢跳下去抓魚。天長日久，這水潭裡的魚越長越大，又因為是在清甜的溪水裡長大，這些魚的肉質細嫩鮮美，都不用什麼調料，隨便烤烤都好吃得很。

以前李大曾在水潭裡捉過兩條，送了他們家一條，但後來李大媳婦知道後，披頭散髮地坐在家門口指桑罵槐地罵了半天，還是秀娘送去一籃子小菜後才偃旗息鼓。直到溪哥出現之前，他們都沒有再嚐到這水潭裡的美味。

今天既然來到這裡，兩個孩子自然眼睛就盯上了在水裡悠遊游動的魚兒。

溪哥見狀，便將背簍取下來交給秀娘，自己脫了上衣，縱身往下一躍，不一會兒就扔上來好幾條小臂長、黑背白肚的魚來。

靈兒、毓兒高興得直拍手。「爹好厲害、爹最厲害了！比村子裡其他人的爹都厲害！」

秀娘的雙眼卻死死盯著在水潭裡的溪哥。眼看扔上岸的魚有七、八條了，她連忙大叫：「這些夠咱們吃好幾天了，可以了，你快上來！」

溪哥似是聽到她的話，立刻就從水面上浮出頭來，對她點點頭。「好。」

但馬上卻又一個猛紮，又捉上來四、五條魚才爬上岸來。

秀娘見狀又氣又無力，趕緊將衣服給他扔過去。「趕緊穿上，當心著涼。」

其實，以前他一個人的時候沒少往這水裡跳。捉完魚，就這麼濕漉漉地回去，也沒怎麼樣。不過，看著秀娘眼中的關心，溪哥還是默默將這話嚥回肚裡去，乖乖穿上衣服。

秀娘這才安下心，從旁折下一根樹枝將魚給串起來。

剛串好，就聽那邊女兒驚叫一聲。「弟弟快來看，這裡有一叢木耳，不過不是黑色的，白白的好漂亮！」

秀娘一聽，心中不由一動，連忙趕過去一看，頓時眼底便浮現一抹喜色。

「這東西不叫木耳，它叫銀耳。」她柔聲對兩個孩子道。

孩子們回過頭來，不解地看著她。「這兩種有什麼不同嗎？」

「這區別可大了，光是價錢上，這個就比木耳貴了十倍不止。」秀娘笑道。

「真的？」兩個小娃娃立刻雙眼放光。「那娘，咱們趕緊把它摘回去賣了呀！」

秀娘卻搖頭。「暫時還不行。」

「為什麼呀？」

「因為，它還沒有長成。而且，一朵終究還是太少了點。」

「那，咱們自己種呀！就和種野菜一樣！」

這倒是個好主意！但是……

秀娘眉心一蹙，回頭看著溪哥。「咱們回去吧，我有件事想和你商量商量。」

「好。」對她的決定，溪哥一向是服從的，這次也不例外。

他迅速揹上背簍，一家人下山回到茅屋裡，秀娘便打發兩個小娃娃去舀水把魚養起來，自己則和溪哥關起門來說話。

「你以前山上住的屋子，現在還能用嗎？」

「能。」

「其他東西呢？」

「也能。」

「那好，我們搬回山上去住吧！」

溪哥眉梢一挑。「怎麼突然這麼想？」

「不，其實我這些天都在考慮這件事。」秀娘道。「咱們現在的屋子你也看到了，就只有這麼大一點地方，想擴建都沒法子。靈兒、毓兒眼看越來越大了，他們也很快要有各自的房間才行。還有，既然和吳大公子簽訂了契約要給他們供菜，咱們外頭這半畝菜園子就不夠用了，而且咱們這樣整天往山裡去找菜、早出晚歸的太累了，還不如就住在山裡。另外，想必你也看到了，這些野菜在山裡都長得很好，但被我從那裡移出來，卻要花好大的力氣再慢慢培育。既然如此，咱們何不直接在山裡開闢一個菜園子，就用山裡的土來種菜？」

「最後……」她頓一頓，才低聲道。「你不喜歡和村裡那些人打交道，我也不喜歡。」

她都已經一條一條把原因說得這麼清楚了，他還有反駁的理由嗎？更何況，她的最後一句話的確是戳到他的心坎上。

自他下山後，他就覺得村裡人看他的眼神怪怪的。還不停有人找他說話，旁敲側擊讓他幫忙給打張床什麼的，須知他最不耐煩和人應酬了，所以，如果能逃離這些人的包圍，他是求之不得！

因此，當秀娘問：「可以嗎？」

溪哥當即點頭。「都聽妳的。」

秀娘便笑開了，雙手攀上他的肩，她站起身在他額頭上淺淺啄吻一口。「你真好！」

溪哥心中一陣激盪，覺得渾身上下都躁熱起來。一時間，他都有種想法，想把秀娘給按倒在地上。但他終究沒有這麼做，而是靜靜地看著秀娘歡快地轉身出去和孩子們說話。而後，他的唇角微微上勾，卻不知是高興還是苦悶，抑或是兼而有之吧！

既然都已經商量好了，夫妻倆就開始採取行動。這個主勞力自然又是溪哥。

原本半山腰上的那間屋子就是溪哥一手搭起來的，所有材料都取自山上，雖然只用了幾根樹枝和著泥巴，卻是格外結實。屋頂是用茅草和枯樹葉蓋上的，密密實實的，不透風也不漏雨，半點都不輸瓦片。

以這間不大的屋子作為延伸點，溪哥很快又在旁邊搭起一間堂屋、一間臥室、兩間小臥室，順手還在屋子後頭搭了一間廚房。這麼龐大的工程，於他卻花費不足一個月的時間就完成了。

等屋子裡的泥都烤乾，他們一家四口便著手將山下屋子裡的東西都給搬上來。

這一次，沒了鍾老太太這些人的阻攔。里胥雖然對秀娘兩口子選擇離群索居的決定極不贊成，但他也知道，自己的反對對這個乾妹子的決定沒有任何影響，也只能帶著人去幫他們搬一回家，又在山上前前後後地看了一圈，確定這個地方比秀娘以前住的茅屋更好，才放下心來。

只是在下山之前，他還是悄悄把秀娘拉到一邊，苦口婆心地勸道：「妹子，妳的心思大哥不大明白，但我知道妳這麼做一定有妳自己的理由。只是妳也別太傻了，什麼都對那個男人掏心掏肺，當心被他騙了！要是住在這裡有什麼不對，或者他偷偷欺負你們，妳可千萬不要忍著，趕緊下山去找我，記住了嗎？」

「嗯，記住了，謝謝大哥。」秀娘柔順地點頭。

可里胥還是不大放心，還想再說，秀娘連忙打斷他。「對了，大哥，我還有幾件事情想和你商量，不過今天沒時間了，那就明天吧！最晚也就後天，我去找你和嫂子說話。要是談得成的話，以後咱們要來往的機會還多著呢！」

這麼說，也就是自己以後能時常見到她。那麼她過得好不好，自己隨時都能知道。里胥明白她的意思，終於把一肚子的話都給嚥回去。「那就好，我回山下等妳。」

「嗯。」秀娘連忙點頭，送他下山。

搬入新家，秀娘照例在門口放了一串鞭炮，算是慶祝喬遷之喜。

兩個小娃娃搬到寬敞的新家裡，也都高興得不行。尤其看到為他們準備的小房間裡早佈置妥當，兩張精緻的小床上鋪著厚厚的床褥，被芯上還繡著他們屬相的小動物，一個個都激動得尖叫，堅持晚上要在自己的新房間裡睡。

經過一個多月的親密接觸，兩個小傢伙已經確定溪哥這個遲來的爹不會離開，也不知不覺放下心來，便開始追逐屬於自己的空間，順便展示自己已經長大了。

這開始自己一個人睡覺，就是小孩子展現自己獨立性最有效的方法之一。

秀娘早料到他們會這樣，也沒有攔著，只淡聲道：「說話算話。一個人睡是你們自己要求的，今晚不管發生什麼事，你們都要一個人撐下去，不許三更半夜、哭哭啼啼地跑過來要和爹娘一起睡，知不知道？」

「知道。」兩個小傢伙信心滿滿地點頭。

毓兒更是揮舞著小拳頭道：「娘，妳別小瞧人，我是男子漢，我才不會哭！」

「那好啊，我們拭目以待！」秀娘笑道。

兩個小傢伙繼續點頭如搗蒜。

既然他們都這麼決定了，秀娘自然成全他們。吃了晚飯，兩個自認為已經長大的小傢伙就抱著自己的小衣裳各自回到自己的房間，關上門，放肆地享受自己的個人世界去了。

留下秀娘和溪哥兩個人在偌大的房間裡，乍然沒有兩個小傢伙插足，突然覺得空蕩蕩的，竟然還有些不習慣了。

秀娘看著溪哥愣愣的模樣，不由一笑。「很晚了，還不趕緊打水洗澡睡覺？」

「喔。」溪哥立刻站起來，出去端了一盆溫水進來放在秀娘跟前。「妳先洗，我出去。」說完就轉身走了。

「喂！」秀娘伸出手去，但還是沒能把人給留下。

「這個呆子。」忍無可忍，她低聲斥罵。

溪哥在外頭晃悠一圈，乾脆就跳進水潭裡去洗了個澡。等他回來的時候，秀娘已經洗漱完畢，躺進厚實的被窩裡。

山上的氣溫要比村子裡低一些，尤其到了晚上，那差別就更明顯，所以秀娘乾脆就將厚被子給搬出來，現在這樣蓋著正好。只是，這樣的厚度對溪哥如此皮糙肉厚、身體好的男人來說就有些過了。

他躡手躡腳地躺進去，才不多大一會兒，就覺得渾身冒汗，熱得不行！

突然他開始懷念起有兩個孩子躺在身邊的時候了。兩個小傢伙睡覺都不怎麼老實，尤其是毓兒，半夜經常亂翻身，一不小心就把被子給掀了，倒是正好幫他散散熱。可是現在，孩子們不在，這被子還厚了一層，自己晚上該怎麼辦？

他心裡苦惱著，不想那邊原本背對著他的秀娘突然翻個身，轉過來面對著他，柔荑更是大膽地搭在他身上。
溪哥又不由自主地僵硬了。咬牙堅持著這個姿勢半天，卻覺得越來越熱，他身上都快冒火了，這樣可不行！
這樣想著，他就悄悄往後退去，妄圖逃脫秀娘胳膊的控制範圍，順便，也讓自己散散熱。但馬上他就聽到兩聲清脆的笑聲傳入耳中。
溪哥抬起眼，就對上了秀娘閃爍著笑意的雙眼。
「李溪，你到底是不是個男人呀？和自己媳婦躺在一起，不僅不靠過來，反而還越離越遠，有你這樣當人丈夫的嗎？」
「我……」溪哥無言以對。
秀娘便又往他這邊靠過來，雙手更是大膽地抓住他的胳膊。
溪哥緊張起來。「妳……不是說睡覺嗎？放手，很晚了，該睡覺了。」
瞧瞧他這猶如被調戲的小媳婦模樣，秀娘心情大好，笑吟吟地道：「相公，都已經成親這麼久了，你欠我的東西打算什麼時候還？」
「我欠妳？」溪哥一愣。
秀娘點頭。
「什麼？」
「洞房花燭夜啊！」秀娘笑道。
溪哥頓時覺得自己身上更熱到不行。

誰知秀娘還不依不饒地往他身邊湊，不僅雙臂纏上他的脖子，就連身體也貼了上來。

「都已經成親一、兩個月了，咱們卻還沒有半點肌膚之親，你難道不覺得也太可笑了點嗎？」

溪哥抿唇不語。

秀娘又道：「之前是因為有孩子在。但現在孩子們也有自己的地方，你覺不覺得，咱們該把之前欠缺的都補回來？」

溪哥依然不說話，只是精神高度緊張。整個人只要被戳一下，只怕都要跳起來。但秀娘就是明知山有虎，她就偏要往虎山行！

她對他柔柔一笑，主動仰起頭，用自己的唇貼上他的唇。

溪哥覺得彷彿有一股電流從自己體內竄起，一股陌生的感覺從心底生出來。而後，他猛地一個翻身，將秀娘按下，霸道反攻！

一夜天雷勾動地火。調戲那個男人過度的最終下場，就是秀娘被折騰了大半夜，不知道什麼時候才累到睡著的。

第十四章

第二天早上，當秀娘好不容易醒過來，就覺得全身上下都遍布著一股倦怠，甚至連眼皮都懶得抬一下。

現在才發現，以前自己多少次覺得累得要死，都不算累。現在，她才是真的不想活了！早知道那傢伙的反攻這麼凶猛，她才不會傻到去勾引他，真是……終日打雁，終於被雁啄了眼，她都快後悔死了。

懶洋洋地想著，眼看又要昏睡過去，一隻有力的臂膀卻將她從被窩裡拽出來。

「該吃飯了。」低沈的男人聲音，一如既往的熟悉，但秀娘還是隱約嗅出幾分不同來。聽這個聲音，裡頭似乎帶著一絲滿足的得意？

緩緩睜開眼，她果然從跟前男人眼中看到一絲難得的柔情。柔情……和他硬漢的外表多不相符的東西，讓他這個人都看起來怪怪的。

秀娘差點就笑出來了，但馬上一想到他會這樣的原因，她心又一沈，矯情地別開頭。

「我不餓。」

「昨天大半夜都沒歇著，怎麼可能不餓？」溪哥便道。

秀娘都快羞死了，這種話，他怎麼說得出口？

「還不是因為你！」她咬牙切齒地道。

溪哥連忙點頭。「是我的錯。」

這般誠懇地點頭，真誠的模樣簡直讓人欲哭無淚。

秀娘現在是打從心底感到無力。

溪哥見狀，趕緊將放在一旁的早飯端過來，親手送到她嘴邊。「我都做好了，妳吃點吧，吃完再睡。」

飯菜的香味鑽進鼻端裡，秀娘肚子裡的饞蟲被勾了出來，開始在裡頭撒潑打滾。雖然很想很有骨氣地拒絕他，但美食在前，她也不想虧待自己。所以，秀娘便板起臉。「我還沒洗漱。」

「好。」溪哥立刻點頭，出去打了一盆水來給她潔面，再遞上新摘的楊柳枝給她刷牙。

弄完了，溪哥再送上早飯，秀娘才冷著臉吃了一碗。

吃完了，溪哥又將她塞回床上，拉上被子給她蓋好。「睡吧！」

秀娘點點頭，但突然想起一件事。

「孩子們呢？」

都已經這麼晚了，怎麼還沒看到他們的身影？這不對啊，那兩個小傢伙活潑得很，一天到晚都嘰嘰喳喳的纏著他們不放。難怪她剛才一直覺得哪裡不對勁呢！

溪哥聽了，只是淡然道：「早上起來我就去看過了。他們晚上爬到一起睡去了，現在還沒起。」

哦。想來是兩個小傢伙興奮勁過了，一個人在屋子裡就開始覺得害怕。因為之前她的交代，他們不敢過來找她，就只能姊弟倆湊在一起，互相依偎著過了一夜。

山上的第一夜，聽到外頭各種各樣的聲音，他們倆肯定都被嚇得不輕吧？昨晚肯定淺眠了，稍微有點風吹草動就嚇得什麼似的。一直到天亮了才放下心沈沈睡去。

這樣的話，倒是讓她鬆了口氣。秀娘終於放下心，這才閉上眼又睡了過去。

這一覺直睡到下午，秀娘才算是勉強睡足了，拖著還泛疲的身子起來，她就聽到外頭一雙兒女正嘰嘰喳喳地和他們的爹說著話。

慢吞吞地走到門口，扶著門框往外看，就見溪哥正在替她前些天開墾出來的一小塊地紮籬笆。靈兒、毓兒勤快地將旁邊早修剪好的遮上去，一面輪流背詩給他聽。

溪哥認真地聽著，手上的動作不停。等兩個孩子唸得累了，他才開口：「這些都是你們娘教你們的？」

「嗯！」兩個孩子雙雙點頭。

靈兒獻寶似的道：「娘會好多詩詞，從我們會說話起她就開始教我們，她還教我們用樹枝在地上寫字。她說，這些都是外公教她的，她又教給我們了。」

毓兒也道：「而且，這山裡的東西娘也全都認識，她還帶我們都吃過一遍。那些村子裡人說有毒不能吃的，她也有辦法給弄得沒毒。有些真沒法弄，她也都讓我們嚐了一點，說是要讓我們記住這個味道……反正，娘就是好厲害，村子裡的人加起來都比不上她。」

「嗯嗯嗯，娘最厲害了。」靈兒也連連點著小腦袋。不過看看溪哥，她又連忙改口。

「爹也厲害，你和娘一樣厲害。」

「不，你們娘的確很厲害，比我厲害多了。」溪哥淡聲道。

兩個小娃娃聞言對視一眼，膽子大些的靈兒又悄悄蹭上前去。「爹，娘她到底怎麼啦？為什麼她到現在都還沒醒？以前她從不這樣的。」說著吐吐舌頭。「我還說今天起遲了要被娘罵呢，沒想到娘比我們起得還晚！」

「你娘她……」溪哥神色一動，似乎努力想了好一會兒才道：「她累了。」

「可是為什麼呀？以前娘從沒賴過床，她也不許我們賴床。娘說，賴床不是好習慣，賴床的孩子也不是好孩子。」毓兒一本正經地道。

溪哥一滯，說不出話了。

秀娘見狀，又差點破功。真是服了他，嘴笨成這樣的男人，這世上他也應該是頭一個吧？居然連個孩子都說不過，可真是……無可救藥了。

那邊兩個孩子還在追問，秀娘便沈下臉。「靈兒，毓兒。」

「娘！」兩個孩子立刻回頭，當看到秀娘的冷臉，他們趕緊閉嘴，乖乖並排站好。

秀娘慢慢上前。「你們今天的詩背了嗎？字寫了嗎？」

兩個孩子小臉慘白，你看看我、我看看你，小腦袋越垂越低。

「既然沒做，那還不趕緊去。」

「好！」一聽這話，兩個小傢伙就跟抓到救命稻草一般，趕緊就點著腦袋飛也似的跑開了。

三言兩語趕走兩個包打聽的小傢伙，秀娘才抬起眼來，就發現溪哥目不轉睛地看著她。

腦海裡不由自主地浮現出昨晚的一幕幕，秀娘臉上微微發燙，連忙低下頭。

溪哥見了，便主動開口。「妳醒了。」

秀娘點頭。「醒了。」

「還覺得累嗎？要是還累，就再回去躺著。」

秀娘疑惑地抬眼看他。

溪哥被看得莫名其妙。「妳看什麼？」

「突然發現，你今天怎麼話這麼多？」

其實以正常標準來算，溪哥還算是話少的了。但沒辦法，這架不住他以前惜字如金，平均一句話不超過三個字。而今天，讓她算算……他一句話裡至少有十個字了，這就不僅是量的突破，簡直就是質的飛越！

他終於邁入正常人的範疇了嗎？

聽她這麼說，溪哥也微微一愣。「妳覺得我太煩了嗎？」那雙幽深的眸子裡立即浮現一絲緊張。

我的天！

秀娘無力地扶額。這個人真有神一般的邏輯，難道她剛才表現得還不夠明顯嗎？

不過基於以往的經驗，她懶得和他廢話，直接道：「不，我覺得你現在這樣很好，以後繼續保持。」

溪哥眼中馬上又掠過一絲光亮。

「好。」點點頭，那瞬也不瞬地盯著秀娘的雙眼更顯幽暗，令人心跳加速。秀娘反而被看得各種不自在，連忙轉過身。「我先回屋，你忙吧！」

「嗯。」溪哥再點點頭，目送她的背影離開。

後背上那兩道火一樣灼熱的目光，一直到她進屋之後才算消失。秀娘連忙背貼著牆，好不容易才長吁口氣。

是因為昨晚的緣故嗎？他和她之間的感覺明顯親密起來，就連對孩子們也更有耐心了，這應該是好事吧？一家人不就該這樣嗎？

抿抿唇，她再度閉上眼。只是，這突來的變故還是讓她有些無法接受。她覺得自己還需要一點時間緩緩，好好理一理。

大好的白日時光被秀娘給睡去大半，接下來的一點時間更是過得飛快。很快天又黑下來，一家人吃完飯洗漱，兩個小傢伙很自覺地手拉著手一起去自己的房間相依為命了。臥房內又只剩下秀娘和溪哥兩個人。

簡單沐浴過後，秀娘就滾回床上，用被子將自己裹得緊緊的。溪哥隨後也躺上來，鑽進被子裡，這次不用她指導，就主動環上她的腰。這下，換秀娘僵硬了。

「不！」她驚懼地抓住他的手，唯恐他再往下一步。

溪哥果然停下動作。「怎麼了？」他問。

「我……我還是覺得累。」秀娘小聲道。

「嗯。」溪哥低聲應了，雙手卻更將她往懷裡按了按。「我不做別的，只是抱著妳睡覺。」

真的嗎？秀娘很想問。但她還是聰明地把話給嚥回肚子裡，既然他都已經這麼說了，那肯定會說話算話，自己的質問是對他的侮辱。

放心地閉上眼，她倚靠在他寬廣的胸膛上，感受著從他身上傳遞過來源源不斷的熱量，只覺比蓋上十斤重的棉被還要溫暖，一顆心也覺得格外踏實。

不知不覺，她又沈沈睡了過去。

聽到懷抱裡小女人的呼吸聲漸漸變得均勻，溪哥才睜開眼。盯著她沈靜的睡顏看了許久，他才幽幽嘆口氣，又將她摟緊了一分。

第二天一早，秀娘發現自己是在溪哥懷裡醒來的。

不過，和昨晚自己背對他的情況不同。現在的自己是和他面對著面，兩人互相緊緊擁抱在一起。

這姿勢也未免太過親密了點。

不過，她只是稍稍震驚了一下，很快就接受了現實。實際也是，不接受又能如何？都已經成了夫妻，該做的也都做了，夫妻感情好總比不好要來得好吧？先慢慢適應，等以後也就習慣了。

一如既往地起床洗漱，吃過早飯後，秀娘便道：「今天這裡的事情先別忙了，咱們下山一趟。」

「嗯。」溪哥點頭，牽著兩個孩子和她一道去了山下里胥家裡。

里胥昨天就在家裡等了他們一天，結果什麼都沒等到。今天從早上起來就眼巴巴地望著外頭，好不容易看到精神煥發的秀娘一家四口出現，他連忙鬆了口氣，趕緊將他們給迎進去。

大家坐下，里胥婆娘送上茶，就要拉著兒子出去。秀娘忙道：「嫂子不要走，這件事我也要聽聽妳的意見。還有棟哥兒，他也可以留下聽聽。孩子大了，家裡的事情他也該知道。」

里胥婆娘聽了，又見里胥點頭了，才喜孜孜地拉著兒子在里胥後頭坐下。

人都到齊了，秀娘也不拐彎抹角，直接道：「大哥，今天我們一起過來，是有一樁生意想和你們家一起做。」

哦？一聽是賺錢的營生，而且是兩家一起做，里胥就來了興趣。「什麼生意？」

「我和鎮上吳大公子的交易，想必大哥你已經知道了。」秀娘慢條斯理地道。「這門生意，說大也大，說不大也不大。不過，既然吳大公子一心想用這個推出系列精品菜來，咱們就可以往大了做。橫豎山裡那麼多好東西呢，咱們好好發掘發掘，一定能翻出來不少有用的。」

「妳是說，妳要用山裡那些野草伺候鎮上那些貴人？」里胥頓時臉都嚇白了。「妹子妳不是在和我說胡話吧？那些高官富戶平時都是大魚大肉的，人家誰吃得下咱們山上隨處可見的野菜？」

「這樣大哥你就想錯了。」秀娘笑著搖頭。「像人參、靈芝，這些東西不都是從山上挖來的嗎？有些野菜的用處可比大魚大肉還有用得多。」

「可是……」

里胥還想說，秀娘柔柔地打斷他。「其實這些大哥根本不用擔心。這門生意是吳大公子提出來的。既然他這麼和我簽了契約，連訂金都給了，就說明他是胸有成竹。這些年，你何曾見他做過虧本買賣？」

「這個倒是沒有。」里胥搖頭。

「那不就是了？」秀娘笑道。

里胥斂眉想了想，便道：「妳接著說。」

秀娘頷首。「這些日子我在山上轉悠了好些天，發現了不少寶貝。現在我們之所以搬上山去，也是為了能借用大山的優勢培植那些東西，只是……」

「只是什麼？」

「只是，這大山終歸是公共財產，我們一味地在裡頭種菜捉魚什麼的，短期內是沒事，但時間長了，村子裡肯定會有人心理不平衡。所以我就想乾脆我們就出點錢，買山上的一片地方，圈起來當作我們自己的，以後我們就專門在這片土地以內做事，不動其他人的地方，你覺得怎麼樣？」

里胥聽完她說的，眼神就變得凝重起來。「妳是不是在山上發現什麼好東西了？」

「也可以這麼說。」秀娘含笑點頭。

里胥立刻來了興趣。「什麼東西？」

「這個空口說起來無用，不如我們帶你們上山去看看。」秀娘道，便和溪哥一道領著他們去了半山腰的水潭處。

里胥第一時間就注意到水潭裡的野魚，再看看溪哥強健的身體，不停點頭。「這的確是個好主意！這裡頭的魚滋味比魚塘裡好太多，就是水太深了，又冷。村子裡水性最好的人都不敢下去，也就溪哥有這個魄力下去捉魚。」

「大哥，我要說的不是這個。」秀娘無奈地搖頭，指指旁邊一棵樹下的東西。

里胥一看，臉上卻浮現一抹疑惑。「這是什麼？」

「這個東西叫銀耳。富貴人家專門用來煮銀耳蓮子羹，是滋補身子的好東西，只是因為產量少，不好養，所以價錢不便宜。」秀娘道。

「銀耳蓮子羹？」里胥眼神一閃。「這東西我好像聽說過，但從沒見過，原來就是長這個模樣？」

「這個和成品當然長得不盡相似，但我可以肯定，這個東西就是銀耳。只要咱們大批養出來，那就不愁賺不到銀子。」

「妳知道這個怎麼養？」里胥不蠢，立即聽出了裡頭的玄機。

秀娘點頭。

里胥挑挑眉。「這個……」

「當然，我也不是逼著大哥現在就作決定。我今天只是來和你們說說這件事，咱們是一家人，所以有賺錢的營生我會知會你們一聲。你們要是有興趣，咱們就一起做；你們要是不願意，那也沒關係，我們自己做也行，反正這片山頭我們是已經拿定主意要買下來了。」

她其實是早就做好了兩手準備吧？

里胥看向溪哥。「你們真已經定下了？」

「她定下了，那就是定下了。」溪哥沈聲道。

言外之意，就是一切都聽秀娘的，秀娘說怎麼辦他就怎麼辦，絕無異議。

里胥婆娘聽得眼睛裡金光直冒。這麼好的男人，這麼體貼媳婦、聽媳婦話的，自己怎麼就沒遇到呢？看看自己跟前這個，他就像被狠狠打擊到了似的，好一會兒才咬咬牙，像是下定決心似的狠狠點頭。

「好！既然妹子妳不忘初心，知道帶大哥一把，大哥怎會讓妳失望？這事我們一起做，明天我就去鎮上，到衙門裡找湯師爺。我和他關係不錯，買下山上的一片地方，這純粹是給衙門送銀子的事，他不可能不答應。」

「那就辛苦大哥跑一趟了。不過大哥，你也知道，現在我們手頭沒有什麼錢，所以你可不可以和湯師爺商量一下，我們先交點訂金，其他的錢先欠著？等以後賺了錢，我們一定還，絕不拖欠。」

「沒問題！我不是說了嗎？就算咱們不買，這山上的東西也是給村裡人隨便挖的。現在咱們都給錢了，他還有什麼不同意的？」里胥拍著胸脯道。

「那就好。」秀娘點點頭。「不過大哥去和湯師爺說話的時候，就別提養銀耳這事了，直說我和吳大公子的契約，說我們想在山上種菜就行了。」

「妳放心，這個我知道。咱們都沒賺到銀子呢，要是被其他人知道，先咱們一步做了，那咱們連理都沒地說去。」里胥連連點頭。

秀娘點點頭，雙方順便把其他瑣事也一起商量一下，就各自回家了。

第二天下午，里胥就興沖沖地從鎮上回來。連自己家裡都來不及去，就飛奔到山上，上氣不接下氣地對秀娘道：「妹子，成了。」

「是嗎？」秀娘似乎對這樣的結果早有預料，只是淡淡一笑，叫孩子遞上一瓢清水。里胥連忙咕嚕咕嚕喝下大半，才接著道：「我和湯師爺說了咱們要圈地方種菜的想法，湯師爺就說，那山原本就是座荒山，對官府也沒什麼用，可以隨便咱們怎麼用。但我把妳的話說了，湯師爺也覺得有理，就說反正這也是白來的進項。看在吳大公子的面子上，不要多的，就十兩銀子好了，叫咱們先把要的地方圈起來做個標記，回頭他帶人過來做個見證，再給一張蓋官府大印的地契，這事就成了。」

「好！」秀娘連忙點頭。

十兩銀子，比她預想的還要便宜。她便回屋裡去，翻出約莫二兩散碎銀子。

「今天辛苦大哥了。接下來幾天還有辛苦大哥的地方，妹妹我一個婦道人家，也不好出去和人打交道，就只能出點銀子，讓大哥替我們奔波了。」

「哎，瞧妳說的？咱們不是一家人嗎？自家人還這麼客氣幹什麼？」里胥連忙搖頭推拒。

但秀娘堅持。「大哥你大熱天的跑來跑去就不說了，這給湯師爺送禮，到時候請衙門裡的人吃飯、喝酒總少不了要花錢。這些總不能讓你一個人擔吧！咱們說好了是一起辦事，那麼現在的銀子也該平攤才行。」

看她態度堅決，里胥不得已只得收一兩銀子，餘下的一兩還是又推回給秀娘。

「妹子，你們手頭也沒幾個錢，眼下馬上又是花錢的時候，妳自己也先留點吧！回頭給毓哥兒買點紙筆什麼的，他年紀不小了，也該跟著先生讀書寫字了。」

秀娘聽了，眉梢不由一挑。「大哥，你有推薦的好先生嗎？」

「說起這個，還真是咱們運氣來了！」聽她這麼說，里胥立刻來了精神。「妹子妳知道，今天我去見湯師爺，順便見到了誰？」

「誰？」秀娘問。

「一個舉人。」里胥笑道。「聽他的意思，似乎是遊歷到咱們這裡，一時手頭拮据，沒錢吃飯了，所以就想找個地方開館授課，賺點束脩養活自己。可是鎮上的學館也不少，那些人還都排擠外地人，他跑了好幾個地方都沒人肯收，要不然就是把價錢壓得極低。他再落魄，骨子裡也還有幾分文人的傲骨，於是乾脆就甩袖子走人了。

「後來他去酒肆買醉，不知怎的就撞上了過去喝酒的湯師爺。兩個人越聊越投機，湯師爺不住地誇他文采斐然，大比之年一個進士及第唾手可得，甚至還把人給請回自己家裡去住著。

「當時我就想，咱們村子裡不是沒有教書先生嗎？就乾脆請他過來教教孩子們，錢雖然沒多少，但至少也有新鮮的菜米吃。我本來只是隨口一說，試探他一把罷了，誰知他突然就來了興趣，拉著我問了許多，然後就拍板，決定來咱們月牙村辦學堂了。」說到這裡，里胥更加眉飛色舞。

秀娘一聽也興奮起來。「真的嗎？他的學問真的很好？」

「應該是吧！湯師爺都誇過的，應該不差了。」里胥道。「再說，人家好歹也是個舉人呢，至少比隔壁村子那老掉牙的酸秀才強點吧？只是教孩子們啟蒙，這點足足夠用了。等孩子們考上童生，當然就要另擇名師。反正，我是打算把我家棟兒託付給他了。」

看他這般推崇的模樣，看來那舉人倒是真有兩把刷子。

秀娘思考一下便點頭了。「既然先生都已經到咱們村子裡來，那咱們還不放孩子去就學就太浪費這天大的好機會了。回頭我也準備幾份禮物，把靈兒、毓兒一起送過去。」

「妹子，這女孩兒就不用了吧！」里胥直接道。

秀娘淺笑道：「那怎麼行？靈兒、毓兒都是我的孩子，我一向是對他們一樣看待的，只要毓兒有的東西，靈兒也一定有一份。而且這兩個孩子也習慣了做什麼事都在一起，我要是把他們拆散了，他們只怕還要哭鼻子呢！」

里胥皺皺眉，終究沒再說什麼。兩人再商議一些細節，里胥就高興地下山去了。

秀娘也心情不錯。真沒想到，里胥這一趟去鎮上，竟是帶來兩個好消息。現在，自家的大事大致的輪廓算是定下來了。只等拿到官府的印信，他們就能捋起袖子放心做了。

還有兩個孩子讀書的事……原本她還在考慮，要等菜園子裡的生意做起來了，手頭有些盈餘，再送孩子們去鄰村讀書。但孩子們年紀已經不小，早就過了最佳啟蒙年齡。雖然她從小就教導他們背詩寫字，但畢竟不成章法，還是要跟著真正的老師逐步地學習才行。

這正瞌睡著呢，就有人送來枕頭，可不是件天大的好事嗎？

但是一回頭，卻發現溪哥正沈著臉坐在那裡，周身縈繞著一股陰暗氣息。

「怎麼了？」她連忙走過去問。

溪哥抬起頭。「我覺得，事情似乎發展得太過順利了點。」

秀娘一聽，好心情也微微沈澱了一點。「你說得也是。不過，咱們都是身無分文的平頭老百姓，別人能算計咱們什麼？反正現成的好處擺在眼前，先抓住再說。其他的到時候再慢慢看就是了。」

「嗯。妳說得對，說不定是我想多了。」溪哥點頭道。

看他神色並無半分好轉，一個想法突然掠過秀娘的腦海。「你是不是想起什麼了？」

「沒有。」溪哥當即搖頭。

秀娘抿抿唇，便拉上他的手。「既然如此，就別想太多了。咱們踏踏實實過好咱們的日子才是最要緊的。」

「嗯。」溪哥又點頭，臉色總算好看了點。

如此又過了兩、三天。秀娘指揮著溪哥將需要的範圍先圈起來，鎮上的湯師爺就帶著縣衙裡的文書等人過來了。

隨行過來的，還有那位里胥之前提到過的孟舉人。

乍一看到那位被里胥讚不絕口的舉人，秀娘都嚇了一跳。真沒想到，這個人居然這麼年輕。

看他年紀，應該也就二十出頭吧！面皮白淨，五官普通，組合在一起也不過一張再平淡不過的面孔，扔在人群裡都找不出來。他頭戴一根木簪，身穿一件月白色衣衫，手持一柄摺扇，倒是顯得文質彬彬的，給面目平平的他平添幾分氣度。看樣子，倒像個飽讀詩書、進退有據的讀書人。

跟在湯師爺後頭，看到全村男女老幼一起迎到村口，他也不見半點侷促，只是淺淺笑著，輕巧地搖著摺扇。

湯師爺也不和他們多說，只走到里胥跟前道：「地方都劃好了嗎？」

里胥連連點頭。「劃好了，就等湯師爺你們過來了。」

湯師爺點點頭，便對孟舉人道：「你是和我們一道上山去，還是在村子裡轉轉？」

「山上那些事和我有什麼關係？我還是在村子裡轉轉吧，選一處風景秀麗的地方做我的住處，也方便教書育人。」孟舉人笑道。

「這樣也好。」湯師爺頷首。「那郭里胥，你安排個人帶他四處看看好了。」

話音才落，聞風而來的村民不少人都主動請纓，自願帶他看看村子。

只是孟舉人目光一轉，就落到即便是站在村民中也一樣鶴立雞群的溪哥身上。「我看這位大哥比較面善，不如就讓他帶我轉轉好了。」

溪哥眼神一凝，腳下半分不動，像沒聽到他的話。

里胥聽了，連忙賠笑道：「孟舉人，今天圈地的事也和他們家脫不開關係。他得和我們一道上山去。」

「不是已經有你在了嗎？你不說事情都已經周全了，只等湯師爺視察一圈，確認無誤後蓋個章就行了嗎？」孟舉人眉梢一挑，看樣子有些不悅。

里胥心裡咯噔一下，頓時大叫不好。難道自己得罪他了？這位大爺可不要因為自己一句話說得不合他心意，就乾脆不來教書了。不然，自己可就是村子裡的千古罪人了！

轉瞬間，他都察覺到村裡人看著自己的目光帶上幾分責難。

還好此時湯師爺過來打圓場。「孟賢弟說得也沒錯。其實今天的事就是走個過場，不用那麼在意。原本和我打交道的就是郭里胥，那麼現在你就繼續引著我上山去看看好了。至於這位……你就帶著孟賢弟四處走走好了。橫豎以後都是要當鄰居的，先互相熟悉熟悉也未嘗不是一件好事。」

里胥長吁口氣，趕緊祈求地看向溪哥。溪哥抿抿唇，又看向秀娘。秀娘無奈地點頭。

溪哥便抓住秀娘的手。「好。」

秀娘見狀猛地一驚。他這是什麼意思？還打算讓她陪著他一道嗎？

溪哥還真就這麼打算的，反正，他就是當眾握緊秀娘的手，死都不放開了。

秀娘被他這般親密的舉動弄得心裡侷促得不行，悄悄推他幾下，卻是半點成效都無。

眼神捕捉到兩個人的舉動，孟舉人唇角微微一勾，信步上前道：「還不知這位大哥如何稱呼？在下姓孟，單名一個誠字，你可以喚我孟誠。」

「李溪。」溪哥冷冰冰地回應。

「李溪？」孟舉人細細思索片刻。「這裡頭可有典故？比如在下，便是因為家父希望在下做一個誠實守信的人，所以給在下取了為首的誠字為名。」

「她在溪邊撿到我。」溪哥又看向秀娘。

孟舉人用力眨了幾下眼睛。「就……就因為這個？」

溪哥點頭。

「呃……好，真是個好名字。言簡意賅，直白明瞭，真是好。」他言不由衷地誇了半天，就把目光又落到秀娘身上。「這位想必就是李嫂子了，敢問您芳名是……」

話音未落，溪哥就閃身過來，一馬當先站在秀娘跟前。「她是我的妻子。」

言外之意就是：關你屁事？問那麼多幹什麼？

站在人高馬大的他跟前，孟舉人都覺得自己的身姿嬌小了不少，又聽到溪哥理直氣壯的宣告，他小心肝不由一顫，趕緊點頭。「是是是，你們說得是，是在下多嘴，不該亂問。現在，還請二位指引在下看看這月牙村才是。」

怎麼回事？剛才在里胥和湯師爺跟前還踐得跟什麼似的人，一轉眼就像隻哈巴狗似的，各種點頭哈腰，賣乖討好，這是被溪哥的威武霸氣給嚇到的節奏嗎？

秀娘暗暗納罕，心裡對孟舉人的初始印象徹底掀翻——看來，這也是個會看碟下菜的人。只是，個性未免太油滑了些，官場倒是滿適合他的，可以任他怎麼鑽營。只是在這個地方，這種人還是少點好。以後，自己可要囑咐孩子們離他遠點，每天下學後就趕緊回家才行。

然而，她卻忘了這世上偏偏就有那麼一種人：你越是不理睬他，他就越是死皮賴臉地要湊上來，任你怎麼明裡暗裡驅趕就是不走！

當然，現在的秀娘還不知道。為了孩子們的學業、為了村子裡的孩子們，她還是耐著性子和溪哥一道領著他把村裡都逛了一圈。

然後秀娘又發現，孟舉人肚子裡是真有幾滴墨水。他們領著他在村裡一路走來，每每看到一處美景，他都會駐足觀看，讚不絕口，興致來時，還會賦詩一首。來來回回在五、六個地方停留過，他說的話卻從未有半句重複，那詩詞也選得極應景。

這可真是個奇人。秀娘暗道。

不知不覺，一行人就走到山腳下，這裡距村子已經有一段距離了。因為村裡人最多上山摘摘野果、挖挖野菜，雖然走出來一條路，但也只是一條羊腸小徑罷了。其他地方依然是雜草叢生，還經常有蛇鼠出沒，但不知怎的，孟舉人就是看上這個地方了。

前前後後將山腳下看了半天，他一連唸出好幾首詩，便拿扇柄拍著手讚道：「這個地方好！背靠青山，腳環溪水，是個貨真價實的風水寶地，我的屋子就建在這裡了。」

「你確定嗎？」秀娘挑眉。

這山上的東西可不少。白天還好，到了晚上，別說山上各種嚇人的聲音，還有各種動物亂竄，他一個文弱書生，可禁得起？

但孟舉人讀書人的脾氣就是上來了。「確定了，就是這裡。這裡好啊，遠離人煙，山清水秀，才是唸書育人的好地方。孩子們跟我在一道，吸收天地之靈氣。」

村人不懂這些，聽他說得頭頭是道，也就信了，紛紛開口讚揚他眼光準，會看地方。

秀娘差點憋得內傷。這人要真是想吸收天地靈氣，就該搬到山頂上去，那裡才是和天地交融的好地方，說不定三更半夜還能有個狐精敲門，來個春風一度呢！

這邊將地方選定，山上的湯師爺和里胥也已經將地方標好，並在縣誌上明明白白地記了一筆，就下山來了。而後，湯師爺和孟舉人又在里胥家用飯，這兩人就大搖大擺地走了。

兩樁好事一起辦完，皆大歡喜。村民們一起商議了一下給新來的先生蓋屋子的章程，就散了，各自回家準備東西去。

秀娘和溪哥回到山上，兩個人也都相對沈默下來。

兩個孩子看看這個、再看看那個，最終由靈兒去拉拉秀娘。「娘，你們怎麼啦？是不是因為我和弟弟的束脩發愁？不然，我就不去了，讓弟弟一個人去就行了，我在家幫你們幹活。」

「妳這個傻孩子，又在說什麼呢？」秀娘連忙摸摸她的頭。「咱們家裡再缺錢，也缺不了你們姊弟倆的束脩。放心吧，你們倆都能去上學的。」

「那你們為什麼都不高興啊？」既然不是因為這個，那靈兒就想不明白了。

其實，秀娘不是一樣想不明白？她就是覺得，今天那位孟舉人的舉動有些怪異，怪異得讓她心裡有些發慌。

「我知道。」這時候，卻聽兒子舉手大聲道。「先生他的態度不端正，他老偷看爹，還偷看娘。娘說過，只有心術不正的人才會一直斜眼看人。」

秀娘心口猛地一縮，連忙看看溪哥，便見他一本正經地對毓兒吩咐道：「以後，和這個人離遠點。」

「嗯，我知道。」毓兒連忙點頭。

為時還早。一家四口又將圈出來的地再巡視一遍，確定自己想要的地方都被圈中了，順便又採了幾株野菜回去，一家人晚上的菜就有著落了。

第二天開始，村子裡的人就自發捐了錢，去鎮上買了青磚來，開始在山腳下搭村裡的第一間真正的私塾。但凡家裡有男人的，隔天都要派一個過去幹活；沒時間出人的，就多出錢。溪哥自然也被選中了。

不過也虧得之前家裡的事情都已經準備得差不多了。在溪哥不在家的時候，秀娘就帶著孩子們去山裡找野菜，或者清理早已經開闢出來的菜地。溪哥在的時候，就是他去開墾荒地，秀娘帶著孩子們在後頭清理雜草。

不知不覺，兩個月的時間就在一片熱火朝天的忙碌中轉瞬而過。

山腳下的私塾眼看就要蓋好了，秀娘家菜園子裡第一批菜也長成了。

或許是出於對這門生意的鄭重，收菜的時候，吳大公子竟然親自過來了。

艱難地爬上半山腰，他氣喘吁吁地拍著胸口。「你們可真是會選地方，這麼高的山上，差點沒累掉我半條命去！」

「那是你缺少鍛鍊。」溪哥冷冷道。

吳大公子立即一副被雷親到的表情，好哀怨地道：「咱們好久不見了。這才剛見面呢，你就不會說點好聽的讓我開心開心嗎？」

「你也沒說好聽的。」溪哥道。

吳大公子一噎，默默扭開頭。「算了，我就知道你是個口是心非的，我不和你說話了！」

他便笑嘻嘻地轉向秀娘。「大姊，最近日子過得怎麼樣？我這雙乾兒女可還聽話？」

她就沒見過這麼愛和人套近乎的人！

秀娘聽得也想往他這張臉上揍過去一拳，冷冷別開頭。「地裡的菜都長成了，我先帶吳大公子您過去看看吧！」

「哎呀，都是親戚了，妳何必還這麼客氣？叫我一聲遠明就行了。不然吳大哥也行啊！」吳大公子便道。

話音才落，他就察覺到後背上一陣發涼。不用回頭，就知道溪哥正用眼神秒殺他。

他不由吐吐舌頭，連忙又擠出笑臉。「我開玩笑而已，真的只是個玩笑。不是說要去看菜的嗎？走走走，咱們趕緊看看去！」

這人還真是吃硬不吃軟的典範，不知道腦子裡是怎麼想的！

秀娘無語，帶著他到自家屋子前頭開闢出來的一片菜園子，裡頭各色野菜大片大片鬱鬱蔥蔥地長在那裡，竟是比山上其他地方野生的看起來要水靈得多。

吳大公子看到雙眼都亮了。「妳還真給養出來了！不錯，真不錯……只是，這些菜怎麼個做法，大姊妳可知道？」

秀娘聞言，心裡一聲冷笑。

她就知道，這個人不會讓她就這麼輕易地拿到這筆錢。這不，轉眼考驗就來了？

「你們應該帶了紙筆吧？」她問。

吳大公子連忙讓隨從取來筆墨紙硯，自己還親手將毛筆送到秀娘跟前。

秀娘卻不接，只淺淺笑道：「吳大公子你這是故意羞辱我嗎？我一個山野村婦，哪會握筆寫字？您見多識廣，又時常和帳房們打交道的，想必一手字肯定寫得不差。」

吳大公子摸摸鼻子。「好吧，我寫就我寫。大姊，妳請說吧！」

秀娘又是淡淡一笑，隨手招來女兒。「靈兒，妳來給乾爹說吧！」

「好！」靈兒脆生生地應道，張口便道：「這個叫薺菜，嫩莖葉焯水後，可涼拌、可蘸醬、可做湯、可炒食。藥理上可涼血止血、補虛健脾、清熱利水，對脾胃虛弱的人來說最好不過了。還有這個，這個叫……」

一連說了好幾個，脆嫩的童音在山間迴盪，聽在耳中別有幾分舒適感。

吳大公子笑咪咪地聽完了，伸手摸摸靈兒的小腦袋。「我的乾女兒真聰明，這麼小就認識這麼多野菜了，就連它們的習性都知道得一清二楚。」

但等抬眼看向秀娘夫妻倆，他又沈下臉，擺出一副不滿的表情道：「你們這些菜雖然長得是比山間要好一些，不過也都是山野裡常見的。端出去給貴人們吃，只怕貴人們會嫌棄呢！」

秀娘靜靜看著他。「這就是吳大公子你的事情了。」

「哦？大姊妳這話什麼意思？」

「吳大公子你又何必這樣裝瘋賣傻？」秀娘淡聲道。「貴人們吃東西，何曾真是為了吃？他們所求的不過是一個名頭、一個超脫出其他人的地位罷了。我相信，如何做到這一步，你肚子裡早有不下十個主意了。」

吳大公子一聽，立刻哈哈大笑。「知我者，李大姊也！」張狂的笑聲在溪哥的注視下戛然而止。

吳大公子委屈地癟癟嘴，哀怨地看向秀娘，以眼神示意——看到了吧？他欺負我！

秀娘繼續視若無睹，又牽著孩子們，領著他往附近的小溪邊上去了。

第十五章

山上的一股泉水落下來，經歷種種地貌之後，形成好幾條分支。秀娘家圈的地就占了一支。在小溪邊上，秀娘特地種上茭白、蒲草等物。雖然移栽過來的時間不長，但好在這裡的生長環境適宜，秀娘和溪哥又從頭至尾細心呵護，現在也已經有了成果。

看著秀娘從稀泥裡拔出一根茭白，吳大公子眼中便浮上一絲興味。「這個東西是什麼？我從沒見過。」

「野地裡生的東西，你們沒見過的多了去。」秀娘淡聲道，麻利地將外頭一層層外衣剝去，只留下一截孩子胳膊粗細的嫩莖。「這個切成細絲，不管是清炒還是用肉炒，都好吃。」

「是嗎？」吳大公子似乎不大相信。

毓兒見狀，趕緊就道：「是真的，以前我娘就經常這樣炒給我們吃。前兩天我們自己還又做了吃的，爹吃了好多呢！」

吳大公子的目光便順其自然地轉移到溪哥身上。

溪哥不置可否地點頭。「味道不錯。」

得到他的首肯，吳大公子便信了。

「不過麼……」他隨即又擺起老闆的架子來。「從開始到現在，一直都是你們自己在說，我也不知道這些東西嚐起來味道怎麼樣。這樣，我可不好評判啊！」

這是想留下蹭飯？

秀娘悄悄翻個白眼。「寒舍簡陋，也沒什麼大魚大肉，不過招待吳大公子您用飯還是沒問題的。」

一聽這話，吳大公子就更來精神了。「這個容易！本公子帶了米麵來。既然是合作夥伴，那斷然沒有白吃白喝你們家的道理。妳看，我連肉和酒都自己帶來了。」

一招手，果然就有幾名小廝提著米、肉等過來了。

秀娘無力地扶額。這人根本就是一開始便打定主意要來蹭飯吧？順便檢驗一下她的辛苦成果？

她坦然一笑。「既然如此，那吳大公子就請回屋去坐坐吧！我們就用種出來的這些菜招待你。」

「好，求之不得！」吳大公子一拍手，高興得不得了。

秀娘見狀，唇角又抽了抽。現在她可以確定，這個人今天主動找上門來，只怕最大的目的是為了蹭飯。果然富人們都有富人的怪癖。

將他送回屋裡，吳大公子堅持要兩個孩子留下陪他說話。秀娘想想這人之前也和孩子們獨處過幾天，現在再說說話應該也沒事，就留下孩子們，自己和溪哥一道出去準備飯食。

農家的飯菜沒有富貴人家那麼複雜，調料等物也都格外簡單。再加上菜都是現成的，秀娘就燜了一大鍋鍋巴飯，把自家種出來的菜各摘一把炒一小盤。想了想，她又從缸裡撈出一條溪哥前天去水潭裡捉的魚，做了道魚湯。

林林總總，居然有十多樣。

飯菜上桌，吳大公子半點都不知道客氣二字如何寫，拿起筷子就將每道菜都嚐了一遍。每嚐一道，他都要問一遍菜的名字以及做法，叫隨身的石頭記下，順便加上自己的評論。

全都弄完了，他才抬頭笑道：「大哥、大姊別嫌我麻煩。我也沒辦法，總得為了長遠考量。」

「我們明白。」秀娘淡淡點頭。「現在只希望這些菜能合吳大公子的胃口。」

「合，當然合。」吳大公子連連點頭。「這些食材雖然簡單，但勝在新鮮。大姊妳的廚藝也不錯，雖然比不上我家酒樓裡的廚子，但也不俗了。這些菜我都很喜歡，尤其是這道魚湯，實在是太鮮了。妳是怎麼去掉魚身上的土腥味的？」

「吳大公子不會想將這道菜也寫入你的精品菜裡去吧？」秀娘問道。

吳大公子又笑了。「又被妳猜到了。雖然以前咱們沒有就這個商議過，不過這是小事，妳說是吧？」

「不，這可不算小事。」秀娘搖頭。

吳大公子一怔。「怎麼了？」

秀娘便道：「既然吳大公子也嚐出這碗魚湯滋味格外鮮美，那就該知道，這魚是十分難得的。這是我家男人辛辛苦苦潛入水潭裡捕捉，是專門給孩子們滋養身體。今天我們是本著招待客人的心思，才做了一條給你吃。但要是專門供給客人？對不起，我不捨得讓我男人冒著生命危險天天下水去捉魚。」
吳大公子聞言頓了頓，偷偷瞥向溪哥那邊的眼神裡滿是羨慕嫉妒恨。聽到秀娘的話，溪哥冷硬的面色也稍稍柔和了一些。只是當著這麼多人，他還是保持自己一貫冰冷酷酷的神色，若非仔細去看，旁人根本就看不出他的表情變化。
但很不幸的，吳大公子看出來了，所以他才更鬱悶，恨不能戳瞎自己的雙眼算了。
叫你看，叫你看！好吧，又被別人的秀恩愛閃瞎眼了吧？
吳大公子狠狠深吸口氣。「好，我不讓他捉魚還不行嗎？地方妳告訴我，我派人去捉就是了。」
「不好意思，那個水潭正好就在我家圈到的那片地裡，而暫時我們還不想把裡頭的魚拿出來出售。」
吳大公子頓時眼前一黑，差點倒地不起。
她是故意的！肯定！這是在報復他今天刻意生事、想方設法試探他們的那些事嗎？
他陪起笑臉。「真不賣？」
「真不賣。」秀娘肯定地搖頭。
「好吧！」吳大公子無奈地死心。「不過，這做魚的方法可不可以教給我？我給錢，妳開價。」
「好。」
本以為又要經歷一番討價還價呢，誰知秀娘就直接點頭了。

吳大公子差點不敢相信自己的耳朵。「妳同意了？真同意了？」

「本來也不是多大的事。」秀娘道。「不過一個做菜方子，送你好了，就當作你買了我家菜的添頭。」

吳大公子嘴角抽抽，突然發現自己不知道該怎麼回應。

一本正經說是大事的是她，現在說不是多大事，直接當添頭的人也是她。明明在他看來，這兩件事都差不多好吧！女人的心思，真真是難猜，他現在猜得頭都疼了。

不過，好歹兩件事辦成了一件，自己也算是成功一半。他便將另外一件拋諸腦後，隨手抱起一個酒罈子，給自己和溪哥一人倒一碗。

「大哥，說起來這還是咱們第一次一道吃飯呢！來，我敬你一碗！」

溪哥掀起眼皮看他一眼，拿起碗就喝了個一乾二淨。

吳大公子連忙拍手。「好！夠豪爽，我喜歡！」

他也端起自己的碗，小口小口斯文地喝完了，而後他再給溪哥滿上。「再來！」

溪哥二話不說，又乾完了一碗。

如此爽快的舉動，讓吳大公子心情大好，讚嘆不絕。「我就知道，大哥你一看就是個不羈的性子。你酒量一定很好吧？」

「不記得了。」溪哥冷聲回應。

吳大公子漸漸地也習慣他們夫妻倆的冷眼相對，依然笑嘻嘻地給他滿上，才三碗酒下肚，他白淨的臉龐就變得通紅。不停打著酒嗝，舌頭也大了。然而即便如此，他還是異常熱情地招呼溪哥繼續喝。

溪哥也不拒絕。只要他倒了，他就大大方方地喝下去，半個字不說，爽快得要命。

眼看一罈酒就見了底，吳大公子連忙嚎叫著要人把另一罈也送上來。

石頭原本被秀娘安置在外頭支了一張小桌子，坐在小板凳上吃飯的。聽到裡頭的動靜越來越大，他連忙跑進來，就看到吳大公子已經自顧自地往溪哥身邊湊了過去，腆著臉和他套近乎、勸酒，他的臉色就變得格外難看。

石頭趕緊走到秀娘身邊。「李大姊，妳快勸勸他們，別再喝了，不然，一會兒說不定會出什麼事呢！」

「怎麼了？」秀娘眉梢一挑。

「我家公子……哎！」石頭一臉恨鐵不成鋼地搖頭。「酒品很有問題。」

是嗎？

秀娘心頭猛一動，就見吳大公子手中的酒碗一晃，大半碗酒都灑了出來。還好溪哥閃避及時，不然衣裳也要慘遭荼毒。

然而吳大公子卻彷彿沒有察覺，還拉著溪哥要對飲。昂首喝了幾口，還沒夠味，就發現酒沒了，他不高興地把碗一扔。「沒意思，這碗太小了，喝不夠味！來呀，給我們直接上罈子，我要和溪大哥一醉方休。」

「公子，你夠了！」石頭簡直看不下去，連忙上前想將他給拖走。

奈何吳大公子喝多了，脾氣和力氣也跟著長了。隨手將他一推，他搖搖晃晃地搬起一只酒罈放到溪哥面前，自己也抱起一個。他醉醺醺的眸子努力盯上溪哥。「咱們就用罈子喝，你敢不敢？嗯？敢……嗝，敢不敢？」

「奉陪到底。」溪哥薄唇輕啟，慢條斯理地道。

「好！爽快！」吳大公子含糊不清地道，雙手將酒罈高舉起來。「我先乾為敬！」

他昂起頭，直接將酒罈裡的酒水兜頭倒了下來。

溪哥也一昂首，對著罈口大口大口地喝了起來。

這場面著實有些嚇人。

石頭的臉都白了，雙手死死抓住門檻，似乎時刻準備著一看情況不對就衝上去把自家公子給拖走。然而轉眼看去，他卻看到秀娘一動不動地坐在那裡，還在給兩個孩子挾菜。那兩個不丁點大的娃娃也都老老實實地坐在椅子上，雖然眼神時不時往對飲的兩個人身上瞟過去一眼，但臉上也不見半分驚慌，反而是好奇和好玩更多一些。

「你們就不擔心嗎？」他忍不住小聲問。

「擔心誰？」秀娘只問。

石頭一噎，頓時覺得自己這個小廝做得太不稱職了。

不對，應該是自己這位公子實在是太讓人傷神了！看看，人家夫妻倆，這才認識多久？就已經相知相許到這個地步。自己和公子呢？明明是從小一起長大的，但直到現在，他都還制不住他，只能一再看他到處丟人現眼。尤其是在這兩位跟前時，自家公子就跟一匹脫韁的野馬似的，那叫一個狂放不羈，他根本就拉不住！

無奈地，他將目光轉向兩個正和小碗裡的飯菜奮戰的小傢伙。「小公子、小小姐，你們也不害怕？」

「爹肯定沒事的。」靈兒仰起頭笑咪咪地道。

「他很能喝酒？」石頭心裡咯噔一下。

「我不知道呀，我沒見過爹喝酒。」靈兒誠實地搖頭。「不過，我相信我爹，我爹是這世上最厲害的人！」

「嗯嗯，乾爹肯定比不過我爹。」毓兒也慢吞吞地抬起小腦袋，白嫩嫩的小臉上滿是驕傲。「而且娘一直教導我們，要泰山崩於前而面不改色。這才多大點事？」

石頭無語。

就在他分神的時候，那邊的情況已經發生了變化——

啪！

不知是沒拿好還是手抖了，吳大公子手裡的酒罈落地，摔成了碎片。而他在一怔之後，雙眼忽然睜得圓圓的，兩手高舉，大聲喊道：「本公子心情大好，本公子要吟詩！」

然後，就揹著手在屋子裡來來回回走了幾圈，搖頭晃腦地唸道：「鵝鵝鵝，曲項向天歌。白毛浮綠水，紅掌撥清波。」

唸完了，他又拚命鼓掌。「好詩，好詩！」

靈兒、毓兒沒被這兩個人拚酒的狂勁嚇到，卻被他這首好詩給嚇到了。

「我記得，這首詩是咱們兩歲的時候娘教咱們背的吧？」毓兒小聲道。

「不對，是兩歲差兩個月！」靈兒連忙糾正。「我記得那天咱們背完，娘特別高興，特地煮了雞蛋給咱們吃。」

「哦，我記起來了。是不到兩歲！」

童言童語近在耳邊，石頭都快沒臉見人了，趕緊上前去捉吳大公子。「公子，咱們回去吧！」

然而吳大公子怎會聽他的？隨手就把他往旁一推，他就撲過去，雙手抱上溪哥的胳膊。「溪大哥、溪大哥，你好英武，我喜歡你！」

溪哥眉心一擰，還沒回話，他又騰出一隻手勾上秀娘的胳膊。「李大姊，我也喜歡妳！妳說妳這麼聰明靈秀的女人，怎麼就沒當我媳婦呢？哎，妳不知，幾乎每隔幾天，我都會夢到妳。一覺醒來，再想到妳早已經嫁了別人，我的心那個痛啊！哎——呀呀呀！」

悲情的敘述還沒結束，他就發現自己飛起來了。

短暫的驚訝過後，他又開心地手舞足蹈。「飛啦！飛啦！我會飛啦！你們都來看，我能飛啦！」

石頭現在只恨自己不能挖個地洞鑽進去。跟著這麼沒臉沒皮的公子，自己真是倒了八輩子的楣！

然而再羞愧，他還是得厚著臉皮上前去解救自家公子，擠出笑臉道：「李大哥請高抬貴手，饒了我家公子吧！他喝多了胡說八道的，您別往心裡去。」

溪哥彷彿沒聽到，直接提著還在手舞足蹈的吳大公子走下山去，往馬車裡一扔。

在。

「你們可以走了！」冷冷丟下一句，他轉身就走。這姿態，比方才拚酒時還要瀟灑自在。

雖然對他這樣的舉動很不悅，但看看他健壯的身形，石頭還是很識時務地點頭哈腰目送他離開，才抹抹額頭上的冷汗，趕緊爬上馬車去。

領頭羊都被扔下來了，其他小廝隨扈們也不便多待，趕緊將秀娘一家早準備好的新鮮菜擔下來，在後頭的車上放好了，就啟程回鎮上去。

馬車搖搖晃晃走到半路上，吳大公子臉上的酡紅才漸漸淡去。

睜開眼，他艱難地坐起來，就看到石頭正冷著臉看自己。他也不以為意，施施然掏出一方潔白的帕子在臉上擦了擦，才慢條斯理地問：「你覺得本公子方才演得如何？」

「要我說實話嗎？」

吳大公子白他一眼。「這不是廢話嗎？你家公子我上躥下跳了半天，難道就是為了你幾句好聽的話？」

石頭無力地垂眸。「我覺得，他們早就看出來你是裝的了。那兩個人的眼神都格外犀利，公子你這點拙劣的演技騙不過他們去。」

「那又如何？看出來就看出來吧，反正本公子的用意也不在此。」吳大公子聳聳肩，不以為意地道。

「更關鍵的是——我可以肯定，公子你這挑撥離間的方法不會起多大的作用。那對夫妻的感情和他們自身一樣都不同尋常。他們不是你隨隨便便說幾句話、灌他幾碗酒，那男人就會一怒之下休妻的。」

說著，石頭抬起頭，滿眼同情地看著這位從小和自己一起長大的公子哥兒。「公子，你就死了這條心吧！」

聽到這話，吳大公子很不高興。

「到底我是公子還是你是公子？有你這樣和自家公子說話的嗎？」

「不是你非要我說實話的嗎？」石頭小聲嘟囔。

吳大公子白他一眼。「說實話也有說實話的技巧。你就不能委婉點、把話說得好聽點嗎？跟了我這麼多年，你就連這點商場上周旋的技巧都沒學到？」

要是委婉了，就怕您老人家又開始自我催眠，下意識將他的重點忽略掉，要是把話說得太好聽，就怕您老人家更是飄飄然，根本連別人的話都聽不進去。

石頭對自己這位公子實在是太瞭解了。

這人在人前看起來雍容沈穩、進退有度，但其實就是個小心眼，睚眥必報，更愛作白日夢，總是動不動就在腦子裡把自己不斷美化。要不是自己時不時給他迎頭痛擊，只怕他早已經把自己給腦補成天下第一心善、第一俊美，更是第一英勇無敵的大好人了。

不過，這些話他真的只敢在心裡說，之前那句話已經狠狠戳到吳大公子內心深處最痛的一塊地方，這已經抵達他的極限，要是自己再敢戳第二下，那自己肯定就會被折騰得死無葬身之地。所以，他很老實地低下頭，做出畢恭畢敬的模樣。

吳大公子見狀，心裡終於好受了點，找了個舒服的位置坐好，便靠在車壁上打算閉目養神。

只是還沒完全放鬆心神，馬車就猛地一停，他們一時不察，身體猛地往前衝了出去，砰的一聲撞上車門。

吳大公子疼得齜牙咧嘴，忍不住破口大罵。「是誰這麼不長眼？大白天的擋別人的路，不知道看到馬車要靠邊站嗎？」

回應他的是一聲淡淡的譏笑。

又笑！又笑！

吳大公子好不容易壓到心底的怒火，轟的一聲爆裂開來。

剛才在山上，自己就被那一家四口各種笑話。現在下山來，居然還有人敢笑話他？真當他是好欺負的啊？

正要發作時，石頭卻一把捂住他的嘴。

吳大公子不悅地瞪過去。

你小子膽子還真是越來越大了！回去本公子就扣你月錢！

石頭好無奈地小聲道：「公子你別又得罪了不該得罪的人。」

什麼叫不該得罪的人？

吳大公子抬起頭，才發現在馬車前頭竟然擠擠挨挨地站著不下二十位村民。這些人裡頭，不管男人女人，每個人看他的眼神都帶著不善，就連這些人身旁的那些小不點，一個個竟也是義憤填膺，彷彿他搶了他們的糖吃一般。

這是怎麼一回事？

緩緩轉過眼，終於，他在人群裡發現一個鶴立雞群的目標——不怪他沒有第一時間發現這個人，而是石頭愣是把他的腦袋給擰向另一邊，不轉頭他根本就看不到這個人。

這個人，其實吳大公子也認識。

「原來是孟舉人。」揚起一抹幾乎能以假亂真的假笑，吳大公子熱情地打招呼。

這個人在鎮上的時候可是格外高調，初來乍到就四處宣揚自己舉人的身分，並揚言要坐館授課賺錢。本來舉人麼，在鎮上還是很少見的，尤其這樣願意「自甘墮落」去教書育人的，那就更是少之又少。

現在既然來了一個自願這麼幹的，鎮上的私塾連忙都捧了厚禮來請，可誰知道，這個孟舉人，禮物收了，卻開出條件：自己要去做私塾裡的首席先生，就連學生們的束脩也得分一半給他。

這可叫其他人如何接受？你即便是個舉人，學問再好，也不能就這樣生生奪了別人的飯碗啊！

這些人和他好說歹說，奈何這個人死活就是不肯降低條件。無奈，大家只得作罷，老老實實繼續讓鎮上的秀才們來教書育人。

就這樣被人拋棄了，孟舉人還很生氣，專程跑到酒館裡去喝酒罵人。誰知道他運氣就是好，轉眼就碰到前去視察的湯師爺。二人一見如故，一拍即合，幾杯酒、幾首詩後，就成了至交好友，他更是大大方方跟去湯師爺家裡白吃白住！

小小的鎮上突然出現這麼大一個奇葩，叫人想不知道都難。更何況……雖然很不想承認，但吳大公子還是必須得承認，其實一開始，他都動過心思，想將這位難得一見的舉人收入自己麾下，讓他為自己出謀劃策。但眼看各家私塾的老先生被他給坑了，其他想收他做門客的人家也都被他敲詐一通掃地出門後，他就放棄了這個想法。

看來，這個人分明就是來找樂子的！想想也是。他堂堂一個舉人，想幹什麼不行？就算是去了城裡，隨便往哪個大富大貴的人家遞張帖子，那也十之七八是被奉為座上賓，賺到手的銀子更比他們這裡還要多得多，他又何苦把自己困在這小小的鎮上？

只是，他還是很好奇，這個人一來就這麼可勁地鬧騰，到底是為什麼？

正打算擦亮眼看看這個人到底想幹什麼呢，結果最新的消息就傳來了——這位短短半個月內就名聲響徹整個月亮鎮的孟舉人，決定去月牙村當教書先生去了。

這個消息不啻為一記重擊，將鎮上所有被他拒絕過的、沒拒絕過的人都給震懵了。

這人還真是打算來當教書先生的？

抱著懷疑的想法，他眼看著這個人親自到月牙村來巡視一遍，選定了開辦私塾的地方，又回鎮上採買了幾本《三字經》等啟蒙讀物。

然後，月牙村的私塾順順當當地蓋起來了。之前他上山的時候還特地去看了眼，屋子蓋得很不錯，幾根可容一人環抱的樹幹支起一間寬廣的大屋子。屋子裡整整齊齊地擺了十來張小桌子。屋子後頭還有兩間小屋子，他叫人去問了，那裡一間是給新先生住的，一間用作新先生的書房，可是將他伺候得很好呢！

所以現在，當親眼看到這位傳說中的孟舉人出現在自己眼前，吳大公子就確定了，他是下定決心過來當教書先生的，真是……

他突然發現自己有些詞窮，最近，他發現自己身邊接連冒出不少稀奇古怪的人。他們明明看起來氣度不凡，行事卻全都出乎他的意料。一個李秀娘如此，一個李溪如此，現在這個孟舉人依然如此。

搜遍了自己的腦袋，他竟然發現在自己詞量豐富的腦袋裡找不出一個詞來生動地形容他們。直到後來，當他聽到從靈兒嘴裡吐出一個「奇葩」，他才如夢初醒，拍手叫好。

這群人，可不就是一大群奇葩嗎？當然，自己也是其中一員。

這些都是後話，暫且不表。

只說現在，被他認出身分，孟舉人滿面含笑，斯斯文文地對他行了個禮。「原來是吳大公子，您怎麼也往鄉下來了？這裡的人多粗野，當心衝撞了您。」

「既然孟舉人你都不嫌棄他們，我又有什麼好嫌棄的？而且賺銀子的事嘛，本公子多用點心也是理所應當。」吳大公子淡然笑道。

孟舉人便看了看馬車後頭裝著一筐筐鮮嫩青菜的板車，唇角泛開一抹淺笑。「原來如此。早聽說吳大公子和山上的李大姊家合作種菜，我還不信。今天親眼所見，我終於相信了。」

「信不信，這個似乎對你沒多大影響。」吳大公子道。不知道為什麼，他就是打從心底對這個人有些排斥，因此說話也不怎麼客氣。「倒是孟舉人你，在下之前可是聽你說過非私塾裡的首席不做，學生們一半以上的束脩都必須交給你，否則你是不肯屈尊的。但你現在怎麼跑到這個地方來教書了？」

「來了這裡，我可不就是這裡的首席了嗎？而且，學生們的束脩也都十成十交給我，比一半還多得多！」孟舉人啪的一聲展開扇子，樂呵呵道。

吳大公子一噎，突然又有種面對秀娘夫妻倆的錯覺，無力地點點頭。「孟舉人你說得對，到了這個地方，你可不就是這裡首屈一指的好先生了？在下祝願你多多為朝廷教授出百十個狀元之才，桃李滿天下！」

「借你吉言，一定會的。」孟舉人笑咪咪地點頭。

話已至此，已經沒什麼好說的，兩個人又經歷一番眼神的廝殺，便各自轉開頭。

吳大公子放下車簾。「走吧！」

車夫一揚鞭子，馬車晃晃悠悠地朝前走去。

但在清晰的車輪滾動聲音之外，他還能清楚聽到後面傳來隱隱的說話聲——

「夫子，您幹麼和這種人說話？他一個商人，滿身銅臭味，拉低了您的身分。」

「子曰，眾生平等，而且吳大公子身為鎮上首富之子，這些年也為鎮上百姓做了不少好事，我敬他幾分也是情理使然。」

「哼，他們家每年從我們老百姓身上搜刮出去那麼多銀子，再稍稍擠點出來不是應該的嗎？而且你又不是沒看到，剛才他對你的態度有多不好。我呸！不就是有幾個臭錢嗎？我就是看不慣他！」

「哎，稍安勿躁。橫豎是個不相干的人，何必將他放在心上？」

「對對對，還是先生你說得好。不相干的人，我們懶得管了！」

……

馬車裡，吳大公子簡直驚呆了。

眾生平等，這話是孔子說的？簡直開玩笑好吧！這人到底行不行？這樣的水準還來當先生？別誤人子弟吧！

而且，別以為他沒聽出來，這個人明面上在幫他開脫，實際上卻是狠狠黑了他一把，直接就讓這村子裡的人以後都不理他了。以後他可是要經常往這裡來的啊，要是一直遭人冷眼，他該怎麼活？看來，回頭他得好好提醒提醒秀娘兩口子才行。

由此，吳大公子和孟舉人結下梁子，之後的十年、二十年……乃至三十年、四十年都沒有解開，此乃後話。

不過，也不用吳大公子去旁敲側擊提醒，孟舉人他也根本就沒有打算放過秀娘和溪哥兩個人。

再看秀娘一家。

將吳大公子給扔到馬車上後，溪哥就大步回到山上，一張臉陰沈沈的格外難看。

秀娘直接走到他跟前。「張嘴。」

溪哥聽話地張開嘴，秀娘便將一顆酸酸甜甜的小果子塞進他嘴裡。

這兩種滋味都不是他所愛，溪哥眉頭緊皺。卻聽秀娘道：「這是醒酒的果子，把它嚥下去。」

溪哥就不再掙扎，直接給嚇了，而後才開口：「我沒醉。」

秀娘嫌棄地看著他。「滿身酒氣，當心醺到孩子！」

溪哥無言。

此時兩個小娃娃都已經吃完了。一看這邊的氣氛不對，趕緊躲回自己的小房間。秀娘便將溪哥給按到桌前坐下。「剛才只顧著喝酒，連飯都沒吃幾口。趕緊吃點東西填填胃。」

溪哥依言拿起筷子胡亂吃了幾口，也就吃了平常飯量的一半，他就放下筷子。「我吃飽了。」

秀娘見狀，也不強迫他，便將碗筷收拾了。等回來一看，就發現這個人還陰沈著一張臉站在那裡。

「還在生氣？」她好笑地拍拍他的臉。

但才剛一動，溪哥就敏捷地一把抓住她的手。這手勁似乎有點大，捏得她都隱隱作痛了。

秀娘皺皺眉。「你在幹什麼？放手。」

「不放。」溪哥沈聲道，還加重手上的力道。

秀娘這下是真疼了，但看看這個男人一臉的陰暗，她還是耐著性子勸道：「有什麼話咱們好好說不行嗎？那個人就是個瘋子，你又不是不知道。咱們別理他，當他腦子有毛病就行了。我去看看孩子們。」說著就想走開。

但溪哥猛地一拽，就把她給拽了回來。

秀娘還未反應過來，整個人就被他給拽到熱騰騰的懷抱裡，她整個人都緊張起來。雖說這些日子，兩個人也不乏肌膚相親。她也發現這個男人睡覺竟然有個怪癖，非要抱著個東西才行，而身為他的枕邊人，她就光榮地成了那一只超級大抱枕。

幸虧山上的氣溫偏低，晚上更冷。這個男人的懷抱正好提供了她所需要的溫暖，所以她也就沒有反抗。

可是現在還是白天呢！大白天的，兩個人摟摟抱抱成何體統？

秀娘連忙掙扎。「你放開我！」

「不放，妳是我的！」溪哥沈聲說著，竟然雙臂同時出擊，牢牢將她給鎖在他的懷抱裡。

秀娘一怔。「什、什麼你的我的？」

「妳，是我的。」溪哥低下頭，看著她的眼定定道。

秀娘一怔，看著他幽深的眸子裡那一抹自己看不懂的情愫，不知怎的心口一縮，也忘了要反抗。就這樣，兩個人你看著我、我看著你，許久都沒有移動半分。

兩個小娃娃躲在自己的房間裡，偷偷透過門縫往外看。

毓兒小臉板得死死的。「爹娘他們怎麼啦？是不是吵架了？」

「你見過村裡其他人的爹娘是這麼吵架的嗎？」靈兒沒好氣地白他一眼。

毓兒搔搔腦袋。「好像不是。我記得鐵蛋爹娘每次吵架都桌椅亂飛，有幾次連刀都拿出來了，其他人家裡也好不到哪兒去。」

「就是嘛！」靈兒點點頭。「所以說，咱們爹娘不是吵架！」

「可是……」毓兒細細的兩道眉毛都快把眉心給擠出一個小小的川字。「那他們現在是在幹麼呢？為什麼我心裡好害怕呀！」

「其實我也有點害怕。」靈兒小聲道。

「那該怎麼辦？」姊弟倆對視一眼，突然都想哭了。

正在這個時候，卻聽一迭連聲的大喊從外頭傳來——

「秀娘、秀娘男人，你們在不在？趕緊出來，孟夫子來了！」

快要石化的一對夫妻這才動了動，趕緊往外走。就見依然是一身月白色長衫的孟舉人手裡搖著一把摺扇，在村民們的簇擁下，極具風雅地朝他們這邊走過來。

見到秀娘夫妻倆，他連忙拱手行禮。「李大哥、李大嫂，許久不見，你們可還好？」

溪哥沈著臉不語。

秀娘也對這個人沒什麼好印象，便只是勉強笑道：「多謝關心，我們很好。只是不知孟夫子您這是過來做何？」

「喔，在下聽說私塾已經建得差不多了，所以過來看看。順便也見見諸位學生的父母，大家先互相有個印象，以便今後多多交往。」孟舉人一臉斯文地笑道。

交往？還多多的？他是這麼打算的？

秀娘卻聽得嘴角直抽，連忙推拒道：「我們鄉野草民，也不認識幾個字，哪裡值得孟夫子您交往？您只要能為我們教育好兩個孩子，我們就感激不盡了！」

「噯，瞧妳說的！你們是不知道，自第一眼看到你們夫妻倆，我就覺得你們面善得緊，只恨自己為什麼沒有早點來這裡，不然就能早幾天認識你們了。這朋友交往，管他什麼身分？伯牙子期之會，可是千古流傳的美談！」孟舉人笑咪咪地道。

說著，他目光掃了掃已經手拉著手走出門來的兩個小傢伙，頓時笑得更溫和了。「既然是你們的孩子，想必也和你們一樣好相處。我雖然沒見過他們幾面，但也喜歡得不行。你們放心，我一定把他們當作我自己的孩子看待，用心教育他們。要是他們日後不成材，你們儘管來找我。」

這人腦子果然有點問題。

秀娘默默別開頭，悄悄看了眼溪哥，卻見他還是那般冷硬的表情，似乎半點都沒有被這個人的話給刺激到，她浮到心口的疑惑便又給按了回去。

應該是她想多了吧！溪哥對這個人的態度分明和對別人都一個樣。

那邊孟舉人看自己口沫橫飛地說了半天，他們也沒有半點反應，也不生氣。立即眼神一轉，看到四周滿地綠油油的菜，便又笑道：「早就聽說李大嫂種得一手好菜。只要經妳手的菜，總比別人家的要水靈得多，入口的味道也更好，就連多年種菜的老手都比不上。今日一見，果不其然，也不知道哪些人有口福，能嚐到你們親手種出來的菜。」

「孟夫子您這話就太見外了，秀娘妹子會種菜，村子裡誰不知道？她的菜我們村裡的人也都嚐過，以後您肯定也能吃到不少回。」一個村民立刻就大聲道。

「真的嗎？」孟舉人立即一臉認真地看著秀娘夫妻倆。

這表情……實在是太假了。他能再做作一點嗎？秀娘冷冷看著他的表演不說話。

村子裡其他人卻早已將這位日後的先生看成高高在上的神，只要是他提出的要求，他們誰都不忍心拒絕。

因此，聽見他這麼說，立時就有人道：「那是當然！以前他們家種得少都多少送咱們一些，現在他們家種了這麼多，隨便拔幾顆菜給夫子您不是小菜一碟嗎？根本就損失不了幾個錢。秀娘妹子，妳說是吧？」

「是嗎？」孟舉人也跟著問。

秀娘差點都想笑了。這個人怎麼和吳大公子一副德行？好好的人話不說，非得拐彎抹角。而且有要求自己不肯提，非要別人來幫忙說，難道這樣他的形象就能高大上點了嗎？恰恰相反，她最討厭的就是這種道貌岸然、把別人當猴耍的人！

看都懶得看他，她淡聲道：「不過就幾顆菜，沒什麼大不了的，就當是我們代孩子孝敬夫子您的。只要您不嫌棄，以後您的菜我們都包了！」

「那可真是太好了！」孟舉人一聽，立刻高興得不行。「既然如此，那在下就先在這裡謝過了。」

說罷，施施然鞠躬行了個大禮。行完了，他又抬起頭來。「不過你們也不必太過麻煩。以後早上教完孩子們，我就和靈兒、毓兒一道上山去，同你們一起吃飯。吃完了，我再帶著孩子一道下來。你們就不用給我送到私塾裡去了。」

秀娘發現，她還是小瞧了這個人。

他哪裡是和吳大公子一樣？他的臉皮分明比吳大公子還要厚得多。單是這睜眼說瞎話的本事，就把吳大公子給甩了十個溪哥那麼遠！

這邊她這麼想著，那邊其他村民聽了孟舉人的話，卻紛紛臉色大變。

「夫子，這怎麼行？我原本還打算請你去我家吃飯的！」

「就是，我家東西都準備好了，就等你哪天過去，我們就殺雞燉湯。」

「還有我家！我家的豬馬上就出欄了。夫子要是去我家吃飯，那豬我就不賣了，殺了請孟夫子吃肉。」

面對村民們的熱情，孟舉人淺淺笑道：「多謝諸位的盛情邀請，在下心領了。你們放心，我雖然決定在李大哥家裡吃飯，但偶爾也會往諸位家裡走動走動。畢竟，我也得和你們交換交換教育孩子的心得不是？」

大家這才放下心來，紛紛讚揚孟舉人菩薩心腸，教育孩子之餘，還不忘和他們來往，一點都不嫌棄他們滿身的土腥氣。

末了，他們又忍不住對秀娘兩口子咂咂嘴，羨慕嫉妒他們得到了孟夫子的青睞。甚至有人當場就拉著秀娘偷偷道：「秀娘妹子，咱們商量件事。」

「什麼？」秀娘便問。

「以後也讓我家孩子到你們家吃飯可否？我們家給你們送米！不然，以後我每天從地裡回來，再到妳家菜園子裡幫忙幹一個時辰的活兒？」

「翠蘭姊姊，妳這不就和我見外了嗎？孩子嘛，能吃多少飯，妳想讓他來就來吧！反正我就把他和靈兒、毓兒一樣對待，妳到時別嫌棄我給孩子吃得不好。」秀娘忙道。

「怎麼會？妳的人品我放心，妳不會虧待我家娃兒。」

答應了一個人，馬上又來一個，不一會兒工夫，秀娘發現自己竟然已經答應要收留四、五個孩子在自家吃午飯了！

我的天！她家是要變成托兒所的節奏了嗎？

看看這件事的始作俑者，他還搖著他的扇子站在一旁淺笑連連。

將秀娘他們的話都收入耳中，他便含笑點頭。「都說鄉下人最樸實，尤其你們月牙村的人最心善，現在一見，果然不假，在下深受感動。在下保證，以後一定好好教育村裡的孩子，一定要給你們教導出幾個秀才舉人來。」

此言一出，村民們便又哄的一聲爆炸了。

這下，感嘆的、讚揚的，一個個都激動得不行。好多人感動得話都說不出來了，只能拉著他的衣袖抹眼淚。

孟舉人也不嫌棄，依然笑咪咪地和他們說話，耐心地一句句回應他們，讓他在村民心中的形象更上一層樓。

秀娘看在眼裡，徹底對這個人無言：借花獻佛能做到這個境界，這個人可謂是個中翹楚！

他們家裡出米出菜，幫別人家照顧孩子。他這個所謂的夫子只不過在旁邊說幾句好聽的話，表表決心，他就成了所有人眼裡的大英雄，整個月牙村的希望之光。而真正付出最多的他們一家卻徹底被無視了！

好不容易將這群人送走，秀娘回頭就對溪哥嘆道：「這個人不簡單。」

溪哥面色如常。「管他簡單不簡單，和我們沒關係。」

「但願吧！」秀娘嘆息道。

不知道怎麼回事，今天又見孟舉人出現在面前，聽著他說的每一句話、看到他的每一個表情，她心裡總覺得不對勁——這個人到月牙村來絕對是另有目的！而且，她隱約也覺得，那個目的會對他們的生活產生深遠的影響。

然而事到如今，他們除了眼睜睜看著事情往自己無法控制的方向發展，也別無他法。

第十六章

幾天後，村子裡的學堂就開課了。

新先生初來乍到，束脩收得並不多，村裡大半人家都負擔得起。而且孟舉人也的確是位好夫子，對那些家裡沒有錢、卻有心想來唸書識字的小娃娃，他允諾孩子們可以先交一半的束脩，另一半等家裡有了再補上就行。此舉又得到村裡所有人的讚揚。

短短幾天時間，孟舉人就成了大家眼裡的菩薩轉世，救苦救難的大羅神仙！

與此同時，秀娘家裡種出來的第一批菜也在鎮上吳家的酒館裡順利打響第一炮。

吳大公子的確是個出類拔萃的生意人。那些看似平凡無奇的山野小菜，經由他的手，一個個身價立刻抬了百倍不止。什麼「平步青雲」、「扶搖直上」諸如此類的菜名掛出來，搭配上一個限量出售、非貴人不賣的名頭，叫人想不點都難。

而且他們在菜餚的視覺效果以及口味上也下足了工夫，再加上一個藥膳的噱頭，自然引來不少人的追捧。

就在村裡開課的那一天，吳大公子的貼身小廝石頭也來到村子裡，又從秀娘家的菜園子裡拉走一車菜，順便留下一錠閃亮閃亮的銀子。

除了當初捉的那幾隻鳥兒，這可是她來到這個地方賺到的最大一筆錢了！

秀娘喜不自禁，捧著那錠足有一兩重的銀子看了又看，才小心翼翼將錢收好，抬頭對溪哥笑道：「這是咱們賺到的第一筆錢，對咱們來說至關重要。我想，這錠銀子咱們就別用了，留起來，當作傳家寶傳給子孫後代，怎麼樣？」

「好。」溪哥毫不猶豫地點頭。

雖然知道他肯定會說好，但這個字從他嘴裡說出來，秀娘還是忍不住心花怒放。

「這還只是開始。等他們鎮上的生意做好了，吳大公子肯定會往城裡去做，到時候咱們家的菜肯定就供不應求了。到時候，那才是財源滾滾，然後咱們就再也不用為了錢操心了。」

她原本以為，自己上輩子學了那麼多年的東西，來到這個地方就算是白搭了。她一個小女人，帶著兩個小娃娃，既無力氣也無本錢，便是有滿身的技藝也不敢使出來，只能偷偷把自家菜園子種得稍微好些，還不敢出去招搖，種出來的作物也只能和其他人的普通小菜一樣賣點碎散銀子養家餬口。

但現在，自從溪哥出現後，一切就都變了！

先是吳大公子看出了她的菜與眾不同，然後自己擺脫了張家、和鍾家徹底決裂，甚至很快又組建了一個完整的家庭，如今事業也風風火火做起來了……而且這一樁樁一件件，每一件都和溪哥密切相關。

她現在可以斷言：這個男人就是她的福星！

想到這裡，她頓時滿臉堆笑，笑吟吟地走上前去拉溪哥的手。

已經做了這麼久的夫妻，溪哥也早已習慣兩人的肌膚之親。只是像這樣秀娘主動示好的機會還是少之又少，他的身體便又無法抑制地微微一僵，啞著嗓子問：「怎麼了？」

「沒什麼，只是想到以後，我很開心。」秀娘笑道，輕輕將頭靠在他肩上。「我對將來有一個大略的規劃，你要不要聽一聽？」

「好。」溪哥點頭。

「我覺得，咱們只靠著這一塊地方總也不是個事。田地才是莊稼人的生存之本，等把欠官府的銀子都還清了，咱們就開始攢錢買地，夠買一畝地的錢就去買，一畝一畝的累積，等到靈兒、毓兒長大，咱們手頭怎樣也能有一、兩百畝了吧？到時候其中一半給靈兒做嫁妝，一半用來給毓兒娶媳婦，在村子裡就夠風光了。要是能再多出點錢來，咱們就在鎮上再開一間鋪子，賣什麼我還沒想好，但我想把它當作咱們以後養老的資本。等我們老了，做不動了，我們就一起去守著那個鋪子，賺多少銀子就吃多少飯，你說好不好？」

聽她在耳邊輕聲細語的描述，溪哥眼前也不由浮現出兩人白髮蒼蒼、互相攙扶著在狹小的鋪子裡顫巍巍走動的情形，他眼神一暖，唇角微勾。

「好。」

「嗯，那就這麼說定了！」秀娘大喜，握緊了他的手。

知道他們的菜賣了個好價錢，里胥也高興地過來問情況。聽秀娘兩口子說完，他便搓著手小聲道：「看來你們的菜是不愁銷路了。不過妹子，咱們當初說過的那事，現在怎麼樣了？」

「本來今天我正想叫大哥你過來商量這事呢！」秀娘笑道，便引著他到了小溪邊。

兩個多月沒來，里胥赫然發現溪邊竟然多出一個小蔭棚。棚子約莫有一人高，全都是用附近的樹木搭建起來的，上頭密密地鋪著一層藤蔓，將頭頂上的陽光給隔開，只有稀稀疏疏的幾束透過中間的孔洞照射下去。

「這是用來幹什麼的？」里胥不解地問。

「大哥你過來看看就知道了。」秀娘笑著招招手。

里胥帶著滿心疑惑走近一看，才發現這蔭棚底下竟是別有洞天！

下面地上鋪著一層細細的河砂，砂子上頭又是一層被溪水沖刷得圓溜溜的鵝卵石。因為靠著小溪的關係，砂子和鵝卵石表面都帶著一層濕意。人才剛走近一點，就察覺到一陣涼意撲面而來。

在砂石上頭，還錯落倒扣著幾十個不知道用什麼東西做成的薄薄透明袋子。而就在袋子下面的出口處，他已經能清楚看到幾片銀白色的銀耳正在陰涼的空氣中盡情舒展身體，一陣狂喜迎面襲來。

「你們還真把它給種出來了！」話一出口就覺得不對，他趕緊改口。「我不是這個意思，我是說……」

「大哥你不用解釋了，我們都明白。其實這也是我們第一次嘗試，你能相信我們，我們就已經很高興了。」秀娘笑道，拿起瓢舀了一瓢水，再用手掬起一點，均勻地灑在每個袋子上。

做了一遍，她便將瓢遞給里胥。「大哥你也來試試。每六、七天這樣灑一次水，銀耳能長得更快。

「我行嗎？」里胥有些遲疑。

他還清楚記得自己上次去鎮上的乾貨鋪子裡打聽銀耳這個東西時，鋪子老闆看他的眼神。

「那可是個好東西！一年才出產那麼一點，也就達官顯貴才吃得起！」

那眼神、那說的話，分明就是在說他吃不起這麼好的東西。誠然，問過老闆價錢後，他發現自己還真是吃不起！但是，在他的軟磨硬泡之下，他還是說動老闆捧了一朵完整的出來給他看，又聽老闆滔滔不絕地介紹了半天銀耳的好處。最終實在是耐不住，終究還是包了一點碎散的銀耳片帶回家去，煮了一大鍋出來，一家人都喝得飽飽的。

當時乾貨鋪子裡這麼好的東西才存了不到一斤，而就在這個小蔭棚下，這些袋子裡的銀耳種出來，怕是都要有一斤了。這麼貴重的東西，要是因為自己一時不小心給弄壞了，那他不就心疼死！

秀娘卻不以為意地一笑。「沒事。我剛才不是為你示範過一遍了嗎？你照著我剛才那樣去做就行了。不然，看看溪哥，跟他學也行。」

里胥回頭去看，才發現溪哥不知道什麼時候也拿起一只瓢，正手腳俐落地往砂石地上灑水。也不知道是不是這些日子練出來的。他只要一出手，灑出去的水珠必定一樣均勻細密，完全將眼前的一小片地方給覆蓋下來。

里胥看得眼熱，咬咬牙也學他的樣子灑水，卻不想不管他怎麼努力，就是做不到溪哥那麼穩準漂亮，不過他慢慢地做，好歹也算上手了。

小半個時辰的工夫，這一片地方的水都灑好了。秀娘將砂石縫裡長出來的小草苗給拔了，最後再巡視一遍，便點點頭。「好了，我們明天再來看吧！」

「妹子，就這樣……妳確定能種出銀耳來嗎？」雖然已經看到幾片肥肥嫩嫩的銀耳，但不到最後關頭，里胥還是放不下這個心去。

秀娘還是好脾氣地笑著。「大哥就儘管放心好了，再過半個月，這一批銀耳就長成了，到時候我煮上一大鍋請你和嫂子過來喝。」

「再只要半個月就好了？」里胥一聽，雙眼放光。

秀娘點頭。

「真的這麼快？」里胥還是不敢相信。

他可是清楚記得，乾貨鋪子的老闆說得很明白，銀耳這東西因為生長不易，所以十分難得。因為營養價值高，是補氣養血的好東西，一年到頭都有不少人在深山裡尋摸，但一年能摸出個幾十斤就該偷笑了。哪像現在這樣……

看著眼前一地的銀耳，他不敢置信這東西這麼容易就給種出來了！

在過去很長一段時間，銀耳的確只能靠野生，產量少得可憐，所以才賣得極貴。但是到了現代，已經有人發明了多種培植技術，銀耳的培育也逐漸規模化、產業化。最終，這種曾經只供達官顯貴享用的上等珍品，也成為普羅大眾日常飲食的東西。

秀娘上輩子因為工作的關係，沒少和這些東西接觸。唸大學的時候，她甚至還和同學一起搭一個小溫室，專門培育出一朵大大的銀耳。還記得當這一朵漂亮的真菌生長成熟的時候，她和小夥伴兩個人都樂開了花，爭先恐後地和它拍照留念。當然，這朵銀耳最終的歸宿還是進了她們的肚子。

後來博士畢業進了學校教書，她也曾經帶學生去參觀過全國各地的銀耳養殖地，對各種培育手法都爛熟於心。如果不是因為這個地方設備缺乏，自己又不敢弄出太大的動靜，她的第一批銀耳早就面世了。

不過，現在這樣也好。飯要一口口地吃，事要一件件地做。手頭的事情一項接著一項來，一切有條不紊，銀子也慢慢賺，她很享受這種細水長流的感覺。

有了她的保證，里胥放心了，樂呵呵地下山回家告訴自家婆娘這個好消息去了。

秀娘和溪哥一起往家裡走，溪哥又忍不住往她那邊看了過去。即便已經成了夫妻，但秀娘還是常常被他過分深邃的目光看得心跳加速。

現在，她又被看得心裡很不自在。

「你怎麼又這樣看我？」回過頭，她似是嗔怪地小聲道。

溪哥就那樣目光直直地看著她。「妳好看。」

「你……」秀娘聽到這話，頓時臉都紅了。「我哪好看了？以前咱們家隔壁的蘭花可比我好看多了！」

「妳認真做事的樣子，很好看。」但溪哥堅持道。

秀娘一聽就懂了，頓時又笑了起來。「原以為你是一根木頭呢，原來也會說甜言蜜語。

你說要是給他們看到了，他們會不會嚇死？」

「我說實話。」溪哥一本正經地道。

「好好好，你說的是實話，大實話。」秀娘連連點頭，越發樂不可支。

這男人，說個情話都這麼一本正經，可真是好玩得不行。自從成親後，她就看著這個人以往在她眼前塑造的嚴肅冷漠形象轟然崩塌。現在她都可以肯定——這男人其實就是個嘴笨的悶騷。

別看他跟個面癱似的都看不出任何表情，但其實他內心戲幾乎就沒斷過。不過當著那些外人，他懶得說而已。

看著她一邊點頭一邊大笑的模樣，溪哥眉頭微皺，淡淡開口。「妳懂得真的很多。」

秀娘的笑聲戛然而止，腳下的步子也停了。

「你心裡一直存著這樣的疑問吧？」秀娘道。

溪哥點頭。

「既然如此，那你為什麼不問我？」

「妳是我的妻，我相信妳。」溪哥道，一字一句擲地有聲，也敲得秀娘心口一陣陣激盪起來。

「我明白了。」點點頭，她輕吁口氣。「算了，我還是把一切都交代了吧！」

溪哥看著她不語。

秀娘撇撇唇。「想必你也已經看出來了，我其實會的還不止這一點。之前我種菜的時候用的那些方法也和村裡人不同，如果我說是從我爹遺留的書上學到的，你肯定不信，我也就不信口胡謅了。其實這些東西我早就會。除了這些，我還會種不少稀奇古怪的東西，包括現在咱們大歷朝都還沒有的，只要條件適宜，你們隨便給我一顆種子，我都能讓它生根發芽，開花結果。」

溪哥聽得眉頭緊皺，但依然沒有說話。

秀娘又自嘲一笑。「但我會這些又怎麼樣？你沒有出現之前，我依然只是一個別人可以隨意欺凌的寡婦。我帶著兩個孩子，辛辛苦苦在土裡刨食，以前是這樣，以後也一樣。」

溪哥眼神一閃，像是想到了什麼。

秀娘又道：「至於我為什麼會這些，那是很久以前的事了，我不想回想，以後也都不想說，你以後也都別問我，可以嗎？」

「好。」溪哥立即點頭，一邊牢牢握住她的手。「妳是我的妻。」

不管怎麼說，她都是他的妻。管她會些什麼、這些本領又是從哪兒學來的，她就是她，是他的妻，這個身分永遠都不會變，他也只認她這個身分。

秀娘聽出他的話中之意，一股淚意湧上眼眶。她忍不住掄起拳頭在他肩膀上猛捶兩記。

「李溪，你這個壞蛋！」

明明長得一副老實本分的模樣，卻總能時不時蹦出幾句暖人心窩的話。就像現在，暖得讓她差點就想飆淚了。

溪哥任她打了兩下，便一把握住她的手腕。「可以了，當心手疼。」

這男人！

秀娘動作又一頓，改為驕橫地瞪他一眼。她才不要告訴他，第一拳下去，她的雙手就已經開始隱隱作痛了。

這男人真是石頭做的嗎？身上哪裡都是硬邦邦的，一拳下去，那觸感真是叫人記憶猶新，才隨便打幾下，她的手背都紅了！

溪哥見狀，只是好脾氣的唇角彎彎，放慢腳步牽著她的手，兩人一道往回走。

遠遠看到自家茅屋近在眼前，就聽到專屬於孩子們的嘰嘰喳喳聲傳來。馬上，靈兒、毓兒就飛奔過來，一邊跑一邊大叫：「爹！娘！」

兩個孩子一人揹著一個秀娘親手做的簡易書包，小臉上滿是燦爛的笑，手拉著手雙雙出現在他們跟前。

秀娘連忙蹲下身摸摸他們的小臉蛋。「今天上學得如何？夫子講的你們聽不聽得懂？」

「聽得懂！夫子今天講的，全都是娘以前教過我們的，所以夫子一說我們就知道了。夫子還點了我和弟弟起來背書，我們一下就背出來了，夫子還誇我們！」靈兒仰起小腦袋驕傲地道。

秀娘含笑點頭。「你們做得很好。不過要記住，勝不驕，敗不餒。」

「嗯嗯，我們都知道，夫子誇我們了，我們也沒有因為這個就瞧不起鐵牛他們。課間休息的時候，鐵牛他們有不懂的問我們，我和弟弟也都給他們解答了。」靈兒吐吐舌頭。「就是他們都好笨，明明以前娘說三遍我們就能記住的，現在我們都說了十幾遍了，可他們就還是沒聽懂！」

「不過我們也沒有教訓他們，而是更耐心地教他們，後來先生又誇我們了。」毓兒也道，小臉紅通通的，完全是興奮的。

秀娘滿意地點頭。「你們做得很好，夫子應該誇你們，娘也要誇你們。以後要再接再厲，知不知道？」

「嗯。」受到雙重表揚，兩個娃娃都高興得不行，忙不迭地把小腦袋點得跟搗蒜一般。

母子幾個說著話，後頭的孟舉人也帶著幾隻小蘿蔔頭走近了。

遠遠見到如保護神一般站在母子三個後頭、一抹柔情落在那個看起來一點都不出眾的女人身上的男人，孟舉人眼中一抹亮光劃過，當即揚起燦爛的笑顏迎上去。「李大哥、李大嫂，真巧，咱們又見面了。」

你不就是來我家蹭飯的嗎？何來巧不巧之說？

秀娘撇撇唇，對他微一點頭，便站起身來。溪哥更是冷淡，竟連看都沒多看他一眼就跟在秀娘身後走了。

兩個小娃娃不用說，有了爹娘，誰還在意他這個半路殺出來的夫子？更別說他之前的表現已經在孩子們的小心坎上蓋上「不是好人」的戳。除非學堂之上，他們連話都懶得和他講。

可憐的孟舉人，竟比吳大公子還要悲慘。他是遭到秀娘全家的無視，吳大公子好歹和兩個小娃娃的關係還不錯呢！

不過，他的心態要比吳大公子好得多。即便被徹底無視，他還是揚起笑臉主動湊上去，死命地和秀娘、溪哥找話題。

秀娘和溪哥繼續對他置之不理，除非必要，絕不回他一句。

回到自家茅屋，秀娘去廚房做飯，幾個來蹭飯的小娃娃趕緊圍過來，紛紛從隨身的舊布包裡拿出魚肉等物。「秀娘嬸嬸，這是我娘叫我交給妳的，當我的飯錢。順便，我娘說，也讓妳給夫子把飯菜做好點。」

秀娘含笑接過，溫柔地揉了揉他們的小腦袋，就讓他們和靈兒、毓兒一道玩去了。她自己則和溪哥一道生火，將孩子們送來的食材都下鍋做了，大魚大肉滿滿一桌，直饞得孩子們口水直流。

一頓飯下來，娃娃們都吃得小肚兒圓滾滾的，小嘴上也滿滿都是油，孟舉人也滿足得打飽嗝。

吃完飯，孟舉人也不多待，笑咪咪地向秀娘和溪哥告辭，只留下一句。「李大嫂妳的飯做得真好吃，明天咱們再見，我想吃雞蛋。」

去你的！還給她點菜了！

秀娘無語地別開頭。不過，也不用她準備雞蛋。第二天中午，當娃娃們過來吃飯時，赫然又一人從書包裡掏出一顆雞蛋。如此幾天下來，秀娘也漸漸習慣了每天中午家裡都多出來的七張嘴。

一如既往，大清早吳家的小廝石頭就帶著人過來收地裡新鮮的菜運到鎮上。送走石頭一行人，兩個孩子吃了早飯去上學，秀娘繼續整理菜園子，溪哥或給她幫忙，或去山上打獵。中午孩子們過來吃午飯，吃完之後，夫妻倆繼續在菜園子裡忙碌。每隔一天還要去溪邊的蔭棚裡看看。

簡單卻充實的農家生活就這樣一天一天的過去，不知不覺，已過了半個月的時間。

這天正逢學堂裡放旬假，孟舉人一大早就坐著湯師爺派來的車子前往鎮上了。里胥夫妻倆也一大早就來到秀娘家裡。

秀娘早換上一身洗得發白的細布衣裳，將頭髮盤在頭頂，用一塊布包了，整個人看起來乾淨索利。

見到里胥兩口子的打扮，她眉頭一皺。「大哥大嫂你們就這樣來收銀耳？」

「怎麼？不行嗎？要不我們再回家去換身衣裳？」里胥婆娘一看秀娘的打扮，也發覺不對。

因為家境比較寬裕，她自從嫁給里胥後就沒再下地幹活過，所以衣服大都做得精緻——說白了，就是不適合下地幹活。雖然今天她特地翻箱倒櫃找出一件粗布衣裳，但衣裳明顯還是收袖包領的。這樣，她怎麼能彎腰去收割銀耳？而里胥自然也沒有好到哪裡去。

秀娘搖搖頭。「算了，來都來了，你們今天就幫我們打打下手好了。下次來的時候記得身上的裝扮能儉省就儉省。銀耳這東西格外嬌貴，處理起來也要處處小心。一不小心毀了品相，價錢就賣不上去了。」

「是是是，我們記住了。」里胥婆娘尷尬地直點頭。

里胥也不爽地瞪了她一眼。早說了，先問問秀娘兩口子該穿什麼樣的衣服來，她偏不，說什麼自己心裡有數。這下好了，才剛過來，就被嫌棄了。那軟軟的銀耳啊，就是到手的銀子，自己連摸摸銀子的希望都被剝奪了。

里胥婆娘心裡委屈得不行。她哪裡知道還有這等講究？以前她也一樣穿著這身衣服回娘家幹過活啊！

里胥的兒子棟哥兒見狀，如小老頭般地嘆了口氣，大步走到秀娘身邊。「姑姑，既然我爹娘不來，那就讓我來吧！」

「那怎麼行！」里胥婆娘一聽臉色就變了，趕緊就把兒子拽到一邊。「棟兒，你是要讀書考狀元的，這種粗活你怎麼能做？今天你非要過來看熱鬧，我們讓你在一邊看著就行了，可你絕對不能下地去。」

「可是靈兒妹妹和毓兒弟弟不一樣也在讀書嗎？他們都幹活。」棟哥兒一臉認真地道。

「他們和你不一樣。」

「怎麼不一樣法？」

「這個……這個……」

里胥婆娘說不出話了。棟哥兒立即板起小臉。「娘，夫子說過，士農工商，士雖然是站在第一位，但也都是被天下的農民給供養起來的。他願意來鄉下給咱們教書，也是因為他敬重咱們樸實的鄉下人。夫子還說，等以後有時間，他還要帶著我們一起下地體驗民間疾苦，等以後我們真的入朝為官，也能為民所想、為民所憂，不做那等遺臭萬年的貪官污吏。」

里胥婆娘更被訓得啞口無言。

別說里胥婆娘了，秀娘聽到這話也嚇得不輕。那看起來就不著調的孟舉人，居然也能當著孩子們的面，說出這麼大義凜然的話來？不過想想，那個人油滑得很，深諳見人說人話、見鬼說鬼話之要領。如果不這麼做，他又如何能讓整個村子的人都將他高高捧起，奉若神明？現在，就連里胥家的棟哥兒也已經成了他的擁護者。

既然這樣，她就又想不通了。他都能用好話哄得村子裡的人好吃好喝地供著他，為什麼他卻偏不用這樣的法子來對待他們？如果他態度好點，別每次都那麼作妖，她也不至於對他這麼反感，不過現在想這些也沒用。

棟哥兒搬出了孟舉人，成功說服了里胥婆娘，獲得下地幹活的權力。這孩子和毓兒差不多大，雖然他體格比毓兒要高胖些，但毓兒的衣服也能勉強穿得上。

秀娘給他換了衣服，一行人就浩浩蕩蕩往蔭棚那邊走去。

時隔半個月，蔭棚裡的銀耳已經長大了好幾倍。現在看去，就像是一朵朵銀白色的花朵開在砂石之上，在一片鬱鬱蔥蔥綠色掩映的小溪邊顯得格外惹眼。

秀娘走在最前，小心地把長成的銀耳割下來，放到溪哥捧著的木盆內。盆內裝著水，等裝了半盆就折返回來。秀娘小心地用剪刀把根部的黑色耳蒂剪乾淨，掃去雜質，再放在溪水裡沖洗兩遍，然後仔細攤開，放在早鋪開的竹簾上翻曬。

銀耳這種東西既珍貴又脆弱，處理過程半點馬虎不得。一旦處理不當，影響外觀還是小事，若不小心沾污了、或者染上蟲子了，那麼他們這幾個月的努力就都白費了。加之這是自已到了這個地方後第一次培育這東西，手頭器材極不齊全，秀娘也不敢十分放心。

所幸里胥夫妻比她還要小心，溪哥不用說，她說什麼他就做什麼，只要是她吩咐的，他都一定做到盡善盡美。幾個小傢伙雖然動作笨拙了點，但在棟哥兒這個大哥哥的領導下，他們也都漸漸上手，做得有模有樣。

除了一開始的採收工作，後面就是漫長的晾曬過程。銀耳嬌貴，必須在採收當天晾曬乾，否則效果就會大大降低。所以一群人幾乎整整一天就在不停重複給銀耳翻曬的過程。在翻動銀耳使其均勻受熱的過程中，他們還得注意保持朵形的美觀，一天下來，兩家人簡直比種了一天的地還累。

不過，當看到一朵朵品相堪稱完美的潔白銀耳出爐時，大家的疲憊都一掃而空。

「這個真的就是銀耳！和我那次在鎮上乾貨鋪子裡看到的一模一樣……不不不，比在乾貨鋪子裡看到的還要漂亮！我聽那鋪子老闆說過，銀耳顏色越白，成色就越好，價錢也就越貴。這麼說，那是不是、是不是……」

眼見最終的成果出爐，里胥終於抑制不住興奮大叫起來。只是叫著叫著，他似乎想到了什麼，連忙住嘴，尷尬得恨不能挖個地洞鑽進去。

秀娘卻彷彿什麼都沒聽到，只叫溪哥將曬乾的銀耳裝好了。秤一秤，居然有一斤二兩。

她立即笑吟吟地道：「今天收穫頗豐，大哥大嫂就不要回家去了，晚上咱們一起吃個飯，然後咱們也嚐嚐這新做出來的銀耳味道如何，怎麼樣？」

「好啊、好啊！」看到這一袋子的銀耳，里胥婆娘就跟看到一袋子的錢一樣，只有點頭的分兒，哪裡還想得到其他？

於是，兩家人喜氣洋洋地提著一袋新出爐的銀耳，一道熱熱鬧鬧吃了頓晚飯。飯畢，秀娘就將熬煮好的銀耳湯端出來。

這銀耳是純天然出產，又吸取山間的水氣滋潤，生得就格外肥厚瑩潤。用山間的泉水一煮，再稍稍加點糖作為點綴，用勺子一攪，黏稠得幾乎勺子都動不了。盛在碗裡，那就跟盛了一碗晶瑩剔透的水晶凍似的，好看得很。

舀一勺送進嘴裡，軟綿綿濕潤潤的，轉瞬間就滑進喉嚨裡去，只留下滿口的餘香。這滋味，竟比他們之前從鎮上乾貨鋪子裡買回來的要好得多。

里胥婆娘咂咂嘴。「這一碗東西，怎麼也要兩、三個銅板吧？」

「兩、三個銅板？」里胥冷笑。「這滿滿一碗，十個銅板肯定都不止！不然怎麼說是達官貴人們才吃得起的？」

里胥婆娘嚇得手一抖，碗都差點拿不穩。

秀娘見狀淺笑。「嫂子別聽大哥瞎說。這個再貴也是外頭的價錢，現在咱們家多得是，想吃隨便吃，最多費點柴火。」

里胥婆娘聽了，卻更受驚嚇了。「也就是說，這一碗真要那麼多錢？」

秀娘含笑點頭。

里胥婆娘趕緊就把碗給放下了。「這麼貴的東西，咱們還是別吃了，都拿出去賣吧！多換點錢，給我家棟兒買幾本書去。」

「嫂子妳這話就說錯了。」秀娘一本正經地搖頭。「孩子要顧，但是咱們身為大人的也不能太虧待自己。畢竟只有我們當大人的好了，才能把孩子給照顧得好好的。而且咱們家裡也沒有窮到揭不開鍋的地步，何必為了省一口吃的這麼苛待自己？等以後棟哥兒金榜題名當了大官，你們還得留著好身體跟著他享福不是嗎？」

里胥婆娘聽到這話，有些心動，但還是猶豫不決。

一旁的郭棟卻立即抬起頭。「姑姑說得有道理。娘，我現在的書夠用了，妳就別太節省，妳要是這樣把自己給折騰到生了病，以後我讀書都讀不安穩。」

里胥婆娘臉色一變，趕緊捂住他的嘴。「呸呸呸，少說這種晦氣話！你給我好好讀書知不知道？我們老郭家就等著你給光宗耀祖呢！」

里胥見狀也搖頭道：「孩子是好意，妳只要把銀耳湯都喝了不就什麼事都沒了？秀娘妹子說得也有道理。咱們家還沒窮到非要勒緊褲腰帶過日子的地步。這銀耳又是咱們自家種的，妳愛怎麼喝就怎麼喝，反正又不要錢！」

「對對對，你們說得都對，是我想多了。」里胥婆娘忙不迭點頭，趕緊捧起碗又喝了一大口，才抬起頭笑咪咪地看向秀娘。「還是妹子妳想得開，以前我怎麼就沒這麼想過呢？」

秀娘淺笑不語。

那邊里胥小口小口的將一碗濃稠的銀耳羹品完，頓時更興奮了。不過鑑於之前的事情，他好歹克制住了。不停在心裡回味了無數遍，又將現在的和上次自己喝的東西來來回回做了不下十回的比較，確定他們自己種出來的更好。

他便問秀娘：「妹子，既然妳會這個本事，以前怎麼沒聽妳說過？」若知道秀娘還有這一手絕技，他早就和她合作了，何必等到今天？不然，只怕現在的自己都已經盆滿缽滿了！

秀娘淡然回答：「我也是那天孩子們發現樹上長了這個，才想起以前我爹的一本書上似乎寫過這個東西的培育方法。如果不親眼看到，我都差點忘了。」

「哦，原來是這樣。」見如此，里胥也就不再多問了。

吃過飯，兩家人又湊到一起說了一會兒話，秀娘才將都曬好的銀耳交到里胥手上，讓他帶到城裡去賣。鑑於他們家現在和吳大公子的生意往來，他們實在抽不出人去賣這個。而且銀耳在這個時代還是異常珍貴的東西，如果可以，秀娘還是不想讓別人知道這事和他們有關係。

里胥自然也知道他們的顧慮，欣然答應了下來。

小心翼翼提著滿滿一袋子的銀耳回到家裡。關上門，將東西隱秘地放好，里胥才回頭來看著自家婆娘。「我早和妳說過秀娘不是個普通人，現在妳信了吧？」

「信信信！等你把這袋銀耳賣出大價錢，我就更信了！」里胥婆娘連連點頭。

里胥沒好氣地白她一眼。「妳這婆娘真是……算了，妳就等著瞧吧！我看，這還只是開始，以後秀娘妹子還不知道有多少本事要施展出來呢！妳就等著多跟她學學吧！」

里胥婆娘不大高興地低哼了聲。說起來自己比秀娘還大上幾歲呢，以前在村子裡也是人人敬重的，就連身上的穿戴也有不少大姑娘小媳婦偷偷跟著學。可是現在，怎麼他們個個都覺得秀娘比自己好？現在竟然還要她跟著秀娘去學、老老實實聽她的話？

偏偏這個時候，他們家兒子楝哥兒又推門走了進來。

里胥婆娘連忙揚起笑臉。「楝兒你怎麼來了？很晚了，你趕緊回去睡覺。今天忙了一天，明天一早還要去學堂呢。」

「我有件事想和你們商量。」郭楝年紀小小，人卻格外老成，白白嫩嫩的小臉蛋板得死死的，倒有幾分溪哥喜怒不形於色的精髓。

這個兒子就是自己的命，他的要求，他們哪有不答應的道理？

里胥婆娘連忙就說：「什麼？你說。」

「以後，我想中午去姑姑家吃飯。」

里胥婆娘的臉立刻就拉下來了。「家裡的飯菜不好吃嗎？你想吃什麼跟娘說，娘明兒一早就去鎮上買。」

「不是飯菜的問題，我想和毓兒弟弟多相處。夫子誇他很聰明，腦子裡的想法比我們的多。而且中午和夫子在一起多待，也能多問幾個問題。」郭楝一板一眼地回答。

對於他前面的說詞，里胥婆娘嗤之以鼻。不過，後面那句話倒是直接戳在她的心坎上。她怎麼就沒想到呢？中午和夫子一起吃飯，可以乘機和夫子說不少話，也能多問幾個問題，這對學業來說真是再好不過了！

「好！」里胥婆娘連忙點頭。「這事我明兒一早就去和她說，中午你只管和夫子一道去就行了。」

「不用了，毓兒弟弟早就已經和姑姑說了。第一天上學堂的時候他就讓我去和他們一起吃飯。」

里胥婆娘笑意微僵。「這樣啊！那正好，還省了我點事。你去吧，明天娘也包點好東西給你，帶去給夫子補身子。」

郭棟點點頭，就轉身出去了。

里胥婆娘關好門，回頭就對里胥笑。「我算是看出來了，你這妹子還真是聰明，我的確比不上她。」

「妳這又在說什麼？」里胥稀裡糊塗。

「你剛才沒聽到棟兒的話嗎？她一開始就巴巴地請夫子去他們家吃飯，肯定就是想讓夫子多抽空教教她家毓哥兒。看看，這才幾天，夫子都誇了毓哥兒好幾遍，把咱們棟兒都比下去了！」

「妳又胡說八道！」里胥立刻沈下臉。「毓哥兒聰明，那是他本來就聰明，秀娘妹子教養得也好，夫子誇他是理所當然。別的什麼都沒有，妳別亂猜！」

「哈，我亂猜？沒看到咱們棟兒都急了？今天趕忙要幫他們幹活，我還說是怎麼一回事呢？現在可算是知道了，肯定是孩子怕她不答應，怕咱們家棟兒去了，就會搶了毓哥兒的位置，她不高興吧！」里胥婆娘憤憤說著，就傷心地抹起眼淚。「可憐我的棟兒，以前哪吃過這種苦，今天真是難為他了……」

「妳這婆娘真是越說越離譜了！」里胥聽得臉色都變了。「秀娘妹子是什麼人，我心裡比妳清楚！這種話，妳今天咱們倆私底下說說也就行了，以後再也不許說了，知不知道？」

「我難道說錯了？你不一直說她聰明會算計的嗎？」里胥婆娘還不服氣。

里胥氣恨得話都說不出來了。

「算了，我不和妳說了！」他恨恨地一甩手。「妳就記住我的話，以後老實點在家裡待著，伺候好我們爺兒倆就行了。秀娘妹子那邊妳少去，妳也別再和村裡那些三姑六婆閒扯，就這樣！」

說完，一個翻身拉過被子蓋好，只用一個後背對著她。

里胥婆娘被吼得一愣一愣的，還待說什麼，就看到里胥已經睡下了，心裡只覺得委屈不服。但既然里胥都已經下了最後通牒，她終究不敢多說，只得委屈地閉上嘴，吹燈睡了。

第二天，棟哥兒果然揹著小書包加入秀娘家的午飯隊伍。

也不知怎的，他和毓兒的感情突然變得非常好，兩個人幾乎都是並肩來去，偶爾還一道討論學業上的事情，頗得孟舉人稱讚。

接下來幾天時間裡，孟舉人的表現還算正常。雖然還是有些嬉皮笑臉，但好歹都在能接受的範圍之內。

就在秀娘以為這個人終於恢復正常的時候，這個人就笑嘻嘻地出現在她面前。

「李大嫂，前兩天有學生父母送了我一個好東西，只可惜我也不會做，不如就交給妳，妳幫我做了吧！」

看他這一臉賊笑的模樣就知道肯定不會有什麼好事。

秀娘鎮定地點頭。「好。如果會做，我一定幫你做；如果不會，那就抱歉了。」

「放心放心，妳如果不會，我就教妳。我雖然不會做，但做法還是知道的。」孟舉人笑咪咪地說著，便小心翼翼從隨身褡褳裡取出一個東西。

秀娘一見，心裡就咯噔一下。居然是這個！

孟舉人笑著把東西拿在她眼前晃了晃。「就是這個，李大嫂妳認識吧？我就交給妳了，妳也不用急著做，明天中午我能和孩子們一起喝到羹湯就行了。」

「好，我知道了。」秀娘點點頭，目送他步伐輕鬆地離去。

等人一走，秀娘的眸色就陰沈下來。

吃完午飯，孩子們一如既往地簇擁著孟舉人下山去了。

第十七章

溪哥走了一圈，都沒有見到秀娘的身影，最終還是在臥房裡見到她。

此時的她正坐在窗檽下，呆愣愣地看著眼前一個東西，似乎都沒有聽到背後傳來的腳步聲。

「怎麼了嗎？」他走過去問。

秀娘指指面前。「你看。」

溪哥轉眼看過去，就見到一朵形狀完美的銀耳擺在她跟前。無論從外形還是成色上看，這一朵都屬上品。

他的雙眼也蒙上一層陰影。「哪兒來的？」

「有學生的父母送給孟夫子的。」秀娘笑道。「你說，還能有哪個學生父母這麼大手筆？這一朵銀耳就有差不多二兩重！」

品相完好的銀耳他們那天製出來的也就只有五、六朵，其中三、四朵都只有一兩左右。還有兩朵當屬極品，她還特地叮囑過里胥這兩個東西可以多留，對方不出高價不要出手。里胥也答應得好好的，結果一扭頭，這其中一朵居然出現在她面前，這中間經歷了些什麼，可想而知。

溪哥面色冰冷。「看來，他們家裡還有人需要多多管教。」

「那個還好說。關鍵是現在，你不覺得孟夫子的用意很明顯嗎？」秀娘道。「他肯定已經猜到了，不然不會單獨把這個拿出來給我看，還說出那樣的話。他這樣做，分明就是在暗示我，他已經知道了。你說，這個人到底想幹什麼？」

自己辛辛苦苦隱瞞了這麼久的事情，沒想到一轉眼就被人賣了個乾淨。這種感覺……真是讓她惱火至極。

溪哥雙唇抿了抿。「這個妳不用擔心，我來解決。」

當天晚上，下學之後，孟夫子送走了最後一個孩子，就悠然轉過身，往自己的臥室走去。

最近村裡人不管做什麼都不會忘記送一份給他，現在他手頭已經存了不少乾糧，這些都是他晚上用來果腹的東西。雖然他很想如中午一般再往秀娘家裡去蹭飯，不過相信以秀娘兩口子冷淡的態度，再加上沒有學生們的掩護，自己單槍匹馬上陣，說不定是喝西北風還是直接被拒之門外呢！

所以，他很有自知之明選擇自己解決。正艱難地抉擇要不要乾脆用冷水泡一點饅頭隨便吃吃算了，一陣凌厲的風聲忽地從側面來襲。

他心中一個激靈，當機立斷，一個轉身後退，驚險地躲過背後來的攻勢。但對方的攻擊不停，立刻又調轉方向，當面給了他雷霆一擊！

這次他沒有躲過，面門就被狠狠打中了。

「噭！」忍無可忍的一聲狼嚎，他捂著臉大叫。「打人不打臉，我和你說過多少回了！我就是靠臉吃飯的呀！這樣，你讓我明天怎麼見人？」

一面說著，他還一面湊上去，張牙舞爪看似想要扳回一城。但對方長腿一踢，直接一記掃堂腿，又讓他跌了個狗吃屎。他想死的心都有了。

噭嗚一聲狼嚎，他就勢一撲，就抱住對方的腿不放。

對方冷冷地居高臨下看著他。「放手。」

「不！」孟舉人堅決地搖頭。

「你再不放，當心我不客氣。」

「來呀、來呀，你儘管來呀！不就是打我嗎？隨便打，只要打不死，我就不放手！」

對方被他的死皮賴臉弄得無言。

孟舉人頓時得意了，傲然地抬起頭，看著那張鐵青的臉，他得意洋洋地道：「你還知道要來找我？我還真以為你打算和我裝死到底呢！」

對方繼續冷冷看著他不語。

孟舉人撇撇嘴。「我知道、我知道，不就是因為我欺負了你女人嘛，可我要是不走這一步，你肯定還是不會理我！你說你怎地就這麼狠的心，咱們多少年的感情了，你也說放就放，轉頭就和一個素不相識的女人『婦唱夫隨』。我千里迢迢找過來，你居然還假裝不認識我，你還不理我，我怎麼會攤上你這麼個人！」

「我再說一句，放手！」對方不為他的哀嚎所動，繼續冷聲呵斥。

孟舉人死死摟著他不放開。

對方眼神一冷，直接抬起另一隻腳把他狠狠一踹。

「以後不許再去騷擾她。」丟下這句話，他抬起被釋放的腳就走。

孟舉人被踹得在地上滾了好幾圈。好不容易停下來，他連忙爬起來，對著那人的背影大喊。「你給我站住！站住……不然，我就去你家，告訴她，你的真實身分！」

前行的腳步倏地停下。

「有本事你就去試試。」冰冷的嗓音響起，叫人冷不防一個激靈。

孟舉人趕緊揚起討好的笑。「我就說說、說說而已，你別當真呀！我這不也是因為你不理我，所以故意想刺激你一下嘛！你放心，什麼話該說、什麼話不該說，我心裡清楚得很。」

冰冷的雙目盯著他看了足足有半盞茶的工夫，這個人——也就是溪哥，才微微勾了勾唇角，轉身又要走。

孟舉人一看就急了。「雖然我不說，但你也該想想，接下來你們打算怎麼辦？你失蹤了這麼久，大家都找你找瘋了。而且，京城那邊也已經得知你的消息，他們應該馬上會找過來了。」

聽到他說起「他們」，溪哥身形微微一滯。

「欠他們的，我都已經還了。從今往後，我和他們再無關係。」

「你是這麼說，那也得他們肯放過你啊！」孟舉人小聲咕噥。

溪哥卻彷彿沒有聽到，逕自抬腳走了。

看著他毫不留戀的步伐，孟舉人搖搖頭，無奈地長嘆口氣。「我只能幫你到這裡了。接下來怎麼辦，就看你們自己了。」

孩子們下學回到家，母子三個就開始做晚飯。

兩個娃娃一如既往忙前忙後，一面嘰嘰喳喳跟秀娘說著學堂裡發生的事情，母子三人其樂融融。

只是說著說著，毓兒突然伸長脖子往外張望一番。「娘，爹呢？」

「喔，他說這兩天吃素的口味有些淡，就去山裡獵幾隻野雞、野兔回來加菜。看樣子該回來了。」秀娘狀似不經意地道，心裡也不免有些擔心。

他說那件事交給他，然後就出門了，直到現在都沒回來。他到底是幹什麼去了？可別被村裡人給抓個現行，那可就不好了。現在孟夫子在村裡的形象水漲船高，幾乎沒人不喜歡他，就算有人隨便說幾句開玩笑的話都會被罵。而看他之前的表現，就不像是要和孟舉人坐下來平心靜氣談話的樣子，那麼一旦被人發現他態度不對，那些人還指不定又會是什麼反應！

正想著，就見一個熟悉的身影躍入眼簾——他回來了！

秀娘心中一喜，兩個娃娃早已經飛奔出去。

「爹！」

溪哥對他們點點頭，將手裡的野味交給毓兒，自己牽上靈兒的手走進來。

「我回來了。」他對秀娘道。

孩子們沒有聽出個中意味，但是秀娘知道，他是在告訴她：事情已經解決了。

但是為什麼她看他的臉色，總覺得不大對勁？是不是中間還發生了點別的什麼？

可礙於兩個孩子在身邊，她也不好多問，便繼續將晚飯做好。

吃過飯，兩個娃娃洗漱過就回了自己的房間，秀娘正要問他話，不想溪哥已經搶先一步走過來，一把抓住她的手腕。

「妳相信我嗎？」

秀娘一怔。「怎麼突然問這種話？」

「妳只說，妳相不相信我？」溪哥沈聲問，臉上明顯帶上幾分焦急。

見狀，秀娘心頭的疑惑越升越高。只是面對他難得的焦躁，她還是點點頭。「我當然相信你。」

溪哥立即鬆了口氣，旋即就一把將她擁入懷中。

秀娘立時被嚇到了。他是真出問題了！平時躲在被窩裡，他的動作說熱情點也就罷了。可是在被窩外面，他卻是極少對她做這樣的舉動。

今天他是怎麼了？

「你——唔！」正要開口，誰知溪哥就低下頭，死死地封住了她的唇。

這一晚，秀娘又幾乎被累得半死。隱約中，她似乎聽到溪哥在她耳邊低聲呢喃：「妳說過要信我的，以後也要說到做到，知不知道？」

「嗯。」她疲倦得要死，只想他趕緊放過自己，便胡亂將頭一點。

然後溪哥又做了些什麼，她就不知道了。她只記得，那個擁抱著自己的胸膛格外火熱，那雙環在自己腰上的臂膀也箍得格外緊，就像是生怕她會跑了一般。看來是真出大事了，明天自己一定要好好問問他，好好問……

迷迷糊糊中，她是這樣想的。

可是轉眼到了第二天，一覺醒來，除了覺得自己身上過分疲軟了些，秀娘發現溪哥又恢復原樣。還是那般冷冷淡淡，默默地低頭做事，她要他做什麼就做什麼，對兩個娃娃也是一樣耐心。昨晚縈繞在他身上的那股狂躁氣息不見了，就好像一切都是她自己作了一個不切實際的夢一般。

她當然不會相信這是一個夢，便問了問溪哥昨晚的事。

「昨晚我去找他，他就承認是故意來刺激我們的，還說早知道那朵銀耳是妳種出來的。但他看我們遮遮掩掩的姿態覺得好玩，所以就故意拿那個來試探妳的反應。」溪哥是這樣說的。

秀娘自然不信。「就這樣？」

溪哥點頭。「對了，他還說，不知為什麼就是看我們面善，所以才會這樣做。其實他心中並無惡意，不過是想乘機和我們拉攏關係罷了。那一朵銀耳他也沒打算要，就還給我們了。」

秀娘越聽越覺得離譜。「這不像他的風格。」

「誰知道？這人一向瘋瘋癲癲。」溪哥淡聲道。

秀娘再逼問幾句，奈何溪哥就是一口咬定什麼事都沒發生。無奈之下，她也只好作罷。

等到中午，孟舉人又和孩子們一道過來吃飯。他也依然還是那副看似文質彬彬、實則嬉皮笑臉的德行，卻是半句話都沒有再提那一朵銀耳，就好像什麼都沒有發生似的。

秀娘見狀，仍沒有放下心來，反而疑心更重了。只是自己也問不出什麼，便只得將一切暫時放到一邊。

等孩子們吃完飯，秀娘自己也草草吃了一碗，便下山往里胥家去了。

里胥不在家，就他婆娘正在屋子裡納鞋底。見到秀娘進來，她連忙揚起一臉的笑。「是秀娘妹子啊！趕緊進來坐，妳是來找妳大哥的對不對？他去鎮上了，上次咱們的那個銀耳賣得實在好，客人買回去後也誇得不行，說還要買，認定咱們家的，別家的都不要了。這不，掌櫃的都特地從城裡趕過來找妳大哥談生意，妳大哥就和他到鎮上說去了。我本來還想說，等晚上去告訴妳這個好消息呢，可巧妳自己就來了。」

她雖然笑得燦爛，但是這話卻說得不陰不陽，聽得人耳朵裡都酸水直冒。

秀娘唇角泛開一抹淺笑。「有這回事？那可真是太好了。不過生意上的事我不懂，一切就交給大哥去做好了。對了大嫂，上次咱們做出來的那一斤多銀耳都賣完了嗎？」

「賣完了呀！錢不是都給你們了嗎？」里胥婆娘立即瞪大眼。「妳大哥在價錢上可從沒欺瞞過妳，咱們都是自己人，我們都可以拍胸脯保證！而且當初也是妳說的，自家的東西，自己留點打牙祭沒事，所以我就稍稍多留了點，也只是想給我家棟兒多補補身子而已，其他的我一點都沒多拿，這個妳大哥可以作證！」

「大嫂妳何必這麼風聲鶴唳？我什麼都還沒說呢！」秀娘慢條斯理地道。

里胥婆娘說了半天，自己嘴巴都說乾了，沒想到秀娘竟是半點情緒都不顯，還是那般淺淺淡淡的模樣，她不由開始懷疑，難道說，是自己想多了？那件事她不知道？

嗯，應該是這樣。想想也是，他可是見過大世面的人，怎麼可能不知道銀耳的珍貴？但是馬上她就失望了。

秀娘拿出一個小布包，小心將布包解開推到她跟前。「嫂嫂妳看，這是前幾天有人拿到我跟前的，妳看這品相，比咱們做的怎麼樣？」

里胥婆娘一看臉就刷白了。這個東西她當然認識！可不就是當初自己偷偷摸摸給孟夫子送去的銀耳嗎？

因為擔憂棟兒在學堂上被夫子忽略，她心裡著急得不行。思來想去，才想到拿點好東西去送給夫子，希望看在東西的分上，夫子也該對她的棟兒另眼相看吧。而且她的兒子本來就聰明，以前在鄰村上學的時候一直都是夫子的得意門生，只要現在的夫子肯用心多教教，還怕贏不過秀娘家才讀了幾天書的毓哥兒？

而且事實證明，她的法子的確是奏效了。夫子收下銀耳，第二天棟兒就喜孜孜地回來告訴他們，說夫子專門給他解答了一個疑惑，還當著所有學生的面大大表揚了他一番。

她深深覺得自己做的是對的，雖然付出的是多了些，但為了自己的寶貝兒子，這點東西算什麼？秀娘不都說了嗎，只要養好了，這東西就是取之不盡、用之不竭。以後這麼好的東西還多著呢，現在自己先拿一點去用也沒什麼。

雖然一再在心裡這麼告訴自己，可是她也知道自己這麼做是不對的，所以這事一直沒有往外說。扳著手指頭數著日子，眼看日子一天一天過去，也沒人來找過自己，就以為事情過去了。可誰知道，她才剛放下心，秀娘就帶著東西找上門來了。

看著那一朵潔白靈秀的銀耳，里胥婆娘就跟看到一個炸藥包似的，整個人都緊張得不像話。

「這個……這個……」結結巴巴半天，她才勉強擠出一絲驚訝的表情。「這個東西好像和咱們家的差不多呢！」

「不，比咱們的還要好。」秀娘冷聲糾正。

里胥婆娘一滯，差點就脫口而出——不都是妳自己種的嗎，哪來的更好？

秀娘便道：「這一朵可以說是銀耳中的上品。最初生長之時形狀就格外完美，後來被採摘、曬製時也是格外小心，完美保全了原樣。這麼一朵，差不多有二兩重，放在外頭鋪子裡大概能賣一兩銀子。這麼好的東西，我竭盡全力說不定一次能出一、兩朵，但大部分都是遠不及它。大嫂妳這些天肯定也和大哥研究了不少，妳說呢？」

「我說……妳說得對！這東西的確是好，比咱們的還好點。」里胥婆娘只能點頭，額頭上很快就沁出一層細密的冷汗。

秀娘視而不見，又淺淺笑道：「看來在咱們這個地方還有比我更厲害的高手在，既然如此，那以後咱們就要更小心謹慎才行。不然，若是被人給壓下去了，咱們的銀耳賣不出好價錢，咱們兩家都得哭死。嫂子妳說是不是？」

「啊？是是是……妳說得沒錯！」都已經跳上賊船了，里胥婆娘現在是騎虎難下，只能艱難地笑著點頭。

秀娘又漾開一抹笑靨。「我今天過來，也就是來和嫂嫂妳說說話。妳也知道，男人麼，一個個都心思粗，不如咱們細膩。我也只和嫂子妳親近，有話當然只能來找妳，嫂子可別嫌我煩。」

「不煩不煩！妳可是我的好妹子！」里胥婆娘呵呵傻笑。

秀娘滿意地頷首，又將布包推到她跟前。「這件事我和嫂子妳說了，就不再找大哥了。嫂子回頭把這個轉給大哥，也把我的話和他說一遍吧！這麼重要的事情，大哥也必須心裡有數才行。」

里胥婆娘嚇得直接跳起來了。「不行！不能給他知道！」

「為什麼？」

「因為……說不定這個只是特例呢？妹子不也說過嗎，現在的銀耳都是純野生，那些人在山裡找多久才能找到像這樣的一朵？再加上加工、運輸，能好好保存下來的就更少了。這一朵說不定只是一個例外呢？咱們的生意才剛做起來，也好不容易有點成效了，妳就拿這個去嚇妳大哥，要是他被嚇到了，不敢和城裡的人談生意，那該怎麼辦？咱們全家現在就靠這個給孩子們賺點書本錢呢！」里胥婆娘結結巴巴地道。

「這樣啊！嫂子妳說得倒也有幾分道理。」秀娘點點頭。「那妳說咱們該怎麼辦？」她問她？她怎麼知道？她只巴不得這朵銀耳趕緊消失，秀娘也趕緊消失，誰都別再出現她跟前。

里胥婆娘都快悔死了！

看她這副模樣，秀娘也不多威逼，便將銀耳又包好拿在手裡。「既然嫂子都這麼說了，那這個我就先不給大哥看了，我先帶回家去，好好研究研究，看看別人家都是怎麼做的，回頭說不定咱們自己也能朵朵都做成這樣，妳說是不是？」

「是是是，秀娘妹子妳最聰明了，這世上哪有妳做不成的事啊！」里胥婆娘趕緊拍馬屁。

眼看自己要的目的已經達到，秀娘見好就收，便點點頭，溫柔地和里胥婆娘告別。

「我的媽呀！」好不容易送走了這尊瘟神，里胥婆娘轉身回去，才一抬腳，卻發現雙腿都軟綿綿的。一個不小心，腳背就撞到門檻上，整個人都跌撲出去摔了個狗吃屎。頭臉上被撞得生疼，她卻一點都不在乎，就這樣趴在地上，她咬牙拚命在地上捶了好幾下。「這女人怎地這麼厲害、這麼厲害？我都快被嚇死了！」

等里胥回家的時候，她還呆呆地坐在院子裡一動不動。

「她怎麼了這是？」他臉一沈，連忙問道。

守在一旁的棟哥兒趕緊站起來。「我也不知道。我下學回來就看到娘坐在地上，嘴裡不知道在念叨些什麼，我和她說了半天，才把她給勸到凳子上坐下了。」

里胥一聽，就更覺得奇怪了。「好了，我知道了，你趕緊回房去寫字吧！」

「好。」郭棟雖然也覺得奇怪，但大人的事情他一向不怎麼管。既然父親都讓自己走了，他也不多待，乖乖回房練大字去了。

里胥隨手就把自家婆娘給領回房間。關上門，他才問：「是不是秀娘來找妳了？」

里胥婆娘猛地一動，眼淚唰地就下來了。

「當家的！」一個箭步衝過來，她抱住里胥的胳膊就不肯撒手了。「嚇死我了！她怎麼那麼厲害啊？我都快被她給活活嚇死了！」

「妳自己笨，就以為所有人都和妳一樣蠢嗎？」里胥沒好氣地嗤聲。「也就只有妳這樣腦子的人才會拿這麼好的東西去賄賂夫子。現在好了，被發現了吧？妳活該！」

「你怎麼知道我拿銀耳去給夫子了？」里胥婆娘又是一愣。

里胥無奈地嘆氣。「妳是我婆娘，妳什麼德行我還不知道嗎？品相那麼好的銀耳，說弄壞就弄壞了，說拿去給妳娘家人喝？要是平時，妳肯定已經肉疼死了，不用我勸，自己都能一個人念叨一、兩個月。可是妳看看妳自己，這些天妳念叨了沒有？妳自責了沒有？妳還連銀子都沒算計幾次，長眼睛的人都看得出來是妳自己偷偷把東西昧下了！」

里胥婆娘被說得面紅耳赤。「既然知道我幹了什麼，那你為什麼不攔著我？」

「攔著？這次攔了，妳下次就不會這麼做了？說不定妳下次還會幹出更出格的事！我還不如乘機給妳個教訓，也讓妳好好瞧瞧秀娘妹子的本事！」里胥氣呼呼地道。「現在妳服氣了沒有？」

「服氣了、服氣了。」里胥婆娘連忙點頭。

能不服氣嗎？那丫頭從一開始就挖陷阱給她跳，還一再逼著她越跳越深。而自己呢？明知道擺在眼前的是個坑，她也只能閉著眼睛往下跳。這種感覺，簡直就跟鍘刀懸在脖子上一樣，還不如直接給她來個痛快的好呢！

秀娘那人，這手段、這心計，真是絕了！以後她都不想再見她了！

接下來的日子，里胥婆娘果然離得秀娘遠遠的，如非必要，她根本都不再往秀娘跟前去了，甚至每次遠遠看到她來了，都會轉頭就跑。

倒是里胥第二天就又往秀娘家去了一趟，腆著臉說了一籮筐的好話，直到秀娘雲淡風輕說出一句不要緊，他才鬆了口氣。

如此時間緩緩流逝。

溪邊蔭棚裡的銀耳又割了兩次，前前後後一共賣了五兩多銀子。秀娘家分了將近三兩。這可是一大筆錢，秀娘連忙將錢藏好，盤算著等再賣上三、四個月，正好到天冷的時候銀耳不長了，他們手頭也就能有個將近二十兩銀子。再加上賣菜的錢，湊一湊差不多也能有個十兩，加在一起三十兩，可以去買幾塊地了。

這些日子她明裡暗裡朝里胥套了幾句話，知道在他們這個天高皇帝遠的地方，一畝良田最貴也不過才四、五兩銀子。要是遇到有人急著脫手或者地點偏僻些的，三兩銀子都能買下，那些中等的田地或是沙田就更不用說了。

也就是說，等到年底，他們名下就能多出來至少十畝地，這個認知大大鼓舞了她的士氣。

晚上，她便和溪哥商量著。「今年先把咱們家銀耳的名號打出去，穩定收貨的商家。一切就緒後，等翻過年，咱們就擴大種植面積。到時候有了固定的接收人，只要咱們品質好，這東西就不愁沒人要。這樣，進項就更多了。不過銀子到手咱們也不用留著，接著買地。到那個時候，咱們也就不用再藏著掖著，大大方方告訴村人咱們做的生意。那些地咱們也不種麥子，我這兩年在山裡發現了不少好東西，到時我們就把那些東西移栽到田裡去。等它們長好了，那必定又是一筆大進項。」

看著她一面滔滔不絕地和自己說著計劃，一面用炭條在白紙上寫寫畫畫，溪哥的眼神不由溫柔起來。他最愛看她醉心忙碌的模樣，這樣的她，神色格外專注，雙眼格外明亮，甚至整個人身上都煥發出一抹格外引人注目的光芒。

聽著她信心滿滿地勾畫未來的藍圖，他都忍不住跟著她的引導放開想像，心境也越發開闊起來。

秀娘自顧自地說了半天，卻沒有等到他的半句回應，頓時有些不高興了。放下炭條回頭。「我說了這麼多，你有沒有什麼想法？」

溪哥靜靜看著她。「都聽妳的。」

「你……」秀娘一陣無力。「你就沒有自己的想法嗎？」

「妳的想法很好。」

這個人！

秀娘扶額。「從開始到現在，你什麼都是聽我的聽我的。難道以後不管什麼事，只要我說了，你就都聽我的？」

「有何不可？」溪哥反問。

秀娘徹底無言。

「要是我說的是錯的呢？你也不管？」

「但妳現在沒錯。」

我的天！

秀娘真的說不出話了。「算了，我不和你說了！我還是自己慢慢構想去吧！」

本來還說一人計短兩人計長。自己一個人或許有想不到的地方，讓他幫忙補充呢，誰知道這個男人每次都這樣，就跟個木頭似的坐在那裡，自己說什麼他都只知道點頭。問他的意見，永遠都只有一句——聽妳的。

自己怎麼就找了個這樣的男人？可說他沒主見吧，他明明一直都有自己的想法。但說他有想法麼，那為什麼每次自己和他商議的時候，他都直接讓她拿主意？

哎！自己為什麼就是一直搞不懂這男人呢？真煩人！

然而以後秀娘才知道：他不是沒有主見，而是在她面前，他根本就不用主見。畢竟一切都已經有她了不是嗎？他放手不管，那是因為他信她。而她所做的一切，也足以對得起他的信任。當然，這些都是後話。

現在的秀娘一葉障目，還想不到那麼長遠去。現在的她仍在不高興，以致一天都沒給溪哥好臉色。溪哥也甘之如飴，依然悶頭做事。
這根木頭！
見狀，秀娘又生氣了。明明都看到自己生氣了，他就不會過來認個錯，說兩句好聽的話嗎？還讓她一個人站在那裡，真是……氣死人了！
她決定了！今天不原諒他，明天一樣不原諒！
然而到了第二天，天色微明之際，鎮上吳家的車便又按時來到山下。
「大哥，大姊！」這次和石頭一道過來的，還有許久不見的吳大公子。
見到這個人滿臉的笑，秀娘就知道必定來者不善，立即便摒棄了和溪哥的那點不睦，她和他肩並肩站好，昂首冷視又想過來套近乎的吳大公子。「不知吳大公子來此有何貴幹？」
「呵呵，既然妳都知道我是有事前來，那我就不多客氣了！」吳大公子笑道，便招呼石頭捧上來一個布包。
打開布包，裡頭躺著的赫然便是一只形狀完好的銀耳。
見到這個，秀娘不由閉上眼，心裡暗嘆一聲——果然又來了！
看見她的反應，吳大公子更堅定了心中的猜測，頓時就垮下臉。「大姊，你們說，你們是不是太過分了？既然有這麼好的東西，為什麼不給小弟我，還要偷偷拿出去賣？難道我何曾虧待過你們？」
既然他都已經發現了，秀娘便知道再解釋都是徒勞，直接問道：「你怎麼知道的？」
「大姊，妳當我是傻子還是妳自己是傻子？」吳大公子翻個白眼。「這些日子鎮上的

『平步青雲菜系』賣得很好，我家正計劃著在城裡也開一家這樣的館子，所以我家管事時常往城裡去查看鋪子等物。其中就有兩個人遇到鬼鬼祟祟的郭里胥，他們稍微打聽一下，就知道了他幹的那些營生。難道以郭里胥的本事，他能弄出這個東西來？」

所以，他就順藤摸瓜，想到他們身上來了。

她早該想到的，這個人腦筋這麼活，看到一點蛛絲馬跡就能抽絲剝繭找到真相。不然，就憑當初溪哥被誣告那件事，他怎能將欽差、巡撫乃至總督都給找來？

雖然她一再交代過里胥要多加防範，年前絕對不能被人發現，但里胥那點手段在吳大公子面前還是完全不夠看。而且……這個人的眼睛就一直都沒有從他們身上移開過吧？他們做了些什麼，他當然也都知道得一清二楚。

秀娘頷首。「沒錯，這個就是我弄出來的。」

吳大公子立即雙眼大放光芒，趕緊又將銀耳往前送了送。「這個、這麼漂亮的東西，真的是妳弄出來的？」

秀娘點頭。

「那妳為什麼不和我說？妳要是早說了，我家的酒樓裡就又能多出一道名菜！這樣咱們都能賺得盆滿缽滿的，多好！」

「這個我是打算自己賣。」秀娘才不為他的話所動，逕自冷冷道。

吳大公子笑意一僵。「賣給誰不是賣？給我，我的銀子還能比他們高出一成，省了中間的差價不說，還不用你們大熱天跑那麼遠，多好！」

「吳大公子你何必還在我們跟前裝傻？我的目的都已經說得很明白了，這門生意，我們不和你們做！」秀娘臉一沈，義正詞嚴地道。

吳大公子立時被嚇到了。

「是是是，我明白你們家不想一直靠著別人過活，你們想自立自強。可是現在你們不是還沒有這個能力嗎？我也沒有別的意思，只是想給你們點方便，也為自己方便。」他小聲咕噥著，看看秀娘和溪哥還是不為所動，就知道自己賣可憐的計策失敗了，趕緊便道：「好了，我知道了！這些菜的事上是我過分了些，可那不也是因為之前為了救出你們倆我付出太多了嗎？現在這個，我不要你們專供我家十年還不行嗎？有什麼條件，你們說！只要能達成的，我絕不二話！」

「果真？」秀娘眉梢一挑。

吳大公子撇嘴。「我是不想。可如果不這樣，你們會點頭嗎？」

當然不會。

秀娘淺淺一笑。「既然這樣，那咱們倒是有可能一起好好聊一聊ㄏ。」

一聽這話，吳大公子卻不是狂喜，而是震驚地跳了起來。「我就知道、我就知道！妳就在等著我呢！妳早就已經計劃好了，是不是？是不是？」

「是又如何？難道吳大公子就沒有早料到這一幕嗎？」秀娘雲淡風輕地道。

吳大公子一滯，又無力地垂下腦袋。「料到了。」

所以，他們根本就是知根知底，早就知道對方的打算，也早就想好了應對策略。到現在，不過是走一個過場，然後達到各自的目的罷了。

瞧瞧，多聰明的女人！這麼會做生意，她真的就該嫁給他、和他一起縱橫商場才對啊！

吳大公子心裡還是忍不住又浮現出那麼一些些的希冀。

「你看到了吧？你這媳婦多厲害，你肯定管不住她的！」趁著秀娘回身的機會，他小聲在溪哥跟前挑撥離間。

然而溪哥聽了，只是淡淡瞧了他一眼。「她管得住我，那就夠了。」

吳大公子再次啞口無言。「你說你怎麼……一個大男人，這麼聽女人的話，說出去丟死人了！你簡直丟我們男人的臉！」

溪哥眼神一冷。「那你可以離我們遠點，眼不見為淨。」

那怎麼行？要是離遠了，他怎麼和秀娘親近？他又怎麼想盡辦法把人給弄到自己身邊來？

吳大公子無力地擺擺手。「算了、算了，我不和你說了。既然你自己甘之如飴，我也就不說什麼了。」說著又狀似無力地用力搖搖頭，長長地嘆了口氣，才扭開頭，一扭一扭地走開了。

溪哥目送他離開，眼神再次變得陰暗下來。

叫來里胥，三方人馬談妥了銀耳收購的事情，吳大公子終於滿意地走了。

談到了個好價錢，還省了自己往鎮上跑來跑去的煩擾，里胥高興之餘也有些擔憂。「妹子，妳真打算把所有東西都交給吳家去賣嗎？時間長了，咱們會不會被他們拿捏住？」

秀娘淺笑。「把雞蛋放在一個籃子裡的事，我當然不會做。」

里胥眼睛一亮。「妳有主意了？」

秀娘頷首，將和吳大公子簽訂的協議攤開，指向其中一條。「大哥你看到這個了嗎？」

「看到了。咱們每個月都要給吳家提供三斤銀耳，前後共分三次給。」里胥道。「這個有什麼不對嗎？」

「是沒什麼不對。我的言外之意就是，咱們每個月給他們三斤，三斤之外的，不都由咱們自己支配了嗎？」秀娘道。

里胥當即拍案叫絕。「對呀！我怎麼就沒想到這一層？還是妹子妳聰明！」

說著他又皺起眉。「只是，一個月三斤，這個數量就已經不小了，現在咱們一個月滿打滿算也就能出產二斤多，咱們又哪來的額外銀耳去賣？」

「這個大哥就不用擔心了。」秀娘淡然道。「不過是多搭一個蔭棚的事情，沒什麼大不了的。」

這話聽在里胥耳裡，整個人都不好了。

這麼賺錢的買賣，他不管何時何地都緊張得跟什麼似的，可為什麼她就能這麼雲淡風輕？還不過只是多搭一個蔭棚的事？這話要是傳到吳大公子抑或是前些天爭著、搶著要和他做生意的商戶們耳朵裡去，那些人怕是要吐血而死！

可是看看秀娘和溪哥夫妻倆雲淡風輕的模樣，他又覺得自己彷彿是真太過大驚小怪了，便連忙深吸口氣。「好，我知道了。只是吳大公子那邊……要是他知道咱們又多搭出來一個蔭棚……」

「沒事，他會理解的。」秀娘便道，還是那般穩如泰山。

能不理解嗎？坐在回鎮上的馬車上，吳大公子滿臉的苦笑。

他早就知道那個女人絕非普通人，他卻怎麼也沒想到，她竟然還有這等技藝。早知道她有這個絕技，當初他就是拚了也得把她收到自己身邊。真是一失足成千古恨啊！他都快恨死自己了。

現在好了，眼看著這個女人的翅膀硬了，眼看就要展翅飛翔，而自己除了能偷偷從她翅膀上拔下來一、兩根羽毛，就別無他法。他都可以肯定，就在不久的將來，這女人還會展現出更多令人瞠目結舌的技藝。這種感覺真是太難受了，他覺得自己現在就想哭了！

石頭看他臉色變來變去的，現在已經懶得說話了。自家這位公子啊，笑傲月亮鎮這麼多年，現在算是踢到鐵板了——不，應該說是已經連踢好幾回了！

都被接連打擊這麼多次了，他居然還能樂此不疲，屢敗屢戰，這份精神倒是夠讓人刮目相看！

一路寂靜無聲，只有自己唉聲嘆氣了幾聲，吳大公子反倒有些不習慣了。

「你今天怎麼不打擊我了？」

「該說的話都已經說完了。」石頭無力道。

勸也勸過了，刺激也刺激過了，但自家公子就是決定吊死在秀娘這棵樹上了，他也沒辦法，甚至……有時候他還覺得自家公子其實也夠癡情的，明明秀娘都冷言冷語拒絕他了，他卻不肯死心，還是想方設法往別人身邊湊。他好幾次差點都被他給感動到了！

察覺到這一點，石頭都嚇了一大跳。

吳大公子便又長嘆口氣，也垂下腦袋不說話了。

第十八章

那一邊，里胥得到秀娘肯定的回答，心情大好，連忙便下山回家和自家婆娘說這事去了。

秀娘收拾了一桌的茶碗，就發現溪哥又一動不動地坐在那裡，身上隱隱冒出幾絲陰鬱之氣。

現在也漸漸習慣了他這樣，秀娘上前問：「你可是還在為吳大公子的事情憂心？」

溪哥抬眼看著她。「那個人心術不正。」

秀娘淺笑地搖頭。「做商人的，要是心術太正了，那必定會虧。他這樣亦正亦邪的正好，咱們暫時可以和他合作。」

「那以後呢？」

「以後，咱們當然是要單飛的呀！」秀娘笑道。「人只有把一切都掌控在自己手裡，那才是真正地活著。現在咱們得依附著他過活，不也是迫不得已嗎？吳大公子心裡明白得很，他也知道攔不住咱們，所以現在是在抓緊機會從咱們身上壓榨銀子呢！」

「單飛？」溪哥又是一愣。

秀娘也懶得解釋，只淺淺笑道：「你放心好了，最遲明年下半年，咱們就能和他分道揚鑣了。到時候，你要是不想見他，就不用去見。」

「還要下半年？」溪哥還是有些不豫。

「那已經算早了。」秀娘道。「咱們現在的發展模式你也看到了。青菜那些剛剛成了氣候，銀耳還在試水溫。要不是因為那個人橫插一腳，我也不會想到多建一個蔭棚，但多一個蔭棚，就得多出來不少人工。咱們都已經夠累了，我都已經打算花錢雇人來幹活了。」

「好吧！」聽她一一說來，溪哥便明白了個中艱辛，不再就此多糾纏，只是又板著臉囑咐一句。「以後離他遠點。」

「好，知道了。」秀娘看他這一本正經的模樣就想調戲他，便扯扯他的耳朵，笑嘻嘻地道。

溪哥不悅地皺皺眉，卻終究沒有反抗。

既然已經決定了要多建一個蔭棚，繼續拓展在城裡的業務，溪哥第二天一早忙完地裡的事情，就往山裡伐樹去了。

秀娘正在菜園子裡撒白菜種子，就聽到籬笆外頭一個熟悉的聲音在叫：「秀娘姊、秀娘姊！」

「欸！」秀娘站起來，才看到外頭的蘭花正在對她招手。

連忙把人請進來，秀娘本要拿小板凳給她坐，蘭花卻搖頭。「不用了，我也不是那麼嬌貴的人，妳在忙是不是？我也幫幫妳吧，反正我也沒什麼事。」

然後不用秀娘吩咐，她就拿起鋤頭幫秀娘翻地。這些日子蘭花時不時會上山來和她聊天，不過大半時間都是在幫她做事，秀娘也習慣了，因此也沒有攔著，自己也繼續往地裡撒種子。

兩個人忙碌了小半天，總算把一塊白菜地收拾好了。歇息的時候，秀娘便端來綠豆湯給她解渴。

蘭花毫不客氣地喝了兩碗，才抹抹嘴。「要我說，還是秀娘姊妳最會過日子。以前在山下的時候妳就沒怎麼虧待過自己，現在你們的日子越過越好了，我每次過來都能吃到好東西。這綠豆湯我爹娘就捨不得煮，他們都說綠豆要留著拿去鎮上賣錢，給我攢嫁妝。其實就一把綠豆的事，能有多大影響？」

秀娘聽她發著牢騷，只是笑著。

這個時代的農民日子十分艱苦。一年到頭面朝黃土背朝天，辛辛苦苦在地裡刨食。要是趕上好年景，或許還能混個溫飽，逢年過節能吃點肉。但平常時候，他們卻是連麵都吃不起，只能吃點粗糧窩頭，菜裡幾乎不見半點油腥，至於荒年那更是不敢想像。

尤其家裡有要娶媳婦的兒子，或者待嫁的閨女，就更是勒緊了褲帶過日子。兒子娶媳婦的資本、閨女的嫁妝，都是一筆不小的開銷，家裡自然更不敢亂花。

蘭花的爹娘家裡只有五畝多地，其中四畝都是旱地，眼看蘭花年紀不小就要出嫁了，他們能不緊張嗎？

秀娘想著，突然靈機一動。「上次妳不是說，妳小姨給妳說了鄰村的柳家小子嗎？怎麼樣了？」

「不怎麼樣。他們家嫌棄我沒怎麼下過地幹活，怕娶回去一個嬌嬌小姐，我嫌棄他們家兒子太多，以後分家了分不到多少東西，就散了。」蘭花百無聊賴地道。

秀娘笑道：「沒事，這樣的人家不嫁也罷。對了，橫豎妳家地不多，妳爹娘兩個人也忙得過來，妳就來幫我做事怎麼樣？我每個月付妳工錢，就當幫妳攢嫁妝好了。」

「真的嗎？」

蘭花自從張大戶家散了就在家裡無事可做，原本她也想過要到鎮上去找事做，但她爹娘堅持她年紀不小了，非要她留在家裡相看婆家，順便學學針線，但這四里八鄉的適齡年輕人就那麼幾個，隨便相相就相完了。她在家裡也就做飯、打掃屋子，忙完這些就閒了。實在是無聊，她才來找秀娘一道打發時間。

現在聽秀娘說自己打發時間之餘竟然還能賺錢？她肯定是連連點頭答應了。

說實話，秀娘心裡明白，種植銀耳這事遲早都會被村人發現。只是現在能晚一點就晚一點吧！她原本就計劃找個知根知底的人來幫忙，現在的蘭花完全符合要求。

試探過蘭花的意思，見她也很同意，秀娘便拉著她的手，將工作內容仔細說了一遍，又道：「這個東西，除了我家和郭大哥家裡，村裡人還沒有第三家人知道，現在你們成了第三家。只是這還是機密，我不想被人知道，所以妳的工錢我會多給點，求的就是一個封口，最好妳暫時也別告訴妳爹娘。」

「這個容易！以前我在張大戶家裡幹活的時候，他婆娘不一樣天天叮囑我不許跟人說福哥的病嗎？我可真一個字都沒說過。」蘭花連連點頭。「只是她家那傻兒子什麼德行，村子裡誰不知道啊？我就算不說，大家也都看著呢！」

想起過去兩個人一起在張大戶家裡幫傭的那些日子，都笑了起來。

笑完了，蘭花又道：「不過那什麼封口費就算了。妳該給我多少就多少，我保證一定替妳保密。」

「這可不行。」秀娘堅決搖頭。「在商言商。咱們現在既然要成為雇庸關係，當然要把一切都白紙黑字地說清楚，而且我的確是要求頗多，多給妳點錢也是應該的。」

本來這種道理蘭花就沒她知道得多，聽秀娘這麼一說，她也不知道怎麼反駁，就只能點頭應了。

兩個人剛剛把話說完，那邊又來一個人。

「哎呀，秀娘妹子妳在家？蘭花也在？這下好了，我正愁沒人陪我說話呢，咱們一起說說話吧！」

許久不見的李大婆娘扭著腰走過來，一屁股坐下。看到桌上裝著冰鎮綠豆湯的鍋子，立即眼放綠光。「原來秀娘妹子妳還燉了綠豆湯啊，這可是個好東西，我聽說這個東西大熱天喝最好了！正好我口渴了，我先喝一碗啊！」

一面說著，一面就自動自發替自己舀了滿滿一碗，一口乾了。喝完一碗還不夠，她又接連給自己盛了好幾碗，直到把一鍋綠豆湯給喝得見底了才放下碗，依然意猶未盡地舔舔嘴。「我說秀娘妹子，你們家現在都這麼有錢了，妳怎麼煮綠豆湯才煮這麼點？妳也太小氣了！」

秀娘還沒說話，蘭花已經忍不住了。「這麼大一鍋子，人家一家四口夠喝了，還不是妳這個大肚婆娘不要臉，把人家的喝光也就算了，居然還這麼和人說話？有妳這樣白吃白喝別人的嗎？妳知不知道妳喝掉的這半鍋在鎮上都能賣多少錢了！」

李大婆娘用力瞪大眼。「我和秀娘說話，妳插什麼嘴？小丫頭片子一邊去，我今天過來是有正事和秀娘說的！」

說著她趕緊轉向秀娘，腆著臉道：「就一點綠豆湯，秀娘妳家裡現在這麼有錢，肯定不會和我計較的，對吧？」

難道計較了，妳就會給錢不成？

秀娘不欲就此和她多糾纏，便直接問：「李大嫂子找我什麼事，說吧！」

「那個，事情是這樣的。」李大婆娘連忙道，滿臉諂媚的笑看得人心裡直發膩，但她彷彿並無自覺，依然笑嘻嘻地道：「這些日子，我看你們家的生意是越做越大了，天天一大早就有鎮上吳家的車子來搬菜。可是你家就只有你們兩口子，天天這麼忙的，你們身子肯定吃不消吧？所以我就想著，反正鄉里鄉親的，我在家裡也沒什麼事，乾脆就來幫你們一把好了！我也不要多的，你們管我一天三餐飯，每個月再給我幾個銅板就行了，以後有事都我來做，妳就在家裡躺著當太太，多好！」

哎！果然事情才剛走上軌道，就有人開始盯上他們了。

秀娘心裡暗嘆，面上卻不動聲色。「李大嫂子，我記得妳家老大現在才三歲，小的也才一歲多，都還離不開娘呢。妳不在家裡帶他們，卻跑來我家做工，這樣不大好吧？」

「噯，兩個小傢伙有什麼的？大不了我到時候把他們帶著就行了，你們家難道還會少了兩個孩子一口飯吃？孩子們也吃不了幾口飯！」李大婆娘張口就說。

秀娘卻聽得心驚膽戰。且不說她家兩個還沒懂事的孩子破壞力有多強。他們這裡這麼多的菜，這兩個小屁孩天天這麼折騰，天知道還能剩下多少完好的？而且，她來幫忙了，帶來了兩個孩子，一日三餐都在他們家解決了，那就剩下一個李大怎麼辦？總不能讓他一個人在家裡做飯吧？那就只能把人也叫過來吃飯。

也就是說，她一個人來幫工，他們就要養活他們一家子？還要給工錢？這也太不划算了！

秀娘當即搖頭。「李大嫂子妳這個法子是不錯，只是可惜妳來晚了，我已經和蘭花說好了。」

「啊？」李大婆娘震驚地張大嘴。

秀娘點頭。蘭花也趕緊站出來。「沒錯，我已經和秀娘姊說好了，以後我每天都來幫他們幹活。我一個人，年輕沒有拖累，他們也就只管我一頓飯，多輕便！」

這姑娘……還是這麼心直口快，幾句話戳得李大婆娘臉都白了。

但秀娘就是喜歡她這樣的心直口快！現在不就幫了她這個大忙了？

只是事到如今，李大婆娘還不肯死心。「蘭花妳不是都要嫁人了嗎？妳在這裡能幹幾天？等妳嫁了，這裡的園子還是要人的。與其妳幹幾天就走人，還不如長長久久讓一個人幹下去呢！秀娘妹子妳說是不是？」

「那也等蘭花嫁人了再說吧！現在我們都已經說好了，做人最要緊的就是信守承諾。」

秀娘雲淡風輕地道，才不接受她粗劣的挑撥。

蘭花也用力點頭。「秀娘姊說得沒錯。」

李大婆娘臉上一陣青白交錯，最終也只能恨恨地咬牙。「算了！本來我也是看你們忙不過來，好心過來幫你們一把。現在既然你們不領情，那也好，我本來看孩子還看不過來呢！」

一面嘰嘰咕咕著，她一面扭身往外走，臨走前還不忘在秀娘家的菜園子裡順走了兩把鮮嫩的青菜。

李大婆娘一走，蘭花立即跳起來唾了口。「我呸！」

「秀娘姊妳也太好性了點，這婆娘以前看你們落魄，可沒少欺負你們，現在眼看她的靠山沒了，你們家日子一天天好起來，就厚著臉皮過來想占便宜，世上哪有這麼好的事？要是我早就把她給趕得遠遠的，不許她再靠近半步。妳又不是沒聽到她說的那些話，想拖家帶口過來吃飯，還要錢！我就沒見過這麼不要臉的人！」

「不管怎麼說，以前我們母子三個吃不上飯的時候，李大哥幫過我們不少。看在這份恩情上，我也得給她幾分面子。」秀娘不以為意地道。「也就幾把小菜，就當是送給村裡人打打牙祭，也不算什麼。」

「妳呀，怎麼就這麼好脾氣呢？我一個外人都看不下去了，妳居然還能忍得住？」蘭花忍不住咋舌。「反正我先跟妳提個醒，這個婆娘這些日子都鬼鬼祟祟的，我好幾次看到她在你們家的菜園子附近轉悠。妳也多注意點，平常一、兩顆菜被順手拿了沒什麼，可也架不住這種人天天來偷啊！妳要是再這麼縱容下去，當心以後她就把你們家的菜園子當自家的了。」

秀娘忽地眯起眼。「妳說，她最近老在我家附近晃悠？」

「是啊！」蘭花點頭。「我這幾天過來找妳，幾乎五次裡至少有三次都碰到她了，還每次都在不一樣的地方。聽我爹娘說，他們有時候從地裡回來，也能撞上她抓著一把菜急匆匆地往家裡走。那菜除了從妳家順手拿走，還能從哪兒？」

「是這樣嗎？」秀娘點點頭。「我明白了，謝謝妳。」

「我就跟妳提個醒，該怎麼防備還是妳自己想辦法。」蘭花擺擺手。「時候不早了，我先回去了。明天我就過來上工，是吧？」

「對，明天開始。」秀娘頷首。

蘭花再點頭，就歡歡喜喜下山去了。

秀娘的眼神卻又陰沈下來。

等晚上溪哥回來，她便和他提了這事。溪哥立刻便皺起眉。「妳覺得這個女人是想幹什麼？」

「還能幹什麼？依樣畫葫蘆唄！」秀娘淺笑。「明天咱們再去找人哥一趟，讓他去打聽打聽。」

都已經這麼長時間，這樣的事也該出現了。

第二天秀娘兩口子去了里胥家一趟，里胥聽完他們的說詞就沈下臉。翌日一早，他就往

起去了。」
中午時分，他才陰著臉上山來。「你們猜得沒錯，那婆娘還真和鎮上的劉財主搞在一

鎮上去了。

李大婆娘的娘家姓劉，和鎮上的劉財主有那麼一點親戚關係，只是因為上一輩搬到鎮上去住，自家身價也漸漸起來了，所以劉財主一家並不怎麼瞧得上鄉下那群親戚，所以和他們的來往也少之又少。李大婆娘小時候也和他們有過為數不多的幾次來往，這也成為她嫁過來後自抬身分的一個談資。只是村人都知道，劉財主一家根本連她劉蓮香是誰都不知道。而這一次，這兩個人竟然勾搭到一起，其中必定有貓膩！

秀娘眉梢一挑。「是跟我們拒絕了他的要求有關嗎？」

自吳家的「平步青雲菜系」在鎮上一炮而紅，甚至都籌劃去城裡開店之後，鎮上的其他酒樓也都眼紅得不行。自然而然，就有人開始私底下聯絡秀娘夫妻倆，其中就以這個劉財主的行動最積極。

他甚至還許以秀娘重金，允諾只要她肯從供給吳大公子的菜裡頭稍稍撥出來一點賣給他們家，他就拿和吳大公子一樣的錢給他們。而且，一旦這事被吳大公子發現，他全權幫助他們賠償損失！

只是這樣背信棄義的事情，秀娘怎麼可能會做？她雖然不大喜歡吳大公子那吊兒郎當的樣子，但至少雙方合作還是很愉快的。而這位劉財主，他那一身肥膩膩的肉就看得秀娘反胃得不行，還有那頤指氣使高高在上的態度，多麼讓人不喜歡，所以秀娘當即就拒絕了。

溪哥這個大男人，只要是在作決定的場合，就注定是一根鎮場的柱子，穩穩地矗立在秀娘身邊，秀娘說不動，他就不動。只要秀娘一聲令下，他立即化身一頭迅猛的獵豹，亮出利爪將人給撕成碎片。

劉財主原本還想擺擺有錢人的氣勢，但在眼睜睜看到自己帶來的兩個打手被溪哥給扔出去掛在樹上後，他就怯了，再聯想到鎮上傳說過，溪哥能徒手打敗二十個壯漢的傳聞，頓時再無逞凶鬥狠的氣場，灰溜溜地跑了。

原本以為這個人被拒絕就該偃旗息鼓，卻沒想到，他一轉眼又想出了這樣的法子。

無奸不商，這個詞用在他身上真是再合適不過了！

「而且，我今天去和湯師爺喝茶的時候，聽湯師爺的意思，劉財主是打算把你們包下的那塊山頭以外的地方全都給買下來。」說起這個，里胥就氣得跳腳。「這人好毒的心思！他是想把你們逼入絕境啊！」

「那就讓他逼吧！」秀娘淡然道。

里胥一愣，臉上的焦急毫不掩飾。「妹子，現在不是說氣話的時候。咱們還是商量商量該怎麼辦吧！湯師爺說，看在我的面子上，他可以先把事情壓一壓。只是如果咱們不趕緊拿個章程出來，他一個人也沒法子一直壓著啊！這新任縣太爺馬上就要到任了，到時候縣裡的事情他就作不了主了。」

「我說的是真的。」秀娘道。「大哥，你覺得他們隨便扯幾根我種的菜拿回去研究，就能研究出我種菜的法子嗎？要真是這樣，我還拿什麼底氣和吳家長期合作？」

「這倒也是。」里胥點點頭，可還是忍不住著急。「那劉財主可不是什麼好東西。以前他在鎮上為了排擠同行可幹過不少齷齪事，妹子你們可得千萬小心他！」

「這個就是吳大公子該擔心的事情了。」秀娘淺淺一笑。

瞧她一如既往如此雲淡風輕，里胥是想急也急不起來了。「妹子，妳怎麼能這麼鎮定呢？」

「因為這些根本就不是什麼大事啊！」秀娘笑道。

古往今來，同行競爭比比皆是。而且這也是中國人的劣根性吧，看到別人做什麼賺錢了，其他人就會眼紅，進而跟著去做，只是這門生意看起來簡單，但內裡的門道可不是那麼好摸索出來的。

她上輩子讀了二十年的書、再加上親身實踐不下十年，才積累這一身的本事，現在那些門外漢隨便看兩眼就想仿效，她倒是想看看他們能弄出什麼東西來！

里胥再次被她的話給震驚到了。

不是什麼大事……不是大事……都已經被人給盯上了，這還不算大事？那在她眼裡，還有什麼算是大事？

只是看秀娘這邊胸有成竹的模樣，他也不再多問，最後只問一句：「妳確定要放任他們去幹嗎？」

「放吧！正好我們一家四口住在山上覺得沒個伴呢，要是能有人上來陪我們，那就再好不過了。」秀娘笑看著溪哥。「你說是不是？」

溪哥點頭。「對。」

里胥徹底無言。

「算了！既然你們都這麼想，就等著看吧！」

劉財主買下月牙村外頭那座野山的事情很快也傳到吳大公子耳朵裡。

聽到消息的那一瞬間，這位公子哥兒的反應不是震驚，而是咧開嘴，開心地笑了。「他可算是行動了！我還說，要是他再不動，我就要去幫他一把了！」

石頭撇嘴。「公子你至於這麼高興嗎？」

「我當然高興了！馬上劉家就要被你家公子收入囊中，我們老吳家眼看將在這月亮鎮上頂半邊天，多好的事情。以後你這個小廝出門走路都帶風，難道你不高興？」吳大公子得意洋洋地道。

石頭悄悄翻個白眼。「都還沒影的事呢，就被你說得信誓旦旦了。」

「要是只有我自己，或許這事沒影，可是現在，不是有秀娘大姊幫忙嗎？我相信，有她在，一切阻礙都不是問題。」吳大公子大手一揮，說得氣勢雄渾。

石頭無語地看著他。「公子，你現在很像一個人，你知道嗎？」

「像誰？」吳大公子忙問。

「李溪，李家娘子的相公。」

「哦？你是說我和他一樣高大威猛，惹人垂青？」

「不，我是說，你和他一樣越來越不像個男人，什麼事都靠女人去解決了！」

「……」

劉財主的動作很快。

他大手筆拿出一百兩銀子，將剩下的荒山面積全都買下來，還派來二十個民工協助李大一家開墾出來一大片平整的土地，甚至，他還從城裡請來一位資歷豐富的老廚子，讓他來山裡辨別可食用的野菜。

一時間，原本荒涼的山上熱鬧無比。

在被一大片熱鬧包圍之下，秀娘一家的這片土地就顯得格外安寧靜謐。

孟舉人坐在溪哥親手打造的搖椅上，喝一口青梅酒，滿足地閉上眼長嘆一聲。

待睜開眼，發現溪哥還是那麼一副冷冰冰的雕像模樣坐在自己對面，他忍不住又拉下臉。「叫你陪我喝個酒，你至於這麼不情不願嗎？我看你每次陪你媳婦幹活倒是屁顛屁顛的。」

「你和她能一樣嗎？」溪哥冷聲問。

孟舉人一滯，乾脆砰的一聲將小小的酒罈拍在桌上。「李溪！你別以為我不會功夫就不敢打你，我好歹也是村裡唯一的舉人，你家兩個娃娃的夫子！你敢對我不客氣，回頭我就在學堂上讓你家娃娃挨手板子！」

溪哥眼神一冷。「有種你就試試。」

孟舉人立刻瑟縮一下。「我、我就說說而已，沒打算真去辦。你別這麼看我，喝酒，接著喝酒！這酒可是好酒啊，湯師爺特地給我送來的，你也喝呀！」

噗！

將兩個人的對話收入耳中，蘭花忍不住噴笑。「秀娘姊，不來你們家，我都不知道孟夫子原來是個這麼逗的人。平常看他在村裡走街串戶的，那儀態真是好看得很，跟說書人嘴裡那……那什麼？哦，文質彬彬！真是文質彬彬的，看得我們心裡都慚愧得不行，都不敢靠他太近，生怕玷污了他高高在上的形象。可是這些天在妳家，我看他就跟變了個人似的，妳說這是怎麼回事？」

秀娘淺淺一笑。「這個我怎麼知道？想知道，妳自己問他去呀！」

「他也就對你們兩口子是這樣。換作別人，馬上就又是那副文質彬彬的樣子，還笑得那麼好看，我就又開始慚愧，什麼話都說不出來了。」蘭花吐吐舌頭。

秀娘對此只能表示無奈。

其實對於孟舉人這前後的態度變化她也十分不解，只是這些日子下來，隨著雙方接觸增加，她察覺到這個人對他們並沒什麼惡意。而且這個人雖然看起來嘻嘻哈哈沒個正經樣子，但說話做事卻都圓融得很，根本讓人抓不住把柄。

她試過幾次無果，也就放棄了。反正只要這個人不毀她的家庭、不傷害她的孩子，他想幹什麼她無所謂。

時間長了，看出了她的放縱，這個人的膽子就越來越大。有時候晚上孩子們下學之後也厚著臉皮過來蹭飯。從開始的十天一頓到兩頓、三頓，現在，這個人竟然連旬休都不往鎮上去了，直接一大早就跑到山上來，賴在他們家蹭吃蹭喝，還把湯師爺送的好酒都拿來和溪哥共飲。

溪哥反正對他是不冷不熱，有空的時候和他喝兩盅，沒空就直接把他扔一旁，讓他自娛自樂去。他倒也不生氣，一個人吟詩作畫，或者教兩個娃娃練字，自得其樂得很。

事情為什麼會發展到這個地步，秀娘到現在還有點反應不過來。不過對於這樣的和諧相處，她倒是沒什麼可說的。

那邊兩個男人又在淺酌，秀娘和蘭花做完了地裡那點活兒，就一起往溪邊去。

眼看天氣越來越熱，頭頂上的蔭棚都起不了多大效果，偏偏銀耳這東西最忌陽光曝曬，所以她們這些日子時刻都盯著那邊的動靜。一旦看到不妥，就趕緊給銀耳灑水補救。

現在，兩人也不過是去做例行公事，卻沒承想，在路上碰到了李大兩口子。

此時兩個人正抱著一個包袱，一路爭吵著往山上來。

見到從岔路上走過來的秀娘，李大臉一紅，下意識地低下頭。「秀、秀娘妹子。」

李大婆娘一看就不高興了，雙手將懷裡的包袱抱得緊緊的，她得意洋洋地笑看著秀娘。

「秀娘妹子，妳看，上次妳不讓我給妳家幫工，現在咱們可就是鄰居了，平起平坐的！哎呀，不對，我家的地方比妳家可還要大得多呢！呵呵，這些都不要緊，重要的是咱們是鄰居。這山上就只有咱們兩家，以後可得互相幫襯著點才行啊！」

這得意洋洋的炫耀樣子，還未等秀娘看不順眼，李大就已經一把將人給拽到一邊。

李大婆娘很不爽。「你幹什麼你？我和秀娘妹子打招呼不行嗎？」

「有妳這樣打招呼的嗎？而且妳自己那些盤算，別人不知道嗎？」李大低吼。

李大婆娘立刻拔高聲音。「我幹什麼了？啊？我堂堂正正做我的莊稼人，現在和我家親戚合夥種點小菜養家餬口，這個錯了嗎？再說了，我這麼做是為了誰，你不知道嗎？我還不是為了你，為了咱家兩個娃兒！你自己沒出息，不會鑽營，還呆頭呆腦的，這樣下去，以後兩個孩子能有什麼出息？我不努力趕緊多賺點錢，以後孩子長大了怎麼辦？你是打算讓他們和你一樣，一輩子累死累活還娶不上媳婦嗎？」

她一邊扯著嗓子喊著，一邊死命在李大胸前戳戳戳，直戳得李大那點脾氣全沒了。

「我哪裡娶不上媳婦了？我不是娶了妳嗎？」最後，他只能小聲咕噥。

李大婆娘輕嗤。「要不是因為你家有那頭大肥豬做聘禮，你以為我爹娘會答應把我嫁給你？現在咱家可沒大肥豬，到時候兩個孩子拿什麼去娶媳婦？你自己說！」

李大立刻說不出話了。

李大婆娘見狀，就跟旗開得勝的小母雞似的，得意地瞥了眼秀娘，又裝模作樣地道：「我表哥他願意把這件大事交給咱們家去做，還不是因為看咱們日子過得苦，有心幫扶咱們一把。這是他心善！可不像有些人，鄉里鄉親的，也不知道幫襯幫襯吃不上飯的鄰居，所以呀，咱們要好好幹，幫我表哥把事給辦好了，這才對得起表哥的一番心意，也才叫好人有好報！」

「妳夠了！咱們家哪裡就吃不上飯了？」李大雖然說不過她，但在有些原則問題上還是有自己的堅持。

李大婆娘自從和劉財主接上頭後，就覺得自己的身分被抬高了，遠遠和村裡這群土包子拉開距離。要不是因為李大是自家男人，她早就一腳把他給踹開了，現在是她好心，願意帶著他一起投奔劉財主，這個人就該感激涕零，聽自己的話才對。就像秀娘和溪哥，不就是因為秀娘找到了吳大公子這個大靠山，所以溪哥這個大男人就跟個小媳婦似的，什麼都聽她的嗎？可為什麼到了自己這裡，這男人就跟頭驢似的，就是不服自己的管教？從商議這件事開始，他的反應就沒讓她順心過，真是氣死她了！

尤其是現在，這個人居然敢當著秀娘的面反駁她？還反駁了一次又一次？

李大婆娘深深覺得自己丟臉了，一氣之下，她一把揪上李大的耳朵。「反了天了你！你這些日子吃我的、喝我的，還敢和我頂嘴？你信不信我表哥一生氣，直接把你給趕走了？」

「妳這婆娘怎麼這麼不講理？妳自己在幹什麼妳還不知道嗎？反正我是沒臉見秀娘妹子！」李大終究還是太過忠厚老實了，被自家婆娘這麼打罵，也只是拚命躲閃，小聲咕噥著。

李大婆娘卻還不依不饒，追著他打罵個不停。

秀娘都看不下去了。「李大哥、李大嫂，你們別打了！」

兩個人立刻住手。李大婆娘防備地看過來。「我們兩口子的事，妳插什麼手？」

秀娘輕輕扯了扯嘴角。「李大嫂妳剛才不是說了嗎？以後咱們就是鄰居了，鄰居之間總得處得好點不是？李大哥人是憨厚了些，但心地卻是好的，對你們母子幾個也盡心盡力。妳就別再這麼罵他了，好歹給他留點面子。」

「哼，我男人怎麼對待是我的事，還用妳來教我？」李大婆娘很不高興地低哼。

李大卻是滿臉感激。「秀娘妹子，多謝妳了。」

「你又和她說什麼話？」李大婆娘一見又氣上了，拉上他就要走。

李大卻推開她。「要走妳走。」

「走就走！」一再被他當著秀娘的臉不給面子，李大婆娘也真生氣了，果真扭頭就走了。

等人走遠了，李大才又低下頭，極其抱歉地看向秀娘。「秀娘妹子，這件事是我們對不起妳。只是我婆娘她也真心是為了我們家好，所以……」

「李大哥你不用解釋，我明白。」秀娘點頭。「靠山吃山，靠水吃水，這山上有這麼多好東西，你們既然有這個機會，好好利用一下也是理所應當。這世上也沒人規定一門生意只許一家做。」

李大忙鬆了口氣。「妳能理解就好，就好。」

秀娘淺笑。「我當然能理解。李大哥你趕緊去追李大嫂吧，兩口子哪有隔夜仇？你對她服個軟，說兩句好話，也就沒事了。」

「好好好，我這就去。」李大連忙點頭，轉身也要走。

「等等！」馬上，秀娘又叫住了他。

李大回頭。「秀娘妹子，還有什麼事嗎？」

「喔，沒什麼。我就是想提醒李大哥一句，和人做生意，你多少還是得留點心眼。像契書那些東西是必須要有的，親兄弟明算帳，更何況現在還是隔了不知道多少輩的親戚？白紙黑字把事情都說清楚，免得萬一真出了什麼事，你們也能減少些損失。」

李大感激地直點頭。「謝謝妳提醒，我知道了，回頭我就找他寫契書去。」

原來還真沒寫！

秀娘本來只是隨口一說，試探試探罷了，可誰知道……哎！這麼憨厚的人，和那麼精明的人做生意，能做得起來嗎？她深表懷疑。

但不管怎麼說，那邊李大一家子和劉財主合夥的菜園子還是紅紅火火地辦起來了。他們人多，投入的錢財也比秀娘一家子要多得多。那地方就開闢得足有秀娘家的兩倍大，裡頭各色野菜比秀娘家菜園子也要更加齊全，不到半個月，那邊就是一片鬱鬱蔥蔥、欣欣向榮的情形。

而後，劉財主也在自家的酒樓推出了一個「步步高升」菜系，同吳大公子家的一樣主打精品路線。那菜的花樣比起吳家的要多了不少，名字更是花稍，一開始倒是真吸引了不少獵奇的人去。

一時間，秀娘家的菜需求量都下降了不少。

對此，秀娘不著急，吳大公子一樣不急。大家依舊做著自己的事，有條不紊、按部就班，倒是讓那群等著看好戲的人一愣一愣的。

「裝的！他們肯定是裝的！哼，私底下他們肯定都已經快急死了吧？」李大婆娘數著錢，心情大好地嘲諷。

李大站在一旁，臉色很不好看。「妳別這樣說秀娘妹子，本來就是咱們搶了他們的生意。」

「什麼叫搶？大路朝天各走半邊，他們是走路，難道咱們就不是？都是村子裡的人，這山咱們也不是沒花錢買來，怎麼就叫搶生意了？明明就是他們不會做生意，被咱們打敗了，那是他們技藝不精，他們活該！」李大婆娘憤憤地大叫，繼而又得意地哼哼。「誰叫他們一開始眼睛長頭頂上，連幫扶村人都不肯。現在好了，反被我們給踩在腳底下，現在那兩口子肯定腸子都悔青了吧？只可惜呀，現在後悔也晚了！」

「妳少說兩句！」李大沒好氣地低喝。

李大婆娘眼一橫。「幹麼？還在憐香惜玉呢！沒看到人家都嫁人了，男人又高又壯還能幹活，更要緊的是聽話。叫他往東他不走西，叫他攆雞他不逗狗。你自己和人家比比，論體力、論聽話，你哪樣比得過他？你就給我死了這條心吧！別忘了你現在天天都有肉吃的日子是誰給的！」

「妳說夠了沒有？」李大不耐煩地打斷她。「以前吃糠喝稀的日子我也沒覺得不好，反倒是現在，我還一天到晚擔驚受怕，總覺得不踏實。」

「這大把大把的銀子往口袋裡裝，你還覺得不踏實？」李大婆娘滿眼嘲諷。「我看你就沒這個富貴命！看吧，我表哥馬上還要往城裡開酒樓了，咱們家發財的好日子還在後頭呢！現在你就扛不住了，以後怎麼辦？」

「以後？以後還不知道怎麼樣呢！」李大冷冷丟下一句，轉身就走。

李大婆娘心情很不好。明明自己牽線搭橋，給家裡賺來不少銀子，眼看家裡的日子就越過越好了，怎麼這個男人的臉色反而還一天比一天難看？今天更是，直接就對她發起脾氣來了。

她還說想擺擺一家之主的樣子呢，結果都還沒開始擺，這個人就直接走了！真是……不知道看人眼色的臭男人，活該他這輩子沒出息！

李大婆娘狠狠唾了一口，連忙又喜孜孜地低頭數起匣子裡的錢。

第十九章

此時，李大心裡非常煩躁。隨著山上的菜越種越多，劉家的車馬也一趟趟地往這邊來，劉家管家交到他們手上的銅錢也越來越多，他的心卻也越來越沈得厲害。

不知怎的，他就是覺得不大對勁。不然，為何劉財主就是死都不肯和他們簽契書？每次劉家管家過來他都要提一次這事，可偏偏那管家說別的事都是一副笑咪咪的模樣，但只要他說起這個，他馬上就冷下臉，冷聲質問他這話什麼意思？是不是不信任自家人？是不是害怕把他們給坑了？還是不是……

一連串的質問下來，將他給堵得啞口無言。

而自家婆娘才剛嘗到大把大把賺錢的好處，生怕他們因為這個不繼續和他們合作了，趕緊就賠笑上前來，死命拽著他往旁邊跑。

「要什麼契書？那是我表哥！人家是提攜咱們，帶著咱們一道賺錢呢，你幹麼每次都這麼殺風景？兩家一起歡歡喜喜地賺錢不行嗎？」

到頭來，這婆娘還要怪他，明明他也是為了自家人好啊！

而且秀娘妹子說得對，親兄弟還要明算帳呢，更何況這個八竿子打不著的表哥？他要真心想提攜他們，又何必等到現在？早些年幹麼去了？只是這婆娘就是被錢財給迷住了眼睛，其他什麼都顧不上了。他說上兩句，她就對他又踢又吼的，簡直沒法溝通！

沒辦法。惹不起，他就只能躲了！只是……哎！

不知道怎麼回事，他走著走著就又繞到秀娘家的園子外頭。此處和他們家有好幾個人幫工不同。秀娘家的菜園子一直都由他們夫妻倆一起打理，現在也才多了個蘭花。不過今天蘭花不在，就他們小倆口在那邊忙碌著。

只見溪哥光著膀子，露出一身結實的腱子肉，黝黑的皮膚在熾烈的太陽下沁出一層密集的汗珠。他手裡拿著鋤頭，正彎著腰，一下一下地將菜地裡的野草給除掉。

秀娘就跟在他後頭，他除乾淨一塊地，她就將野草都給收拾乾淨。兩人默默無言，卻配合得分外默契，就像是一起勞作了十幾年一樣。

好不容易鋤完一塊地，秀娘起身拍拍手，將放在地頭的瓦罐抱出來。從瓦罐裡倒出來一碗顏色怪怪的液體，她雙手捧到溪哥面前。「渴了吧？這是我今早上煮的涼茶，你喝一點。」

溪哥接過來一飲而盡，秀娘才接過空碗，自己也喝了半碗。

喝完涼茶，兩人一道坐在地壟上休息。溪哥看著秀娘，秀娘看著眼前一片片碧綠的小菜，心情格外舒暢。「這茶你覺得味道怎麼樣？」

「苦。」溪哥直言相告。

秀娘咯咯笑了起來。「那是當然了。這是我用甘草、夏枯草、金銀花、蒲公英一起熬出來的，沒加糖，當然苦了。不過這是個好東西，能消解人體內熱，大熱天的用來消暑更好。你現在是不是覺得心裡不那麼躁熱了？」

溪哥點頭。「是。」

秀娘便又笑了。「這是我第一次煮，劑量沒有拿捏好。這些東西我昨天從山上摘了不少，回去我再研究，下次可以煮得好喝點。」

「沒事，也沒多苦。」溪哥沈聲道，又親手替自己倒了一碗喝下。

秀娘見狀，只能咋舌。「真想問問你之前到底吃過多苦的東西。這麼難以下嚥的東西，你也能一口乾了。」說著又嘆了口氣。「只可惜，過去的事情你都忘光了，不然孩子們還能聽到不少新奇的故事呢！」

溪哥眼光一閃，站起身拿起鋤頭。「地裡的活兒還沒幹完，接著幹吧！」

「好。」秀娘不疑有他，連忙起身，兩人繼續一前一後地忙碌起來。

這才是正常夫妻的相處模式不是嗎？李大眼巴巴看著，心裡又酸又澀很不是滋味。

想當初，他和秀娘也算是青梅竹馬，從小一起長大。當初秀娘的爹還沒有徹底落魄的時候，兩家還是鄰居，互相來往頻繁，秀娘更是一口一個大牛哥哥叫得親熱。可是後來她弟弟生病，將家裡的錢花光了，她爹不得已，把她賣給鍾家後，就帶著兒子去遠處尋醫問藥，他們間的來往也少了。只是他眼看秀娘在鍾家的日子不好過，也時常會過去幫忙。每一次，秀娘都會對他甜甜一笑。那滋味，簡直甜到他心坎裡去了。

年少時的他曾有過一個美好的夢想——等以後長大了，他攢夠了十個銅板，就去鍾家把她給贖回來，當自己媳婦。

然而這個夢才作沒多久，就狠狠被人給戳破了——鍾家為了省下給家裡大兒子鍾峰娶媳婦的彩禮錢，就直接把秀娘嫁給了他。

當秀娘和鍾峰成親的當天，他的一顆心都碎得唏哩嘩啦的。

鍾峰那小子，從小就跟個悶葫蘆似的，人生得細細瘦瘦的，一天到晚都不說一句話。人站在那裡，存在感弱得讓人幾乎都注意不到他。直到現在，他也忘記那人長什麼樣了。

他只記得，婚後沒幾天，鍾峰充軍遠走他鄉。秀娘挺著大肚子繼續在鍾家做牛做馬，後來因為長期營養不良難產，鍾老太太就直接把人往屋子裡一關，聽天由命！還是他及時去鎮上請來大夫，才救了他們母子三個的命。

再然後，虛弱的秀娘母子因為沒辦法幹活，反而還要消耗家裡的柴米，被鍾老太太從家裡趕出來。那些日子，也是他偷偷地給他們送些吃的用的，幫他們把漏雨的屋頂補了補，才讓他們勉強支撐過那段艱難的時光。

即便到了那個時候，他還是想娶她回去的。誰知道家人聽見他的想法後大驚失色，火速為他定下了隔壁村子裡劉家的姑娘。而後他成親了，身子好起來的秀娘也漸漸和他開始保持距離，不知不覺，他們就漸行漸遠，到現在幾乎都快說不上話了。

現如今，看著她和那個男人有說有笑的模樣，他更知道，自己殘存在心底深處的想法是徹底破滅了。從今往後，他們是徹底橋歸橋，路歸路了。

眼前的情形看得他眼睛刺疼。李大連忙扭開頭，卻發現那邊孟舉人正搖著扇子一步三搖頭地往山上走過來。

出於天生對讀書人的敬畏心理，李大連忙低下頭躲到附近一棵大樹後面。

孟舉人就跟沒看到他似的，大模大樣地從他身前走過，直奔秀娘兩口子那邊去了。

籬笆這種防君子的屏障自然阻隔不了他這樣的人。

孟舉人施施然跨過只有自己大腿高的籬笆，大搖大擺走進去，晃了晃手裡的油紙包。

「大哥、大嫂，我從鎮上帶了滷豬頭肉回來喔，順便來你家蹭個飯，你們不會嫌棄吧？」

不知道什麼時候開始，這個人對秀娘和溪哥的稱呼就從李大哥、李大嫂變成了大哥大嫂。他臉皮又厚，秀娘糾正了好幾次他也不改，到後來他們也就隨便他叫了。

就如現在這般。難道他們說了嫌棄，他就會轉頭走人嗎？秀娘沒好氣地想。

等她和溪哥將這一壟地收拾乾淨了，兩人才慢悠悠地回來。

孟舉人也不著急，一個人悠然坐在那裡，又對著一顆小白菜吟了一首打油詩。待見到溪哥手裡提著的罈子，他眼睛一亮。「大嫂妳是不是又做出什麼好東西了？快給我嚐嚐！」

秀娘看看溪哥。溪哥唇角微微一勾，把罈子往他懷裡一塞。「涼茶，解暑的。」

「好呀、好呀！我從鎮上曬了一路，正難受著呢，就需要這東西。」孟舉人忙道，自動自發地自己倒了一碗，然後仰頭就往嘴裡倒。

咕嚕咕嚕連嚥了好幾口，他動作猛地一頓，趕緊把碗扔開，只是已經入口的東西卻是吞也不是、吐也不是，含在嘴裡一樣刺激舌頭。他呆呆考慮了好一會兒，才咬牙嚥了下去，隨即愁眉苦臉地道：「你們是故意的吧？知道我要來，所以拿這個來對付我？」

溪哥淡淡瞥了他一眼，沒說話。秀娘一樣撇撇唇，懶得搭理他。

孟舉人說完這話，自己也很沒趣地摸摸鼻子，趕緊轉變話題。「對了，你們知道我今天在鎮上看到什麼了嗎？絕對的勁爆消息！」

秀娘和溪哥都只是看了他一眼就別過頭去。

孟舉人又自討了個沒趣，但他還是以不屈不撓的精神堅持下來。「你們知道嗎？這些日子，劉家的『步步高升』賣瘋了，鎮上的人都說他家的菜搭配得好，賣相好，口味好，把吳家的『平步青雲』甩出了不知道多大一截！現在，多少吳家的老主顧都往劉家的酒樓去了。」

說完這些，終於看到秀娘兩口子面色鬆動了一點，他立刻就得意地笑了。「怎麼樣？現在你們終於開始害怕了嗎？」

害怕？那是什麼東西？

秀娘和溪哥對視一眼，兩人的面色便又恢復如常。

孟舉人看到就鬱悶了。「事關你們家的進項，你們怎麼就是不往心裡去呢？我還從沒見過像你們這樣什麼都不在乎的人。」

「不，比起我們，應該有人比我們更在意這事才對。」秀娘淡然搖頭。

「妳是說……」孟舉人雙眼一瞇，頓時像是明白了什麼。

很快時間又過去兩天，吳大公子再次來到月牙村。這次卻是選在大白天。

一改往日的怡然自得，這次他出現在秀娘和溪哥跟前時卻是一副抑鬱不得志的模樣。

「鎮上的事，你們都已經聽說了吧？」也沒和他們再套近乎，他直接有氣無力地道。

秀娘頷首。「聽說了。」

吳大公子勉強扯開一抹笑。「我原本以為姓劉的攪不出什麼大風浪來，現在才發現，我還是小瞧他了，原來他還有幾分本事。」

秀娘靜靜看著他不語。

吳大公子撇撇唇，從石頭手裡接過一個食盒。打開盒子，他從裡頭取出幾碟小菜一碗湯，一一擺放在桌上。

秀娘眉梢一挑，便聽他道：「不管怎樣，我還是覺得不對勁。姓劉的再往裡砸錢，也請不到比我們家更好的廚子，李大兩夫妻也種不出比你們更好的菜，這兩夥人一起弄出來的東西，怎麼可能比得過我們的？」

「所以？」秀娘問。

「所以，一定是哪裡出了什麼問題。」吳大公子咬牙道，隨即又垮下臉。「只是我思來想去也想不出什麼法子，便叫人從劉家酒樓裡叫了幾道菜，來給你們嚐嚐，你們和我一起找找，到底是哪裡出了岔子。」

「這個你們以前應該就已經研究過了吧？」秀娘掃了眼桌上的菜餚。看賣相是不錯，香味也夠勾人，廚子的手藝比她好多了。

吳大公子再次被她的話給刺了一刺，頹敗地垂下腦袋，他無力地將頭一點。「是。」

「所以說，你們都沒找出原因來，卻寄望我們兩個鄉下莊稼人？」

「我相信你們。」吳大公子定定道。

而且，他們倆是普通莊稼人嗎？拉出去誰信啊！

秀娘撇撇唇，看了看溪哥。

溪哥拿起筷子率先把每盤菜都夾了一點丟進嘴裡，等全都吃完了，他才道：「嚐不出什麼異樣。」

「是啊！我們找了許多大廚來嚐他們家的菜，大家都說原料和廚子手藝都尚可，算不上十分高明。只是不知道為什麼，那菜餚的味道卻是格外鮮香可口，吃過一次，滿口餘香，令人流連忘返，再多吃兩次，就滿心裡只想吃這個，別的再精貴的菜都入不了口。按照我家酒樓做了幾十年的大廚的說法，他們應該是添了一份特別的調料進去，將味道給提了上去。」吳大公子忙道。「可到底是什麼東西，我們想盡辦法都找不到！」

是這樣嗎？秀娘想了想，便也拿起筷子嚐了一片熗炒木耳。

東西入口，她便眉頭一皺，再嚐一口清炒白菜，她臉色也陰沈下來。隨著她嚐到的菜色越多，她的神色就一點一點的越發陰沈得厲害。到最後，簡直可以說是烏雲罩頂了！

吳大公子眼中不由浮現一絲希冀。「大姊，妳是不是嚐出什麼來了？」

秀娘擰眉不語。溪哥見狀，也站到她身邊低聲問：「怎麼了？」

「這些菜裡的確都加了一味特別的東西，那個東西咱們山上沒有。」秀娘小聲回答。

聞言，吳大公子和溪哥紛紛揚起眉毛。

「那個叫什麼？可以從哪裡買到？」吳大公子忙問。

溪哥卻更關心另一件事。「這個對人的身體可有害處？」

秀娘看看一旁豎起耳朵聽得仔細的吳大公子，欲言又止。

吳大公子連忙高聲道：「大哥、大姊，你們別這樣！咱們都認識這麼久了，你們何必還瞞著我？小弟我保證，今天的話出得你們口，入得我耳，就咱們幾個知道，我絕對不告訴其他人，還不行嗎？不然，我對天發誓！」

見他說著就要賭咒發誓，秀娘打斷他。「你不用發誓。這些話說給你聽無妨，你說出去也沒關係，只是別讓人知道是從我嘴裡說出來的就行。」

「沒問題！」只要能解開心頭的疑惑，這點事完全不值一提。吳大公子連忙就點頭。

在這一點上，秀娘對他並不懷疑，便只讓其他閒雜人等出去，就開口了。「要是偶爾嚐嚐調劑口味，用點這個自然是沒事，只是如果用得次數多了，只怕就……」

「就怎麼樣？」

「就會上癮，以後一輩子都難離開了。」

「我就說！」吳大公子氣憤地直踹牆腳。「那姓劉的能有什麼良方，敢情就是用這些下三濫的手段害人！不行，我一定要當眾揭發他的惡形惡狀。大姊妳快告訴我，他加進去的是什麼東西？」

「這個我現在說了你也不懂，不過我可以給你指個法子。」秀娘道。

吳大公子連忙主動將耳朵湊過來。「什麼法子？大姊妳快說！」

秀娘低聲對他耳語幾句。吳大公子眼綻精光，連連點頭。「好，我知道了，我這就去！」

說罷，便趕緊招呼人下山去，風風火火地走了。

人一走，溪哥便走過來。「這到底是什麼東西？」

「我只依稀記得好像有這個東西，味道和我記憶裡的很像，但到底叫什麼，我卻記不起來了。不過現在既然被人偷偷拿來用，那麼名字應該很快就會公諸於眾吧！」秀娘嘆息著道。

溪哥聽了，便看著她不語。

秀娘也回頭，對他微微一笑。「怎麼？是不是覺得我懂得越來越多了？」

「知道得再多，妳也是我妻子。」溪哥沈聲道，一把緊緊握住她的手。

掌心裡傳來的熱度以及令人安心的力道讓她微微有些發緊的心放鬆下來。秀娘昂首對他甜甜一笑。

溪哥嘴角扯了扯，沒有再多說什麼。

轉眼到了晚上，兩個孩子放學回來了，跟在他們屁股後頭的還有一個孟舉人。

秀娘將吳大公子送來的菜熱了熱，再炒了幾道小菜，一齊擺到桌上。五個人熱熱鬧鬧吃了晚飯。

吃完飯時，秀娘看看被消滅得一乾二淨的那幾盤菜，眼神微微發暗。

「靈兒、毓兒，今天的菜，你們有沒有覺得有什麼不對？」

「沒有呀！」靈兒率先回答。說著又搔了搔腦袋。「不過就是覺得有幾道菜特別好吃，我就多吃了幾口。當然，我不是說娘做得不好吃，娘做的菜最好吃了！」

「最好吃？你還不停吃別人做的？」秀娘冷哼。

靈兒低下小腦袋不說話了。

毓兒左看看右看看，才小小聲地道：「這幾盤菜裡放的東西比娘做得多，所以更好吃點。」

秀娘暗暗點頭。毓兒這個孩子雖然敏感不愛說話，但只要一開口就必定說到點子上。而且也正是託了他性子敏感的福，他看東西比別人更細緻入微一些。

既然兩個孩子都嚐出了這些菜和自己做的不同，她也就放下心了，連忙彎腰摸摸兩個小傢伙的腦袋。「娘今天問你們這些話，沒有別的意思。我只是讓你們分清楚娘做的和別人做的味道，尤其是像今天這樣的味道，以後你們要是嚐出來了，就千萬不要再動筷子了，知不知道？」

「嗯，知道了。」雖然不知道娘親為什麼這麼說，但看她這麼嚴肅的模樣，兩個小娃娃也知道事情一定十分嚴重，所以趕緊點頭，把秀娘的話記在心裡。

孟舉人在一旁看得莫名其妙。「大嫂，這是為什麼？那幾道菜都是從劉家的酒樓裡端來的吧？味兒和我上次去鎮上在劉家酒樓裡嚐到的一模一樣。」

秀娘便看向他。「你也吃過了？」

「是啊！湯師爺請客，又不用我花錢，還能吃到鎮上新近最負盛名的佳餚，何樂而不為？」孟舉人笑嘻嘻地點頭。

「既然如此，那為什麼剛才你只略嚐過幾筷子就不動了，反專揀我做的菜吃？」

「這個麼……嘿嘿，因為方才我注意到，只要靈兒、毓兒多挾上一筷子這些菜，妳的臉色就難看一分。我就知道，這裡頭一定有貓膩，咱們普通人還是少沾為妙。看吧，我果然猜對了！」水足飯飽，他心情大好，唰的一聲展開扇子，笑得得意洋洋。

這人倒是聰明。

秀娘抿抿唇。「孟夫子你觀察力果然過人。」

「過獎過獎。」孟舉人嘻嘻笑著，慢慢往秀娘這邊蹭。「那麼大嫂，妳可不可以告訴我，這裡頭到底加了什麼，能讓妳如此忌憚？」

「想知道？」秀娘笑問。

孟舉人跟小雞啄米似的連連點頭。

「你去問他呀！」秀娘指向溪哥，便拉上孩子們的手就走。

孟舉人回頭看看一臉陰沈地站在那裡的溪哥，滿肚子的好奇都嚥了回去。

「你肯定不會告訴我。」他悶聲道。

「那你還說！」溪哥冷聲冷氣地道。

「可我還是忍不住啊！」孟舉人好委屈的小表情。「我真的很想知道那到底是什麼，你告訴我好不好？我拿一個消息和你交換！」

入夜，一家人一如既往地洗漱過後睡下了。

現在兩個孩子已經習慣山上的夜晚，過夜也不再覺得害怕，都開始嘗試著各睡各房了。

秀娘去檢查過孩子們的住處，確定他們都蓋好被子，才關上門回到自己的臥房。

走進門去，就看到溪哥正沈著臉坐在床沿，聽到她靠近的腳步聲，他也沒有抬頭來看。

他又生氣了。

這個人小表情、小動作雖然不多，但兩人朝夕相處這麼久，秀娘也找到了一點規律，便在他身邊坐下。「你是因為我今天把那些菜給孩子們吃而不高興嗎？」

溪哥這才抬眼看了看她，將頭一點。

「你是覺得，這害人的東西不該讓孩子碰，對嗎？」

「他們年紀還小，那些亂七八糟的東西還是少讓他們碰為妙。」溪哥悶聲道。

秀娘噗哧一聲笑了。

溪哥眉頭一皺。秀娘掩唇笑個不停。「你說，要是讓他們知道你平時看起來不苟言笑，其實心裡軟得一塌糊塗，尤其是對兩個孩子，簡直是疼到心坎裡去了，比我這個當娘的還甚，那些人會怎麼想？」

「我哪有！」溪哥違心低叫。

「你捫心自問，有還是沒有？」秀娘伸出手指在他胸前戳了戳。

溪哥連忙推開她。「我和妳說正事，別顧左右而言他。」

「好吧！」這男人性子太過悶騷，稍稍調戲一下就夠了。要是過了，到時候受苦的還是自己。秀娘見好就收，趕緊回歸正題。「其實我這樣也是為了孩子們好。」

溪哥眼神一冷，卻不說話。

秀娘笑笑。「你可還記得當初我跟你說過的，張大戶的婆娘和她姪子當初想給我下藥，讓我和她姪子成就好事？」

溪哥眸色陡地一黯，周身都散發出一股冷冽之氣。

秀娘點點頭。「其實，這種事情已經不是第一次發生了。之前，鍾老太太也曾對靈兒做過一樣的事。」

話音才落，溪哥周身便已不是冷凝之氣環繞，而是直接陰氣沖天了。

「怎麼回事？」他沈聲問，聲音裡也帶著一股強烈的壓迫之氣。

饒是秀娘早有準備，也被嚇得心中惴惴。她趕緊深吸口氣，徐徐道來。「其實說白了，還是重男輕女惹的禍。峰哥……也就是靈兒、毓兒的親爹，本就不是他們親生的，她根本就不放在心上。後來看我一個人帶著兩個孩子，根本連自己都顧不過來，還怎麼幫他們家做事？她心裡不高興，又看靈兒、毓兒粉妝玉琢的，心裡就起了歹意。

「正好那時候隔壁村子裡一個員外的兒子得了癆病，眼看就不行了。大夫不管用，就請了神婆去看。神婆絮絮叨叨半天，就說要娶個小媳婦來沖喜。但誰不知道，那孩子一隻腳都已經跨進鬼門關了，把孩子送去沖喜，簡直就是把孩子推進火坑！但凡有點良心的人家都不會這麼做。但是靈兒又不是鍾老太太親生的，又眼看有白花花的銀子進帳，她當然做得理直氣壯。」

話說至此，溪哥渾身都僵硬得不行。

「然後呢？她都做了些什麼？」低沈的聲音，彷彿從地底下傳來，冒著幽幽的寒意，令人徹骨生涼。

「她能做什麼呢？一開始拿錢引誘我，見我不理她，就想趁著我做事的時候帶走孩子。但孩子們一直對她防備著，死活不跟她走。她沒辦法，乾脆就搞來一包蒙汗藥，下在糕點裡，然後拿來給我們吃。她的本意是想弄倒我們母子三個，然後偷偷把靈兒抱去給人沖喜。等我醒來的時候，木已成舟，身邊還有毓兒這個可以養老送終的兒子在，就是想鬧也鬧不起來。可是……呵呵，這個老太婆絕對沒有想到，打從孩子們能吃東西開始，我就給他們嚐過曼陀羅的味道了。隨著時間加深，劑量也漸漸增多。時間一長，他們早對這個東西產生了抗性。老太婆膽子大，撒了差不多半包進去，但也不足以迷倒我們。」

說到這裡，秀娘輕輕一笑。「你是不知道，那老太婆眼睜睜看著我們母子三個把她咬牙買來的一斤棗糕給吃了個一乾二淨，最後一點沫都沒留下，人卻安然無恙時的樣子，那簡直就跟見了鬼似的，我還特地拉著孩子們起身給她行了個禮，多謝她老人家突發好心，還記得我們母子幾個，心裡惦念著自己的孫子孫女，我們一輩子都會感激她，她臉都白了！」

「再然後呢？」溪哥又問。

「再然後？老太婆覺得自己被騙了，拿著剩下的半包蒙汗藥找到賣藥的人，指著那人破口大罵，坐在人家藥店門口撒潑打滾，罵他賣假藥，壓榨老百姓的血汗錢，不得好死，幾乎驚動了半個鎮子的人。」

「結果她自己丟人現眼了。」

「那是自然。」秀娘笑著點頭。「那賣蒙汗藥的本就不是什麼正經人，就靠著做些下三濫的東西賺點錢餬口。如果他的東西藥效不足，那以後誰還會來做他的生意？他一開始還說賠她藥錢，可是鍾老太太不幹啊，死活說自己虧大了，讓他賠自己雙倍的藥錢不說，還要十斤棗糕作為收驚費。你看，可不就是人心不足蛇吞象？」

溪哥頷首。「那人自然不幹。所以就撕破臉了？」

「沒錯！兩個人都不肯讓步，一個只肯賠藥錢，一個非要獅子大開口。到最後，藥販子忍無可忍，就直接將她買藥的目的說了出來，反倒將看熱鬧的人的目的都轉移到沖喜上頭。所有人都指責老太婆太狠心，連自己的親孫女都不肯放過。然後又有村人碰巧路過，把她那些年的所作所為都爆了出來，引來千夫所指，最後她只能灰溜溜地抱頭走開，以後也都不敢再提這事了。」

說完，秀娘長吁口氣，抬眼對他笑得格外燦爛。「你看！要不是我有先見之明，讓孩子們先練過了，我和靈兒肯定早已經天人永隔，你也就沒有靈兒這個女兒天天跟著你叫爹了！」

溪哥猛地伸出手，一把將她攬入懷中。

秀娘一怔，連忙掙扎幾下，不想一隻大掌按上她的後腦勺，愣是將她給按進他滾燙的懷抱中去。

「辛苦妳了。那幾年妳一定過得很心力交瘁吧？」

輕飄飄的聲音鑽入耳中，卻比她聽過的每一句話都重，竟是直直撞入心底深處，撞到她自以為掩藏得很好、最柔軟脆弱的地區，讓她渾身都痛了起來。鼻子一酸，秀娘再也忍不住，眼淚大滴大滴地滾了出來。

溪哥緊緊摟著她，任她在自己懷抱裡大哭，手掌輕輕撫著她後背。秀娘抱著他，放肆地大哭了一場，直到將壓抑在心底的悲傷全數發洩出來，才慢慢停下眼淚。

這個時候，距離她被溪哥擁入懷中已經過去有差不多半個時辰。

秀娘哭得嗓子都啞了，雙眼紅通通的直發疼，好不容易慢慢抬起頭，她擦擦臉上的淚痕，才發現溪哥胸前的衣服都被她的淚水給浸透了。

她咬咬唇，突然覺得有些不好意思。

溪哥卻是一臉淡然，又輕聲問：「現在心裡好受些了嗎？」

秀娘連忙點頭。「好多了。」

溪哥頷首。「今天是我錯了。妳做得很對，讓孩子多嘗試點東西，早早記下來，也免得日後受騙上當，這對他們以後都好，我的確太慣著他們了。」

秀娘吸吸鼻子。「所以，你現在不生氣了？」

他哪裡還生得起氣？聽到她說的那件事，再想到那次張大戶婆娘給她下藥的事，他只覺得後背都驚出了一身冷汗。要不是她早有防備，他們母子都不知道已經被人算計了多少次。

就是憑著她這麼一副單薄的身板、這細嫩的肩頭，就這樣搖搖晃晃地擔負著這個家走到現在。他光是想想都心疼得不行，更別說看到秀娘崩潰地哭倒在自己懷裡，那一刻，他除了生氣，更多的卻是悔，是恨！

他後悔自己為什麼沒有早點來到這裡，更恨自己為什麼出現得這麼晚！不然，他們母子幾個是不是就能少受點委屈了？

鍾老太太、張大戶婆娘……早知道他們竟然還做過這等齷齪事，他就不該這麼輕易地放過她們！

閉上眼深吸口氣，再睜開眼時，他主動伸出手給秀娘抹去臉頰上的淚珠。

「我不生氣。妳做得很對，是我目光短淺，沒有想到長遠去。以後，家裡的一切都聽妳的！」

呃……好好的，怎麼又把話題轉到這個上頭來了？

秀娘眨眨眼，突然覺得想哭又想笑。

「咱們家裡不一直是這樣嗎？」她無力地低問。

「嗯，以前是這樣，以後也一樣。」溪哥一本正經地道。

秀娘無言。

這個時候，忽然又聽溪哥道：「今天孟夫子跟我說了一件事。」

「什麼？」

「他說，在他往咱們這邊過來時，在城裡看到一種叫逍遙散的東西特別盛行。說是用了這東西，再精神萎靡的人都會精神抖擻，有病的藥到病除，沒病的強身健體，連心情抑鬱之人用過後也會心情大好，甚至飄飄欲仙。城裡許多大富之家都對此趨之若鶩，然而因為分量少，只有極有身分的人才有資格享用。他聽說後還特地打聽了一下，說這個東西是從京城那邊傳來的，已經給不少皇親貴胄享用過了。」

「是嗎？」秀娘唇角微勾。

若說一開始她還稍稍有些疑慮的話，那麼現在她已經完全可以肯定自己的猜測了。「那麼他有沒有打聽到這東西一開始是從什麼地方傳來的？這種東西咱們本地沒有，只能是從外地引進的。」

而且，之前一直沒聽說過，現在卻突然一下完全爆發出來，可見這是有心人帶進來的，然後極力推廣。不然，也不可能在短時間內就造成這樣的效果。

溪哥一愣。「這個倒是沒聽他說。」

「或許他也不知道吧！既然是從京城裡來的，說不定又和一些亂七八糟的人扯上關係。反正和咱們沒有多少關係，咱們就少惹為妙，繼續過好咱們的日子就是了。」秀娘淡聲道。

溪哥點頭。「妳說得對。」

話說至此，兩人無言，便上床睡了。

只是話雖然這麼說，秀娘躺在床上卻遲遲不能入睡。上一輩子，從小到大，無論是在電視上、課本裡，還是從老一輩人的口口相傳中，她早已經深刻領教過鴉片帶來的危害。如果不是這個東西，中國文明不會倒退那麼多年，老百姓也不會無緣無故遭受那麼多苦難。而現在，居然又有人居心叵測，將這個東西引進大歷朝？他有什麼目的？

反正不管怎麼樣，他絕對沒安好心就是了！

現在想這個也沒用，最關鍵的，還是要趕緊查出這個東西是什麼時候弄進來的，又已經傳播到哪些地方了，影響又如何，如果還沒完全滲透還好，一旦時間長了，讓人上癮了，那可就糟了！

她越想越著急，越著急就越睡不著。躺在她身邊的溪哥一樣翻來覆去，遲遲不能入睡。

「你在心煩什麼？」她忍不住小聲問。

溪哥一怔，忽地將她攬入懷中。「很晚了，睡吧！」

「喔。」見他不肯說，秀娘也不多問，便閉上眼，在他溫暖的懷抱裡沈沈睡著了。

第二十章

之後幾天，吳大公子沒有再出現過，吳家酒樓進的菜也越來越少。而秀娘家隔壁的李大家裡則是每天兩、三趟往鎮上送去新鮮的菜，錢財嘩嘩地往兜裡裝，李大婆娘驕傲得尾巴都翹得像天高。

這天裝完了第三車菜，她特地甩著帕子走到秀娘家的菜園子外頭，扯著嗓子大聲喊道：「哎呀，真是煩死了，明明一開始說好一天就供一車菜，我們一家子錢也夠花，人還能歇歇。現在倒好，這白天就來拉了三趟，煩不煩人？害得我們連喝口茶的時間都沒有，人都快累死了！說來也就多賺了這麼幾個錢，哎呀呀呀，真是煩死人了，這鎮上的生意怎麼就能這麼好呢？實在是想不通啊！」

這些天她幾乎天天都到這裡來炫耀，秀娘都默默吞忍了。只是蘭花卻沒她這麼好脾氣，一看這女人居然今天來炫耀了兩遍，現在還敢再來，頓時氣到不行，直接兩手扠腰破口大罵。「嫌人煩？我怎麼看每次劉家的人過來，妳都跟條哈巴狗似的，就差沒去舔妳劉爺爺的腳丫子了！明明見錢眼開，為了賺錢恨不得把園子裡的人當牲口使，還一口一個不在乎，我呸！有本事妳倒是不在乎一個來看看啊！」

「妳這死丫頭瞎說些什麼？」李大婆娘被嗆得臉色青一陣白一陣，隨即又得意地笑了起來。「喲，火氣這麼大，是因為最近妳主子家裡生意不好，害得妳的工錢也少了？這個沒關係，她李秀娘小肚雞腸就知道坑害村人，我可和她不一樣！我看蘭花妳手腳挺勤快的，要不妳來我家菜園子裡幹活算了，工錢我照給。」

「我呸！」蘭花直接一口唾到她臉上。「誰不知道，妳都不把妳家園子裡的人當人看？我就是活活餓死，也絕對不會去你們家做事，誰知道哪天你們這園子就被人給毀了！」

她這是在詛咒他們！

李大婆娘立刻氣得臉都白了。「小丫頭片子不知道好歹，活該妳這輩子就和這個寡婦一起吃糠嚥菜。妳等著瞧吧，這小寡婦就是個掃把星，和誰一起誰倒楣，現在她身邊的人都已經被坑害得差不多，下一個就輪到妳了！」

「妳說誰是寡婦？」這話出口，秀娘突然出聲，冰冷的聲音嚇得李大婆娘一個哆嗦。

只是現在她家生意好，每天錢嘩嘩地往口袋裡流，心氣也就跟著水漲船高。要說以前還莫名其妙對秀娘有幾分懼怕的話，現在的她早覺得自己可以將秀娘踩在腳底下了。

哼，論財力、論現在在村子裡的影響力，自己可是比她李秀娘高多了！這樣，自己還需要怕她嗎？

在這樣的底氣支持下，李大婆娘就跟隻剛下蛋的小母雞似的，脖子昂得像天高。「哎呀，不好意思啊，我說錯話了。秀娘妹子妳以前是寡婦，可現在不是了。妳不是招了個女婿嗎？現在你們家裡也有男人了。」

溪哥的存在，也是李大婆娘心裡一個過不去的坎。她就想不明白了，自己雖然也是村姑一枚，但好歹也和鎮上的劉財主家裡沾親帶故，而她李秀娘除了一個不知所蹤的秀才爹還有什麼？更別說她後來更是在鍾家做牛做馬了十多年，還嫁了個短命的男人，留下兩個不丁點大的娃娃。

這麼一個女人，她怎麼和父母俱在，娘家還有良田四、五畝，兄弟好幾個的自己比？可偏偏就是她，從一開始就搶走了自家男人的心，現在更是招了個比自家男人還優秀得多的男人！

她憑什麼呀！現在她好不容易壓了秀娘一頭，頓覺揚眉吐氣，當然是怎麼讓自己舒爽怎麼說了。

秀娘聽著她酸溜溜的話，只是冷眼看著她不語。

她要是和她爭吵還好，但像現在這樣只是靜靜地瞧著不動聲色，李大婆娘心裡就莫名開始亂蹦，著急起來。隨後，她又看到溪哥高大的身影出現，定定站在秀娘身後，也目光冷冷地看著她。一瞬間，她突然害怕了。

可是，明明現在自己比他們強，自己不該怕的啊！反倒是這兩個人該自慚形穢不是嗎？

李大婆娘拚命給自己做心理建設，便又勉力抬頭對溪哥笑道：「喲，說曹操曹操就到了，秀娘妹子的入贅夫婿過來了。最近你們家的日子肯定不大好過吧？說來也是，吳家酒館的生意不好，你們的菜自然也賣不出去，你們私底下肯定快愁死了吧？怎麼樣，要不要我回頭和我表哥說說，讓他也收幾斤你們的菜？我家菜園子都還沒開多久，這菜都快不夠用了呢！呵呵呵……」

她正說得開心，一隻手掌突然從旁伸了出來，一把將她往後一拽。

「妳給我閉嘴！不會說話就別亂說！」

李大婆娘一看是李大，頓時又怒氣湧上來。「幹麼、幹麼？又心疼了？人家男人在旁邊都沒心疼呢，你心疼個什麼勁？你疼了她這麼多年，也沒見她對你以身相許啊！」

啪！

李大忍無可忍，狠狠一巴掌打了過去。

李大婆娘都被打傻了，隨即她才反應過來，頓時嘶嚎著撲過來在他身上拳打腳踢。

「李大你個死沒良心的，你打我？你敢打我！你別忘了你現在的好日子是誰給你的，你更別忘了是誰不嫌棄你沒本事、不嫌棄你家沒錢，一心一意地跟著你過日子！現在有點錢了，你的心思就開始活泛了是不是？你還敢打我？我殺了你，你這個殺千刀的！」

「妳夠了！」李大扯著嗓子一聲大吼，成功將自家婆娘的嘶嚎給止住。

李大回頭就一把將人扔給後頭的半大少年。「老四，你先帶你嫂子回去。」

既然賺到錢了，那麼他們少不得要提攜自家親戚。李大的幾個弟弟便都來他家的菜園子做事，今天便是他四弟和他一道往鎮上去送第三批菜。

李老四和自家哥哥一樣憨厚老實。眼前的情形他看不大懂，但看自家哥哥的樣子就知道事情不大對，於是他連忙低下頭，將被哥哥吼得呆呆傻傻的嫂子給拉走了。

李大走上前來，一臉歉疚地對秀娘道：「秀娘妹子，妳別和她一般見識。這女人腦子有毛病，妳以後別理她就行了。」

「李大哥，你以後還是把她管好吧！你們家現在在村裡也是有頭有臉的人家了，還天天放著她這麼出來大呼小叫，對你們家的聲譽也不好。」秀娘淡然道。

李大黝黑的臉上一紅，趕緊點頭。「妳說得對，我知道了，回頭我就教訓她去！我保證，以後她不會再來找你們麻煩了！」

「嗯。」秀娘點點頭，便轉身要走。

李大一見，不知怎的就急了。「秀娘妹子妳等等！」

秀娘徐徐回頭。「李大哥還有什麼事嗎？」

「那個……」李大搔搔腦袋，從袖子裡抽出一張摺疊得整整齊齊的紙。「今天我又去找劉財主，他終於把契書給我了，妳要不要看看？」

「李大哥說笑了。這是你們家的東西，和我有什麼關係？要看也該是你趕緊拿回去給嫂子看吧！」秀娘笑道。「這是件好事，你趕緊回去告訴嫂子。」

告訴她？她肯定又會和自己鬧，說自己不把她的親戚當親戚，就知道聽秀娘這個小寡婦的話。可是，分明就是她的親戚有問題，而秀娘也值得信任啊！

李大苦惱地想著，本還想和秀娘說兩句話，但一抬頭，卻發現秀娘已經轉身走遠了。蘭花對他搖搖頭，也走了，只留下溪哥一個人站在籬笆邊上，深沈的眸子盯著他不動。

李大被看得有些窘迫，忍不住低下頭小聲道：「秀娘妹子是個好姑娘，你對她好點。」

「這個不用你說。」溪哥冷冷接話。「你家那個……你也好好珍惜吧！還有現在，也珍惜著吧！」

他這話什麼意思？

李大聽得莫名其妙，再看溪哥，他也轉身要走了。

「你等等！」他趕緊開口。溪哥腳步停下了，卻未轉頭來看他。

看著他健壯的後背，李大猛然間又察覺到一股強烈的壓迫感襲來，他有種喘不過氣來的感覺。

「你、你這話什麼意思？」

「什麼意思，很快你就知道了。」溪哥冷冷丟下一句，拔腿就走。

很快就知道了？這又是什麼意思？

李大頭皮都快撓破了，卻怎麼也想不出個中緣由。看看四周，自家婆娘不在了，溪哥、秀娘也都走了，只剩下他一個人傻乎乎站在這裡，怎麼看怎麼詭異，於是他也調轉頭回家去。

李大才剛進門，就聽到一聲呼號。「殺千刀的，你還敢回來？你去和你的小寡婦過去啊，你還回來幹什麼？我殺了你！」

一把寒光閃閃的菜刀迎面劈過來，他嚇得一個激靈，趕緊躲開。

但他婆娘哪裡肯放過他？又揮著刀追過來，嘴裡又將之前那番話翻來覆去地說。

李大本來對打她就心中有愧，現在反抗也不是、對罵也不是，只能抱頭鼠竄。夫妻倆繞著偌大的菜園子跑了好幾圈，突然就看到一群官差打扮的人來勢洶洶地踢開籬笆門走了進來。

「李大牛是哪個？出來，跟我們往衙門裡走一趟！」

方才還你追我趕，忙得不亦樂乎的夫妻倆都停下了。

「大大大……大人您說什麼？我沒犯事啊！」李大一臉迷茫。

李大婆娘也臉色刷白。「我男人就是個莊稼漢，這輩子沒做過一件壞事，他也沒那個膽子啊！官爺你們抓錯人了吧？」

「白紙黑字，寫得一清二楚，嫌犯月牙村李大牛，沒錯！」衙役將手裡的拘捕令一揮，便指揮人上前來將李大給銬起來。

可憐李大婆娘大字不識一個，只看到一張沾了幾筆墨跡的紙在眼前晃了晃，不過那張紙右下角那個紅通通的大印她倒是看明白了——之前衙門口告示通告溪哥是殺人越貨的江洋大盜的時候，那上頭不就是蓋了這樣的大印嗎？這麼說，他們是真來抓自家男人的？

意識到這一點，她雙腿一軟，撲通一聲軟倒在地。眼睜睜看著李大被衙役帶走，她呆呆在原地坐了好一會兒，才突然反應過來，卻發現自家的菜園子已經被衙役給貼上了封條。

「你們這是在幹什麼？」她連忙大叫。

「縣太爺有令，月亮鎮富戶劉雲與月牙村村民李大牛狼狽為奸，殘害百姓，如今將劉雲與李大牛收監，劉雲家產以及李大牛家產全部查封，任何人不得阻攔！」衙役立刻又出示了另一張蓋著通紅官印的紙，成功將她給嚇退。

李大婆娘這次是真的傻了，腦子裡也一片空白。

怎麼會這樣？明明剛才自家送了一大車的新鮮野菜去鎮上，她也聽來取菜的夥計說酒樓的生意火紅，客人們現在要來都得提前訂位，不然都吃不上。好好地做生意，怎麼就和殘害百姓扯上關係了？而且……這又和他們有什麼關係？他們分明什麼都沒做啊！

眼看自家偌大的菜園子就這樣被封了，他們所有人都被趕出來，一時間許多人面面相覷，竟然都不知道該往哪裡去。

「大嫂，要不，咱們去問問隔壁秀娘姊怎麼辦？她讀書識字，肯定比咱們知道得多，而且上次她家溪大哥不也進去牢裡過嗎？後來也安然無恙地出來了。」李老四慢慢湊過來，小小聲提議。

不承想，這話一出口，就刺激得李大婆娘直接跳了起來。

「找她幹什麼？那女人壞心得很，看到我們落難，肯定會乘機嘲笑我們，我才不給她這個機會！哼，她家溪哥能出來，我家大牛也一樣！我們都是老實本分的老百姓，我們什麼都沒做過，青天大老爺一定會還我們清白！」

「可是我剛才聽官差說……」

「什麼官差說？你大哥被抓進牢裡去了，這才是大事！咱們趕緊想想辦法，先把你大哥救出來才行！那些牢裡的人，心都是黑的，咱們不及時救人出來，你大哥肯定會被他們打！」一想到當初溪哥從牢裡出來時那一身傷痕累累的模樣，李大婆娘就緊張起來，攥緊藏在袖子裡的錢袋，轉身往鎮上走去。

只是她怎麼也沒想到，原以為只是兩家酒樓爭搶生意的一點小事，到頭來竟然演變成那麼大一件事。

遠在城裡的總督大人突然對最近城裡風靡起來的逍遙散起了興致，派人一查，才知道這不是個好東西，一開始在京城裡已經害了好幾條人命，還害得好幾十個家庭分崩離析。

據說，這東西一開始嘗試感覺是不錯，但接觸多了，慢慢就有了癮。只要一天不碰，人就渾身難受得跟被螞蟻咬一般，而這東西用多了，人也開始消瘦，神志不清，甚至昏厥喪命！這還得了？

隨著從京城以及周邊傳來的相關消息越來越多，而且城裡也發生幾起有人為了逍遙散鬧得傾家蕩產的事情後，總督大人當機立斷，沒收了城裡所有店家出售的逍遙散，並將販賣逍遙散的人都給抓起來！此外，連鎮上、村裡，總督大人也和府尹大人聯手發布告示，命人將牽涉此案的人都抓起來下大獄。

雖然劉家酒樓裡沒有公然販售逍遙散，卻有人舉報，他嚐過劉家出品的「步步高升」菜系，吃過那些菜餚後，人的反應和用了逍遙散一模一樣。

於是，府尹大人向縣令施壓，新來的吳縣令二話不說，親自帶人前去盤查，果然就在劉家酒樓後廚發現了滿滿一桶逍遙散，這便坐實了劉財主的罪名，劉財主也就理所應當地被抓到牢裡關起來。

事情再往下一查，李大這個和劉財主合夥開酒樓、並為酒樓提供新鮮菜蔬的人就成了同夥，一樣鋃鐺入獄。這樣一來，這件事的性質就變得格外惡劣，等同於謀財害命，這樣的話，下場絕對是斬首示眾！

李大婆娘聽說之後，當即眼前一黑，人就昏了過去。等她醒來之後，就聽人說城裡已經有販賣逍遙散的商人被處死的消息，頓時又差點暈死過去。

現在唯一值得慶幸的是，偌大的風波還沒有蔓延到小鎮上來，只是看城裡的處置方式，想必也不遠了。而且吳縣令初來乍到，新官上任三把火，他會採取什麼手段，可想而知。

這下，李大婆娘是真的急了，可是，急也於事無補。

兩個小娃娃，一個才剛走穩，一個還在扶著牆摸索。轉眼工夫，好脾氣的爹爹不見了，大大的房子也不能住了，肚子餓了也不能及時吃上飯，他們難過得大哭不止。

他們哭，李大婆娘也跟著哭。

李老四見狀滿頭黑線，只能小聲勸道：「大嫂，咱們真的不能再硬扛了，去求求秀娘姊，看看她有沒有法子吧！」

「她不會幫我的。她現在肯定已經恨死我了。」李大婆娘抽噎著道。自己之前幹的那些事，現在想想她都恨不能抽自己幾巴掌，更何況秀娘這個當事人？

「那妳就向她賠禮認錯啊！秀娘姊人好，不會和人多計較的。」

「真的嗎？」李大婆娘眼前閃過一絲希望的曙光，卻怯怯地不敢去抓。

「不管是不是，咱們也必須去試試啊！大嫂，現在關係著大哥的性命，咱們就算是拚了命也得去搏一把！」李老四大聲道。

李大婆娘一聽，頓時點頭。「好，我去！」

於是，這天一早，秀娘剛收拾好走出門，就看到一個影子出現在跟前。

然後，撲通一聲，這個人跪在她身前，帶著哭腔大喊：「秀娘，我錯了，我給妳磕頭，求求妳饒了我，求求妳救救我男人吧！」

「李大嫂妳這是在幹什麼？趕緊起來！」秀娘一看就知道怎麼回事了，趕緊要把李大婆娘拉起來。

但是李大婆娘就是死死跪在地上，不斷磕頭認錯請求原諒。

秀娘無法，只得說道：「我早不生氣了，李大嫂妳趕緊起來吧！」

「真的？秀娘妳不生我的氣了？妳答應救妳大牛哥了？」李大婆娘趕緊抬起頭問。

她只說不生氣了，何曾說過幫忙救人？她一個村婦，有時候連自己都顧不過來了，哪裡還有本事去管旁人的事？

秀娘幽幽嘆了口氣。「李大嫂，咱們一個村子裡住了這麼多年，妳並沒什麼壞心，就算妳做了些什麼我也不會往心裡去。但是李大哥那件事，我確實是有心無力。」

李大婆娘立即失望地垂下腦袋。「說來說去，妳還是在生我的氣。算了，我就知道，我幹了那麼壞的事，妳不落井下石就不錯了，哪還會來幫我們？我還是回家去吧，要是他爹死了，我就帶著兩個娃兒一起上吊算了，一家子在地下也能有個伴。」說著就爬起來，蔫頭蔫腦地往回走。

秀娘見狀，忍不住開口叫道：「李大嫂。」

李大婆娘腳步一頓。

秀娘抿抿唇，終於還是選擇開口。「俗話說，求人不如求己。更何況在這件事上，我們確實幫不上什麼忙。大牛哥如果真無辜的話，你們只要拿得出證據來，就至少可以確保他的性命無虞。」

「我們有什麼證據？那些幫工的一個個就跟傻子似的，一問三不知，說什麼都不知道。讓他們去幫忙作證，他們就嚇得屁滾尿流，我說給錢都不幹。」聽她這麼說，李大婆娘越發傷心，眼淚直直落。

秀娘眉頭微皺。「那些人怕惹上官司，當然是能避則避。只是你們自己呢？你們拿不出證據了嗎？」

「我們也去衙門口跪了、哭求了啊！可是縣老爺根本就不理我們！」李大婆娘眼淚流得更凶了。

秀娘滿頭冷汗直往下掉。

這叫什麼自救方法？當官斷案，求的是真憑實據好嗎？

她無奈地又問：「那李大哥呢？妳有沒有問過他？」

「他？他能有什麼？家裡的錢和事都是我管的！」

我的天！

秀娘真想扶額，到底是自己表達不清，還是這個人理解有問題？

她繼續循循誘導。「這些事怎麼說得準？妳還是去問問他吧！李大哥不是經常往劉家的酒樓送菜嗎？說不定他就知道什麼呢！」

「他能知道什麼？」李大婆娘腦子還是沒轉過彎來。

還是李老四像是明白了什麼，趕緊對秀娘點頭。「我知道了，謝謝秀娘姊！」說完拉上李大婆娘就走。

李大婆娘還在雲裡霧裡。「你幹麼拉我呀？秀娘妹子還沒告訴我法子呢！」

「秀娘姊該說的都已經說完了，咱們還是趕緊到牢裡去看看大哥，看看他能有什麼話和咱們說吧！」李老四小聲說著，腳下急急地走。

李大婆娘還是不大明白，嘴裡仍在嘀咕，只是被拉扯得站不住，只能乖乖跟著他走了。

兩人走後，溪哥就從屋裡走了出來。

秀娘回頭聳肩。「他們應該聽明白了吧？李大哥應該沒事。」

溪哥點頭。「李老四不蠢。」

那倒是，兩個人裡頭，只要一個人聽明白了她的暗示，那麼這事就好辦了。

秀娘吁了口氣，又禁不住苦笑地搖頭。她還真不知道，李大婆娘居然腦筋這麼不靈光。她都已經把話說得這麼清楚了，她居然還沒往點上去想，以往和自己吵架時，這人明明看起來也狡猾得很啊，可怎麼一遇到正事，這人就……

正想著，溪哥突然就一把握住她的手腕。

秀娘一怔，抬眼就看到溪哥正定定看著她。

「幹活去了。」他道。

秀娘連忙點頭。「好。」

這件逍遙散引發的案子，史稱逍遙散案，從天運城開始，迅速蔓延到全國各地，最終在京城鬧到最大，一度令舉國上下的達官顯貴人心惶惶，更令不少投機之人因此丟了性命。十多年後，當說起這件事的時候，還有不少親身經歷過的人唏噓不已。

天運城下轄的月亮鎮，在事件之初，陰雲就籠罩在所有人頭頂上，再加上有村人被捲進去，所以鎮上的風言風語都以最快的速度傳到村子裡。

秀娘更在第一時間就從孟舉人那裡得到湯師爺弄來的一手消息。

「說起來這李大還真是好命。以前姓劉的一直不肯給他寫契書，他就天天去說，每次送菜去鎮上還找劉財主死纏爛打，劉財主招架不住，就給他寫了一份。他還不放心，花了一個銅板請衙門外頭、專門給人寫狀子的秀才唸了一遍，確定內容無誤才收下。結果契書才剛拿到手，逍遙散案就爆發了，姓劉的這次是小命難保，李大卻因為這紙契書，保住了這條命不說，還連大半身家都留下了，真是傻人有傻福啊！」

孩子們下學後，孟舉人又來秀娘家裡蹭飯。水足飯飽後，他就又開始長吁短嘆。一邊嘆息著，他還一邊不住地拿眼睛往秀娘那邊瞧。

秀娘低頭收拾碗筷不理他。溪哥聽著他裝模作樣的呼號，忍無可忍走過來將秀娘擋在身後，冷冷看著他哼了聲。

孟舉人立刻像被根針狠狠戳了一記，忙不迭蹦起來。「哎呀，時候不早了，我該回去了，今晚好好溫溫書，明天還得教孩子們呢！我走了，大哥明兒見，大嫂明兒見。」

他說著話，一邊拔腿就跑。只是跑出去沒幾步，他就看到前頭的路上，李大婆娘和李老四等人攙扶著一個衣衫襤褸的人正緩緩往這邊山上走來。

一看到外人，孟舉人趕緊就收起凌亂的步伐，啪的一聲展開扇子，慢悠悠地吟著小詩沿著羊腸小徑漫步，一派閒庭信步的模樣。

只可惜，這群人的目光都放在中間腳步蹣跚的人身上，根本都沒有注意到他的存在，就直接和他擦肩而過。

他們直接來到秀娘家菜園子外頭，遠遠見到秀娘兩口子，這群人就撲通撲通都跪下了。

秀娘和溪哥也早發現了他們的來到，還沒反應過來，居然就看到他們跪下了！

秀娘嚇了一跳，連忙推開籬笆門迎出來，就聽到中間的李大趴在地上，感激的聲音裡都帶上了嗚咽。「多謝秀娘妹子的救命之恩！妳的大恩大德我這輩子都忘不掉，以後我就給妳做牛做馬，只要妳一句話，我上刀山下火海，在所不辭！」

李大婆娘也不停擦著紅通通的眼睛，看著秀娘的眼中早沒了當初的嫉恨，反而滿是感激。

秀娘微微一怔，趕緊推著溪哥將人給扶起來。「李大哥、李大嫂你們這是在幹什麼？大哥你在牢裡待了那麼久，肯定是又累又餓，還是快回家去吧！好好洗一洗，吃飽了飯，再休息休息，其他的慢慢再說。」

「那些可以以後再說，秀娘妹子妳的救命之恩我必須先謝了！」李大昂起髒兮兮的頭，因為多日的折磨而寫滿疲憊的眼中透出幾分光亮。「要不是妳提醒我一定要和劉財主寫契書，說不定我就要和他一樣是個死罪，怎麼可能打這三十大板就完了？我能撿回這條命，多虧妳的幫忙，我必須給妳磕三個響頭，不然我就是回家也坐不住啊！」

只是他想磕頭，溪哥卻一把就將他給提了起來。李大掙扎幾下，最終無果而放棄。

秀娘連忙也搖頭道：「李大哥，你這話說得太嚴重了，我只是隨口提醒你一句而已，真正能讓他寫下契書也都是你自己的功勞。你要感激就該感激自己縝密的心思，是你救了自己。你還是趕緊回家去吧，李大嫂還有叔叔嬸嬸他們肯定也都等急了。」

李大婆娘一看這狀況，趕緊就咚咚咚磕了三個響頭，滿臉羞愧地道：「秀娘妹子，以前的事都是我不對，我在這裡向妳認錯了！只是我家的錢這些天都花在牢裡打點上了，就留下幾百個大錢，妳肯定也瞧不上眼，我就不拿出來丟人現眼了。我代我家男人給妳磕三個響頭，一來多謝妳的救命之恩，二來也是為我以前做的那些錯事認個罪。我知道妳心胸寬廣，不和我一樣小肚雞腸，但做錯了就是錯了，這個頭我必須磕，以後我也保證，再也不會來找妳麻煩！」

說完這些，她才一骨碌地爬起來，雙手攙上自家男人。「頭我替你磕了，咱們回家去吧！」

「好。」李大這才點頭，夫妻倆雙雙轉身離去。

她這動作做得太過順溜，秀娘和溪哥一開始的注意力都放在李大身上，一時忽略了她。等到反應過來的時候，她的頭已經磕完，連話都說完一半了。

秀娘無奈，只能任她說完，再目送他們的身影遠去，才算是長吁了口氣。

「這事可算是了結了。」她低聲對溪哥道。

溪哥頷首。「了結就好。」

「是啊，了結就好。」

秀娘也點頭，壓在心口上的那塊大石頭徹底地移開了。

風波過後，吳大公子又嬉皮笑臉地來找他們。

秀娘冷冷看著他。「事到如今，吳大公子，你還不跟我們交代清楚嗎？」

「交代什麼？我和新來的縣令吳大人的關係嗎？沒什麼呀，我們是本家，說起來是遠房親戚，現在他來這邊做縣令，所以親戚之間隨便走動走動。」吳大公子笑道。

秀娘搖頭。「不，我想讓你交代的是，你和城裡徐總督到底是什麼關係？」

一聽這話，吳大公子笑意微僵，隨即就笑得更甜膩膩的。「妳發現啦？怎麼發現的？快跟我說說！」

秀娘冷冷看著他。

吳大公子便不停乾笑。「好了好了，妳肯定上次就察覺到不對了，可還死活憋到現在才問，妳這份心思也藏得夠深的！」

秀娘冷哼一聲。「吳大公子，我在問你話，請你如實回答。」

「好了，知道了。」吳大公子極不甘願地撇撇嘴。「其實我們關係也不深，從身分上說，我要叫他一聲堂叔。只是我們家以前就只是吳家一個分支，嫡支在城裡升官發財，我們就在下面做生意賺銀子，其中賺來的大半都交給他們去打點。後來漸漸的，我們這一支就獨立出來，他們當他們的官，我們做我們的生意，除非必要，並不怎麼來往。」

「你也說了，是除非必要。」秀娘淡聲道。

也就是說，在必要的時候，他們還是會密切來往。就像上一次，以及這一次，只要他需要，他們就能及時對他們伸出援手。

由此可見，他們這一支和城裡那一支的關係絕不一般。自然，要不是因為如此，他們又如何能在這裡站定腳跟，坐穩月亮鎮首富的位置？官商勾結，互助合作，這種關係自古以來就是最隱秘也是最有實效的。

既然她都已經猜到了，吳大公子也不多加解釋，只笑嘻嘻地道：「怎麼樣，知道我家背景如此雄厚，妳是不是有點後悔了？」

「不。」秀娘沈聲道。「相反，我很慶幸。」

「慶幸？」

「對。吳大公子你乃是官家之後，那就更不是我區區一個村婦所能高攀得上的。現在我這樣挺好，我們夫妻倆門當戶對，現在也是夫唱婦隨。以你的身分，也該去尋一個和你身分相當的女子相配才對。」

聽著她一本正經的說詞，吳大公子再次無力地低下頭。

他早該知道的，反正在她心裡眼裡，只要是她喜歡的、她認可的，她就能找出一百個理由來說服自己，還將他也說得啞口無言！

這個女人啊，都到了這個地步，難道她就不能說兩句好聽的來哄哄他，讓他開心嗎？

秀娘當然沒心情哄他開心。她立刻拉上溪哥。「給菜澆水去。」

「嗯。」溪哥頷首，反手將她的手掌握在掌心，兩人雙雙轉身離去。

可憐的吳大公子，再次被當作背景無視了。

常常這麼被無視，他也漸漸習慣了。目送這兩個人相攜離開，他摸摸下巴，思量著自言自語。「看來，我是該去找個女人一起過日子了。」

「公子你總算是想通了！」聽到這話，石頭簡直都激動得想哭了。

但馬上，聽到吳大公子接下來的話，他那點感動立刻就消失得無影無蹤，只恨不能撿一塊板磚往這傢伙頭頂上拍下去。

吳大公子回過頭，對石頭眨眨眼，一臉正經地問：「你說，我上哪兒能找一個和她一樣的女人？要和她長得一模一樣，連性子也得一模一樣，不然，我肯定瞧不上。」

也就是說你還沒對她死心就對了！石頭恨得快把一口牙都咬斷了。

「公子，我勸你回去之後趕緊請個師傅，跟他學學功夫吧！」他艱難地從牙齒縫裡擠出這句話。

吳大公子一喜。「你是不是也覺得，只要我勤加練習，強身健體，遲早有一天能比李溪更強壯。那樣，她就會移情別戀看上我了？」

「不，我的意思是說，你好歹練一練，免得等到李溪來揍你的時候，你連反抗都沒來得及，就被揍得哭爹喊娘了！」

「……」

舉朝上下都引起軒然大波的逍遙散案，在小村裡的風波早因為劉財主的伏法而平息下來。大家記憶最深刻的，也就只有李大那被板子打爛了屁股的三十大板。

寧靜的村莊再次恢復平靜，男耕女織，日出而作，日落而息，日子簡單又愜意，只是這愜意的一切突然就被打破了。

這天中午，村子外頭突然一陣敲鑼打鼓，一路從村口敲到了村尾，然後敲到山上，一直到秀娘家的菜園子外頭。

在湯師爺的引領下，一班衙役高抬著一塊用大紅綢布包裹的匾額，浩浩蕩蕩踏入秀娘家裡。

「恭喜李兄弟，恭喜李大姊，前兒縣太爺吃了吳家酒樓裡的平步青雲，對此讚不絕口。知道這些菜都是從你家菜園裡出來的，對你們大為誇獎，當場揮毫寫下了這幾個大字，並命人製成匾額，今天特地叫我等送過來。」湯師爺大聲說著，伸手一抽，一塊還散發著淡淡松香的匾額上，「月亮鎮第一菜園」幾個大字熠熠生輝。

村裡人大都不識字，只是看這架勢，看匾額上氣勢雄渾的幾個大字，便已經被這等排場給鎮住了。

偏巧這個時候，孟舉人也聞訊趕來，一見此情此景，當即走出來，搖頭晃腦地道：「好字、好字！一直聽說吳令公寫得一筆好行書，我一直不曾得見，今天有幸目睹，果然是名副其實！就這幾個字，拿出去都能賣上一、二百兩銀子了。現在還製成匾額……嘖嘖，這可真是莫大的榮耀啊！只要這塊匾掛在你家菜園子門口，以後你們家的菜就不愁銷路了。」

這村子裡最有學問的人都這麼說了，那就是板上釘釘的事。村民們不疑有他，紛紛對秀娘一家子報以豔羨的目光。

秀娘和溪哥一道接了匾額，並用山上的野味盛情款待湯師爺一行人。接下來，不用他們刻意宣揚，新任縣太爺喜歡吃李家菜園子裡的菜、並因此給他們家賜了一塊匾額的消息便傳遍全鎮。幾乎天天都有好幾群人特地過來欣賞秀娘家的菜園子，還花錢買上幾顆回去嚐鮮。有好事點的人，還非得纏著秀娘問清楚縣太爺到底喜歡的是哪些菜。

天知道吳縣令喜歡吃什麼！這話分明就是他為了給他們送匾瞎編的好吧！

秀娘無奈，只能胡亂一指。這樣的情況持續了大半個月，才慢慢地平靜下來。

而在這半個月的時間裡，鎮上又發生了一件不大不小的事：劉財主家充公的家產悉數被官府放出來發賣，這些全都被吳大公子以一兩銀子的價碼收入囊中。

至此，吳家在月亮鎮上一家獨大的格局徹底成立。

劉家的酒樓茶館等店面其實都還好得很，夥計掌櫃也都是現成的，現在不過是換了個東家，只要好生溝通一下，把事情給理順了，各個地方很快就又營運起來。

這下，秀娘家菜園子裡的菜就有點供不應求了。

傍晚，一家人給菜澆完水，捶捶痠痛的腰正打算回去吃了晚飯睡覺，外頭又來人了。

「秀娘妹子！秀娘妹子！」

秀娘抬眼看過去，就發現是已經閉關一個多月的李大夫妻倆又出山了。她連忙放下鋤頭去拉開籬笆門。「李大哥、李大嫂，你們怎麼過來了？李大哥身上的傷怎麼樣？要是沒好的話，應該在床上躺著才行，怎麼能下來亂走？」

「我都好了。妳看，我現在不是精神得很嗎？」李大連忙當著她的面蹦了兩下。

秀娘看他雖然臉頰凹陷下去不少，但是精神還算飽滿，便點點頭。「不知道你們這個時候來有什麼事？」

「我們還真是有點事想找妳幫幫忙。」李大婆娘尷尬地笑著，眼神閃閃爍爍，想看她卻又不敢看。

秀娘見狀，心裡便有數了，就點頭道：「有什麼事，你們進來說吧！天晚了，外頭風大，李大哥身子還沒好全，吹風了不好。」

「好好好，咱們進去說，進去說！」在這個地方也的確尷尬，李大兩口子連連點頭，就跟著秀娘進了他們的屋子。

他們一家子住的還是溪哥之前親手建起來的土坯房，屋裡環境一般，但經過秀娘巧手裝飾，愣是將簡陋的屋子收拾得乾淨大方。李大夫妻倆走進來就覺得神清氣爽。

拉了兩把椅子讓他們坐下後，秀娘又要去倒水，李大婆娘趕緊跳起來拉住她。「秀娘妹子就別忙活了，我們都是粗人，沒那麼講究。妳趕緊也坐吧，我們這次是真有事要你們幫忙。」

秀娘還是堅持給他們一人倒一杯水，才轉身坐下。「什麼事，說吧！」

李大兩口子微頓了頓，互相交換一個眼神，卻遲遲沒有開口。

最後，還是李大婆娘一拍桌子。「反正遲早是要低頭的，秀娘妹子，我就實話和妳說了吧，今天我們過來，是來求妳給我們一條生路的！」

秀娘霎時嚇了一大跳。「李大嫂這是在說什麼話？我可從來沒對你們做過任何事！」

「我知道、我知道，我也沒說妳逼得我們沒了退路。我說的是那個天殺的劉雲！」

劉雲是劉財主的小名。

李大婆娘咬牙切齒地道：「那殺千刀的為了賺錢，竟然想出這麼傷天害理的法子，還差點拉我們下水！虧得縣太爺明察秋毫，及時把他給治了，不然我們一家子都要成為月亮鎮的千古罪人了。」

義憤填膺地說著，她面上又浮現一絲尷尬。「只是這事雖然制止得及時，但他爹還是被抓進牢裡關了好些天。我們在牢裡打點，在外頭跑路子，把賺到的那點錢都花得差不多了。現在劉家倒了，外頭的人都說我們也是用逍遙散泡水種菜的，誰都不願意買我們的菜，天知道我們根本什麼都沒幹。現在，我們實在是沒辦法，只能來求秀娘妹子妳，就看在我們鄉里鄉親多年的分上，收了我們家的菜園子，然後收我們一家子在你們名下打打雜，妳只要每天給我們一口飯吃就行了，我們不求多的！」

和劉財主合夥做生意後，他們就將家裡的幾畝地都租給其他人種，租期是一年。現在才過去兩、三個月，距離一年還久得很，租了他們家地的人自然不會將地還給他們。而從劉財主那裡得來的菜園子，種出來的菜又賣不出去……為了活命，他們也只能出此下策。

秀娘聽到這話，卻是暗暗吃了一驚。原本以為他們會求她幫忙賣他們家的菜呢！不承想，他們竟然直接想把菜園子交給她？他們這個決定也未免做得太大膽了點。

她連忙搖頭。「李大嫂你們言重了。其實現在大家只是對你們家存在一點誤解而已，再等上一段時間，風波過去也就好了。這樣吧，正好最近吳家要的菜量太大，我們家供得有點吃力，我就和吳大公子說一聲，讓他們也從你們家採購一點好了。」

「不不不，我們自己有幾斤幾兩重，心裡清楚得很。之前我們的菜賣得好，是因為姓劉的拿去後用逍遙散泡水浸了半天才拿去賣，和菜本身沒多大關係。吳大公子看上妳家的菜，卻是因為你們的東西是真好。這菜園子在我們手上，遲早也會敗了，還不如給你們，如果以後能被發揚光大，也就不枉他爹吃了這三十大板的虧了。」李大婆娘趕緊擺手。

秀娘眉頭微皺。「妳真是這麼想的？」

李大婆娘趕緊點頭。旁邊李大也從袖子裡掏出一張紙遞過來。「這是那片地的地契，秀娘妹子妳收下，以後這個地方就都是妳的了！」

「那怎麼行！」這就是李家最後的身家了，秀娘自然不能收。

但是李大死活非塞進她手裡。「要不是秀娘妹子提醒我一定要和姓劉的立契書，我這條命肯定都保不住了，又哪還保得住那片園子？說到底，我這條命都是妳救下來的，我用這個園子來報答也是理所當然。一個園子換一條命，實在是太划算了。」

「就是、就是！」李大婆娘也跟著點頭，夫妻倆一股腦兒地把地契往她手裡塞。

秀娘推搪不過，只得將地契握在手裡。「既然李大哥、李大嫂你們這麼相信我，我就先把地契收下了。只是那片園子本來就是你們的，我不能獨占，現在就當是我帶著你們一起種菜，我教你們法子，你們去做，然後我再請吳大公子來將你們的菜一併收了。至於賣的錢，我們兩家對半分了，你們覺得如何？」

「沒問題！這錢妳全拿了我們也沒意見！」李大忙不迭點頭。現在他滿心都是對秀娘的感激，錢財這些身外之物早已經不在他的考量範圍之內。

李大婆娘更實際些。原本要把園子送出去她還有些心疼，現在聽秀娘的說法，還要給他們一半的收成，她立即就精神了，也一個勁兒點頭。

既然雙方達成一致，接下來的事情就好辦了。

秀娘請來里胥，慎而重之地寫了一份契書，將事情的前因後果、雙方今後需要背負的責任以及資金規劃方式都寫得一清二楚。雙方簽字畫押之後，這事便成了。

李大夫妻倆原本是以拿菜園子換口飯吃的目的而來，沒想到現在還能拿回一半的主導權，他們喜不自禁，回家的路上都腳下生風。

將這件事解決，秀娘也長吁口氣。

里胥將第三份契書收好，也站起身對秀娘笑道：「恭喜妹子，以後這片山就都是你們的了！」

「大哥說笑了，這山是朝廷的，我們只是暫時拿來一用。」秀娘低聲道。

里胥一怔，連忙點頭。「妳說得對，是朝廷的，一切都是朝廷的。不過，至少現在它的使用權在你們手上，這就夠了。以後咱們想做個什麼可就方便多了。」

秀娘淺笑不語。

第二十一章

事情辦完第二天，石頭一大早過來收菜的時候，也帶來吳大公子的一句話。「恭喜李大姊如願以償。以後，咱們兩家就能更好合作了。」

將人送走後，秀娘就鬱悶地問溪哥。「我的目的有那麼明顯嗎？」

溪哥眼中帶著一抹幾乎察覺不出的柔情。「不關妳的事，是他們太精明了。」

那也是她隱藏得不夠好啊！不然，為什麼他們能看得這麼清楚？

秀娘悶悶地長吁口氣。「我問你一句話，你老實回答我，好不好？」

「好。」溪哥點頭。

「我的目的，你肯定也早就猜到了吧？你覺不覺得其實我挺心黑的？只花了十兩銀子，就拿下這座山，還收了好幾個膀大腰圓的幫工。現在他們或許還沒反應過來，但再等上幾年，肯定就有其他人反應過來了。到時候，少不得會有人罵我一聲奸商。」

「妳不是。」溪哥定定地搖頭。

「不是嗎？」秀娘眨眨眼，突然很想笑。「我都步步算計到這個地步了，你難道不覺得害怕？你當心以後要是做了什麼惹我不快，我也算計得你身無分文，被掃地出門！」

「我不會，妳也不會。」溪哥淡聲道。

他的意思是他不會做讓她不高興的事，她也不會把他掃地出門。

秀娘聽在耳裡，心裡稍稍得到一點安慰。只是自己做的事情什麼性質，她自己心裡清楚得很，便只是淺淺一笑。「我真是對你的過去越來越感興趣了，你說你到底經歷過些什麼，才能像這樣處變不驚？要是換作其他人，知道自己的枕邊人這麼會算計，只怕都已經嚇得一整晚睡不著覺了。」

「妳這不叫算計。」溪哥再次重申。「妳這叫利人利己，方便了自己，也幫助了他人。吳大公子做的那些，才叫真正的算計。」

和吳大公子明目張膽侵吞劉財主名下所有財產的行徑相比，她這點小小的成績的確不值一提。只是在採取的措施以及最終成果方面，其實她還略勝一籌，畢竟吳大公子還花了萬兩銀子才將那些東西收入囊中，而她卻是不費吹灰之力，就讓人雙手將地契送上，而且李大兩口子直到現在還對她感恩戴德。不然，吳大公子也不會專程讓石頭給她帶話，並鄭重地提醒他兩家「合作」的事了。

吳大公子應該開始著急了吧？知道她越來越不好掌控，所以才會用之前說好的合作內容來壓制她。難道在他的眼裡，自己就是這樣背信棄義、處處算計的人嗎？

不不不！如果吳大公子在跟前的話，他肯定會拚命搖頭，然後告訴她——他並不是懷疑她的為人，而是因為自己曾經幹過太多類似的事了，所以以己度人，總會有些擔驚受怕。

不過說句心裡話，他害怕的其實不是秀娘背信棄義。這點小錢他還不怎麼放在眼裡，他真正在意的是這個十年之約只怕不能徹底履行。再過不了多久，等他們的羽毛徹底長全，他們就要展翅高飛了！

隨後的事實也果然證明——他的猜測實在是太正確了！逍遙散案影響深遠，餘波一直延續了兩、三個月，才漸漸沈寂下去。

到這個時候，秋天已經過去，寒冷的冬天呼嘯而至。

天冷了，菜不怎麼長了，就連銀耳也發不出來，大家出門的次數也逐漸減少。家家戶戶開始預備年貨，去酒館裡吃飯的人也漸漸少了，秀娘也乘機好好歇息。

直到現在，他們和吳大公子的合作已經持續半年，秀娘將這半年來積攢的錢拿出來一數，發現竟然有一百兩之多！當然，這一切也多虧被併入他們手下的李大家菜園子。

有了這筆錢，秀娘趁著年前去鎮上買了幾疋布，替一家四口各做兩套新衣服。原本還打算買半頭豬好過年，卻因菜園子裡事情不多後，溪哥就天天往山裡去，整天把野鹿、野兔之類的肉食往家裡搬。有一次，他甚至扛了一隻野豬回來。

這純天然野生的東西，自然比豢養的豬肉更好些。秀娘連忙將東西都給醃漬了，並給里胥、鍾老太太各送了不少，就連私塾裡的孟舉人以及鎮上的吳大公子，她也都送了一大包肉去給他們嚐鮮。

轉眼便到了年關。

時間剛進臘月，兩個娃娃就興奮到不行，每天都計劃著過年怎麼玩、吃什麼、用什麼，簡直比秀娘操的心還多。

看著今年家裡的情況比往年好了十倍不止，秀娘也不忍心再讓他們跟往年一般拘束，便睜一隻眼閉一隻眼，只要不是太過分的要求都應了。

溪哥更是個慣孩子的人，只要孩子們撒撒嬌，軟綿綿叫一聲爹爹，他滿身的酷帥就兜不住了。孩子們要什麼他就給什麼，好幾次秀娘明言不許的，他竟也偷偷給了，事後可沒少被秀娘關起門來揪起耳朵罵。

不知不覺，就到了臘月三十這天。

村子裡到處都是一片熱鬧歡騰的景象。秀娘一家雖然是在山上，但一家四口也是其樂融融。

一大早天還沒亮，四個人就起床，將屋子裡裡外外打掃了一番，桌椅板凳也都擦洗得乾乾淨淨。門板貼上從鎮上買來的門神畫，門框上的對聯是孟舉人揮毫而成。作為村子裡最有學問的人，到年關時候，村人少不得都要去向他求對聯。孟舉人也大方，來者不拒，直接提筆就寫，滿村子三十多戶人家，他的對聯就沒有重複的，那字跡也是剛勁挺拔，比吳縣令的分毫不差。

作為他經常蹭飯的人家，這次不用秀娘要求，他就已經主動捧著一副寫好的對子上門來了。自然，這個精明過度的人不會白白送他們一副對子，隨著對子一起上門的還有他的一個要求，那就是——他要和他們一起過年！

其實在冬月的時候，當村人知道他家中已經沒有親戚，也不打算去鎮上和湯師爺一道過年的時候，幾乎家家都蠢蠢欲動，爭相邀請他去自家過年，卻都被他拒絕了。

用他的話說：「我已經有打算了。」

而這個打算，居然就是和他們家一起！

秀娘無力地扶額。這人是賴上他們家了嗎？這一天天的，除了晚上沒住在他們家裡，其他幾乎同他們家人無異。

萬般不解之下，她問他，為何就是盯著他們家？

孟舉人的回答很無辜。「我不知道呀！反正我就是看你們順眼，我就喜歡和你們在一起。就算你們不理我，打我罵我，我心裡也高興。」

秀娘無語。這傢伙，典型的一個抖M！

只是這樣的話要是說出去，只怕村人又要罵他們矯情了。孟夫子這麼高大上的人物，他們是求都求不來的，人家主動上他們家去，他們居然還往外推！

剛想到這裡，那邊孟舉人就已經穿著厚厚的袍子上山來了。

他一邊搓著手，一邊不停地跺著腳。好不容易見到秀娘和溪哥兩個，他連忙加快腳步跑過來，愣是湊到火爐邊上烤了好半天，才回頭對依然穿著單薄衣衫的溪哥嘖嘖搖頭。「這都三九天了，你還穿這麼少，不冷嗎？還是你又做錯事，被嫂子罰凍？」

溪哥冷冷看他一眼，直接將一把掃帚扔過去。

孟舉人於是乖乖捧著掃帚站起來。「知道了、知道了！我不白吃你家的飯，我來幫你們收拾屋子，一會兒嫂子做飯，我就來燒火，這總行了吧？」

打了這麼久的交道，秀娘還是對這位泥鰍般油滑的夫子束手無策。她甚至覺得，如果不是他有心伏低做小，只怕自己根本就說不過他。當然了，她也不會傻到去自尋不痛快。現在有溪哥用武力壓制著他，這詭異的平衡也滿不錯的。

一番忙碌過後，秀娘簡單燒了一頓早飯，大家將就著吃了。吃完飯，才算是進入了今天的正題。

溪哥和孟舉人帶著毓兒裡裡外外收拾，貼對聯、貼門神；秀娘和靈兒在廚房裡忙活，將積攢半年的好貨全都拿出來，做了十盤菜。

團圓飯做好，天已經黑了。五個人先下去將癱瘓在床的鍾老太太請上來，再將李家的先祖牌位請出來，一一敬酒。照溪哥的意思，現在他們既然都改姓李了，那麼大過年要拜的自然只有李家祖先。不過秀娘想了想，還是將鍾峰的牌位也給添上去。

不管怎麼說，這個人是靈兒、毓兒的生身父親，孩子們就算不認鍾家其他人，但自己親爹總不能扔了。

溪哥見狀，只是眉頭皺了皺，沒有再反駁。

兩個人帶著孩子向祖宗磕過頭，燒了紙，再點上一炷香，旁邊孟舉人就突然斜衝過來，撲通一聲跪倒在地上，對著牌位咚咚咚磕了幾個響頭，自動自發也燒了黃紙，再點燃一炷香插進香爐裡，才抬起頭對他們笑。

「我來這裡也有半年了。這半年時間裡多虧大哥、大嫂的照料，現在既然託你們的福，我大年夜的不用一個人孤零零守著，那我也理應給幾位長輩上炷香才是。大哥、大嫂，你們說是不是？」

你做都已經做了，現在再問還有什麼意義？

很想直接無視他，但礙於大過年的，總不好給人冷臉，秀娘便微微將頭點了點，算是答應了。

孟舉人眉開眼笑。「我就知道，大嫂妳人最好了。」

秀娘撇唇。「好了，敬完祖先了，大家趕緊坐下吃吧！大晚上的，飯菜要是冷了就不好了。」

「好好好！這麼一大桌子好菜，今晚我可是有口福了。」孟舉人連連點頭，捋起袖子就開始衝鋒陷陣。

五個人落坐，秀娘替他們各盛了一大碗米飯，自己卻只舀了半碗稀飯，再揀了幾樣軟爛好消化的食物，端到躺在榻上的鍾老太太跟前。

鍾老太太不識字，但從方才他們的說詞裡也猜出他們現在祭拜的不是鍾家的列祖列宗，頓時整個人都急得不行，再加上這些日子自己口不能言、身不能動，兒子也不在身邊，她滿肚子的怨氣沒處發洩。現在眼見秀娘主動送上門來，她立刻就拉下臉，斜著的雙眼裡射出兩道冷芒。秀娘手裡的碗才遞過來，她就伸手一揮，將碗給掃落在地，哐噹一聲響，滿滿一大碗飯菜都灑了一地。

那邊正打算舉筷大快朵頤的四個人都是一愣，紛紛轉過頭來。

溪哥第一時間來到秀娘身邊，長身玉立站在她身邊，雙眼冷冷看著又開始作死的鍾老太太。

孟舉人見狀，卻連忙揚起笑臉。「碎碎平安，碎碎平安！老太太這是知道自己說不出話，所以在用行動表達呢！」

只可惜鍾老太太不買他的好。他話音剛落，她還流著口水的嘴巴癟了癟，含含糊糊的地吐出幾個字。「賤、賤人！」

溪哥面色一沈，步子一跨就要上前。

孟舉人趕緊攔下他。「稍安勿躁、稍安勿躁，老人家是在誇靈兒、毓兒人見人愛呢！只是她口齒不清，說不出囫圇話。好了、好了，老人家現在的話就只有我聽得懂，就讓我陪著她好了，你們都去吃飯吧！」

溪哥冷冷看著他。「你確定？」

「確定！你就放心吧，有我在，一定把老人家伺候得舒舒服服的。」孟舉人笑咪咪地道。

秀娘見狀也覺得不妥。「夫子你是客，哪裡有讓你幫忙照顧老人的道理？還是讓我來吧！」

「沒事，我就從沒把自己當作外人。」孟舉人連忙搖頭。

溪哥也對她點頭。「既然他自告奮勇，就讓他來吧！」

「這樣好嗎？」秀娘還是有些不放心。

「他自己選的。」溪哥只道。

秀娘聽了，滿心覺得奇怪，但耐不住孟舉人自告奮勇，溪哥也贊同，再加上這鍾老太太她也實在不耐煩伺候，便乾脆心一橫，把人交給孟舉人了。

秀娘趕緊將一地的碎片和飯菜收拾乾淨，又替她老人家拿來一大碗飯菜遞到孟舉人手裡。孟舉人笑咪咪地端到鍾老太太跟前，鍾老太太立刻伸手又要掀，但孟舉人早有準備，趕緊將雙手舉得高高的，並壓低聲音說了一句話，然後，鍾老太太就老實了，不僅乖乖吃下孟舉人餵給她的飯，就連後面也一直老老實實躺在榻上一聲不吭。

秀娘見狀，心裡大感訝異。

不管怎麼樣，這老太太不鬧騰，大家也都相安無事，大過年的她也不想生事，便也用心將老太太伺候得舒舒服服的。

順利安然地吃完團圓飯，秀娘長吁口氣。

收拾好碗筷，靈兒又歡蹦亂跳起來。「爹、娘，我和弟弟要放爆竹！爹答應過我們的！」

「好好好，等收拾完了，咱們一起去放爆竹，一起守歲。」秀娘笑著點頭。

眼看一向嚴厲的娘親今天居然這麼好說話，兩個孩子高興得不得了，趕緊過來幫忙秀娘。

秀娘本來就手腳勤快，兩個孩子也是做慣了事的，一桌的碗筷，他們兩三下就收拾乾淨了。

此時溪哥和孟舉人已經在門口生起一座小火堆，火堆邊上一個竹筐裡放著滿滿的竹節，這些都是溪哥前些日子去山裡弄回來的。

吃飽喝足，兩個孩子也都放開了，兩隻小手不停抓起竹節往火裡扔，聽到轟的一聲悶響，他們一開始還嚇得抱頭尖叫，後面玩開了，膽子也越來越大，竹筒爆炸的時候不停拍手叫好。孟舉人看他們玩得開心，也玩心大起，樂顛顛地加入，一個大人兩個小孩玩得不亦樂乎。

秀娘和溪哥並排坐在一起，看著這三個身影跑來跑去，不由想起過去幾年自己孤零零一個人帶著兩個娃娃待在床上，裹著一床破棉被瑟瑟發抖的情形，心中感慨萬千。

這一切，都是多虧了溪哥，都是他帶來的轉變。這樣想著，她便轉過頭去。

卻不想，溪哥的雙眼不知何時早已落在她身上，正瞬也不瞬地盯著她看。兩人目光相對，便彷彿膠著在一起，再也分不開。

你看著我，我看著你，他們都不由得咧開嘴，對著對方會心一笑。

此時此刻，一種說不出的舒暢感浮上心頭，秀娘突然覺得過去幾年的苦難根本都不算什麼。現在不是有他了嗎？說不定，自己吃了那麼多苦，就是為了等他的到來！

砰！

突然間，一聲巨響震天動地。剎那間，漆黑的天空都變得璀璨光華一片。

秀娘一愣，就聽到靈兒、毓兒歡快的叫喊聲傳入耳中。「快看，是煙花！」

煙花！

秀娘連忙抬起頭，正好看到又一個煙花升空，砰的一聲炸開，漫天火光散布開來，火樹銀花，絢爛異常，心境霎時飄揚起來。她忍不住拉起溪哥的手。「看，煙花！好漂亮！」

冷不防被她拉起來，溪哥微微一愣。當看到她滿臉孩童般的歡喜時，他唇角也微微往上勾起。「嗯，是煙花，很漂亮。」

秀娘連連點頭，拖著他往前頭走去，似乎以為這樣就能將漫空的煙花看得更清楚些。溪哥順從地跟著她，在秀娘看不到的地方，他的眼神柔軟得幾乎要化成一灘水。

他們卻不知，就在山下不遠處，石頭縮手縮腳地站在身披狐皮大氅的吳大公子身旁，一臉痛苦地低聲道：「公子，你要麼就把煙花直接給人送去，這樣一個人默默在這裡放，她看到了也不知道是你放的，有什麼意義？」

「她要是會接受，我還用得著在這裡放？」吳大公子沒好氣地白他一眼。

石頭好委屈。「那你就自己往這裡跑？這大年三十的，家家戶戶都在團團圓圓，偏咱們冒著冷風在這裡傻乎乎地放煙火。」

「有本事你再說一遍？」

「不不不，小的錯了，小的什麼都沒說！」

「哼，算你小子識相！」吳大公子冷哼，又親手點了一支煙火。當看到天空中的花火彷彿一朵巨大的牡丹花徐徐展開，他又忍不住長嘆一聲。「你說，她在山上看到這麼美的煙花，肯定會高興地笑吧？」

「我又不是她，我怎麼知道？你要想知道，就自己親自去看啊！」石頭小聲咕噥。

「你在說什麼？」吳大公子涼冰冰的聲音突然傳來。

他立刻一個激靈。「小的說，這麼美的煙花，是人看到都會歡喜，她自然也不例外。她再怎麼聰明、再怎麼倔強，總也是個女人不是嗎？」

「嗯，你說得很對，就應該這樣！」吳大公子終於滿意了，望著天上漸漸消失的光亮，他抿抿唇，聲音突然小了很多——

「應該……是喜歡的吧？」

山下的一切都不在秀娘的考量之中。

看完了煙花，兩個娃娃也已經將爆竹都燒得差不多了。

天色漸晚，外面也冷得不行。一家子趕緊轉移到屋裡頭，溪哥生起旺旺的火盆，大家圍坐在一起，一邊說笑，一邊守歲。

兩個孩子畢竟年紀小，剛才又玩鬧了半天，雖然拚命打起精神，最終還是捱不過睏意的侵襲，在父母懷裡睡了過去。

秀娘打了熱水替他們擦擦小臉，就讓溪哥抱著他們放到床上睡覺去了。

鍾老太太一直沒人理會，有氣也不敢發，一個人躺著躺著，竟也氣悶地睡了過去，最後只剩下三個大人坐在一起。

孟舉人一個人對著秀娘夫妻倆，居然也不覺得尷尬，反而口若懸河，滔滔不絕地將從古至今、各時各地的過年風俗都說了一遍，說得那叫一個口沫橫飛。這人雖然看起來不著調，但說起這些來倒是有理有據，而且娓娓道來，十分引人入勝。秀娘不知不覺聽得入迷，等聽到外面鞭炮聲響起，才知道時間來到了午夜。

溪哥已經起身出去，將早準備好的一大串鞭炮放了。在噼哩啪啦的聲響中，舊的一年過去，新年來臨。至此，守歲完畢。

孟舉人也是個聰明人，一看時間到了，也不廢話，趕緊就笑嘻嘻地對他們拱手。「時間差不多了，我去睡覺了。大哥大嫂，你們也趕緊休息吧！」說著又朝溪哥擠擠眼。「良宵苦短，切記要好好把握喔！」

溪哥別開眼，佯裝沒聽到。

孟舉人也不在乎，啪的一聲展開扇子，裝模作樣地搧了兩下，卻將自己凍得直哆嗦，趕緊就收了扇子，一溜煙鑽進房間裡去了。

從一早就開始忙碌，直到現在，秀娘和溪哥也早疲憊不堪。兩人簡單洗漱過後，便脫了衣裳上床休息。

溪哥先上去，用他的體溫將被窩烘得暖暖的。等秀娘進去時，已經半點都不冷了。看著這個男人平靜的面容，再聯想到他這大半年來所做的那些事，秀娘心裡就跟吃了蜜一樣甜。因此，她便主動往他身邊貼了貼，雙手圈上他的脖子。

「謝謝你。」她柔聲道。

溪哥不解。「什麼事謝我？」

「謝謝你在我最艱難的時候來到我身邊，也謝謝你帶著我們走出困苦。如果不是你，我和靈兒、毓兒現在肯定還和過去一樣，三個人守在那間茅屋裡，飯吃不飽，衣裳也穿不暖。」靠在他身上，盡情汲取著他身上源源不斷的溫暖，秀娘小聲道。

溪哥微微一頓，便一手攬上她的背，大掌在她後背上輕輕拍了拍。「都過去了。」

「我知道都過去了。只是現在回想起來，明明才半年時間，我卻覺得就像是上輩子的事，遙遠得不真實。」

「既然覺得不真實，就別再去想了，現在才是最重要的。」

「嗯，我明白。」秀娘點點頭，又仰起頭對他笑。

溪哥見她笑得莫名其妙。「又怎麼了？」

秀娘笑著，一手大膽地在他剛硬的臉上捏了一把。「我一直想不明白，你說你這麼人高馬大的一個人，說起來也該是個剛正不阿、鐵骨錚錚的漢子才對，可為什麼對兩個不丁點大的孩子，你就愣是硬不起來呢？這兩天你被他們支使得不少吧？」

說起這個，溪哥面色有些不自然。「孩子們還小，而且他們的要求也不算過分。我是他們的爹，稍稍滿足他們一點也沒什麼。」

「你這還叫稍稍滿足？你沒發現，現在他們圍著你的時間都比圍著我多了？」

「有嗎？」溪哥想了想。「似乎有點。這是為什麼？」

「當然是因為他們知道你好說話，所以專門拿你當突破口啊！」秀娘笑道，指頭又在他額頭上戳了戳。「你就繼續慣著他們吧！遲早有一天，你會把他們給慣壞的。」

「不會。他們倆都是好孩子。」溪哥一本正經地道。

秀娘噗哧一聲就笑了。「你就知道他們是好孩子了？在你心裡，什麼是好孩子，什麼是壞孩子？」

「這個……我也不知道，反正靈兒和毓兒絕對是好孩子。」

秀娘簡直無言。

溪哥卻不再多說，而是連忙將她露在被子外的手給塞回被子裡。「裹好了，手別再往外伸，很冷。」

秀娘心裡一動，眼眶也有些發熱。

這個人看似凶狠粗獷，卻有一顆細膩柔軟的心，平時事事聽她的話，把兩個孩子疼進心坎裡去，就連這些生活上的小細節也都時時處處關注著。自己何德何能，能嫁給一個這麼好的男人？

她連忙深吸口氣，又揚起笑臉。「你是不是真的很喜歡孩子？」

溪哥想了想便點頭。「喜歡。」

「那，我再給你生一個好不好？」

溪哥身體猛地一僵，而後才慢慢睜大眼，盯著她看了好一會兒，他才艱難地開口。

「妳、妳說什麼？」

「我說，我想給你生個孩子。」秀娘小聲道，纏著他脖子的雙手慢慢收緊。

「可是，妳不是說……」

「我知道，我之前身子傷得太狠了，大夫說怕是不能再生了。可是他沒說我是徹底不能生啊！現在咱們不是有錢了嗎？咱們去找大夫看看，如果能把這個毛病治好，我就再給你生一個，你說好不好？」

溪哥呆愣愣地聽完她的話，兀自消化一大會兒，才緩緩搖頭。「不用了。」

「為什麼？」這次換秀娘不理解了。

「我們有靈兒、毓兒就夠了。」溪哥道。「他們倆就是我的孩子。」

「可是，我就是想給你生啊！」秀娘道，慢慢將身體貼著他的，迷濛的雙眼靜靜凝視著他。「我想生一個屬於我們倆的孩子，好不好？」

「妳……」溪哥皺眉。

「叫我秀娘。不然，阿秀也行。」秀娘輕聲說著，手指輕輕在他脖子上畫著圈圈。「你說好不好呢？溪哥哥？」

溪哥身體猛地一僵。

「好，我們生。」咕嚕嚥下一口口水，溪哥點點頭，便翻身俘虜她的紅唇。

大年三十過後，便是新的一年了。

從初一到十五，秀娘和溪哥都忙得不亦樂乎，原因無他：整個月牙村的神——孟夫子其人就在他們家！

只要是有孩子在學堂裡上學的、或者即將去學堂裡上學的，少不得都要提點東西來向他拜個年問個好。這大過年的，秀娘也不忍心將這個孤家寡人趕出去，一個人孤零零地過日子，孟舉人也就厚著臉皮賴在他們家。不過這人在的唯一好處就是幫他們分擔了照料鍾老太太的職務，這可讓秀娘大大鬆了一口氣。原本她還計劃要分出一大半精力來應付這個難纏的老太太呢！

而鍾老太太也不知道是怎麼一回事，在孟舉人手下就跟一隻被拔了指甲的貓咪似的，乖順得不像話。

時間一晃就過了十五。

正月十五元宵節，鎮上有元宵燈會，再加上吳縣令初來乍到，又是個極風雅的人，所以特地命人將燈會好好辦、辦得熱熱鬧鬧的。聽說他還命人從城裡弄來不少新鮮花樣，請來舞龍舞獅隊，一聽就知道到時候一定熱鬧得不像樣。

兩個小傢伙一聽里胥說起這個就坐不住了，拉著秀娘的手，軟磨硬泡要去鎮上玩。正巧這個時候，吳大公子那邊也派了石頭過來送帖子，專程邀請他們一道過去賞燈。

秀娘一合計，反正有吳家做靠山，那燈會再熱鬧應該也不會出什麼事，便應了。

因而到了十五早上，一家人吃了早飯，換上一身簇新的衣裳，就手拉著手往鎮上去了。

等到中午，他們已經站在吳家大門口。

吳大公子聽說他們來了，連衣裳都來不及穿好就飛奔而出。待看到一身新裝，就連頭髮都仔細梳理過的秀娘，他眼中閃過一抹驚豔，趕緊迎上前。「李大哥、李大姊，你們怎地這麼早就過來了？我原本還打算叫石頭駕車去村子裡接你們呢！」

「臨時還有點別的事，所以就提前一點過來了。」秀娘淡聲道。

「什麼事？」吳大公子好奇地問。「這鎮上那些有頭有臉的人都和小弟有些交情，不如讓小弟去幫你們說說話，說不定能避免不少不必要的麻煩。」

秀娘卻回答：「和你無關。」

吳大公子嘴巴一癟，滿臉哀怨。秀娘只作不見，逕自將兩個小娃娃交給他，就和溪哥一道往街上走去。

吳大公子悶悶不樂地叫人將兩個孩子領進去，叫了兩個丫頭小廝陪他們玩，自己隨手招來石頭。「你派兩個人跟著看看，看他們到底幹什麼去了。」

「公子，我勸你最好別這麼做。這結果一定是你不喜歡的。」石頭要死不活地道。他知道啊！可他就是忍不住啊！

吳大公子悲哀地想著，堅持道：「叫你去你就去！」

現在，石頭都不想再吐槽他了，只是憐憫地看了他一眼，就轉身出去吩咐人了。

秀娘和溪哥去的是醫館，讓大夫把了脈，也不過說秀娘是因為早年生產傷了根本，需要慢慢調養，便開了幾服藥給她，讓她提回去慢慢吃。

夫妻倆提著藥正往回走，冷不防街那頭突然傳來一陣急促的馬蹄聲，間或還有響亮的鞭聲響起。隨著馬蹄聲漸漸靠近，還有一個男人的厲聲嘶吼也傳入耳中——

「讓開，全都讓開！敢擋蕙蓉郡主車駕，打死不論！」

他嘴上說著，手下半點也不留情。只要看到前頭有擋路的，直接一鞭子掄過去。

偏偏月亮鎮上的百姓安安逸逸過了這麼多年，所遇到的最大排場也不過是總督大人過來查案。即使那個時候，也不過是先遣人過來鳴鑼開道，事先將他們都給趕到一邊，可像現在這樣，一點前奏都沒有，就直接駕著車子飛奔過來，還一路走一路甩鞭子的，他們哪裡見過？不少人反應不及，都吃了鞭子。

一時間，整條街上哀嚎驚叫聲不斷，大好的節日氣氛都被破壞殆盡。

就在這個時候，又聽那邊一聲長長的嘶嚎傳來。秀娘和溪哥雙雙回頭看去，卻看到在馬車正前方，一名婦人抱著一個不過兩、三歲的孩子傻傻站在路中央，眼看著馬車全速衝過來，越靠越近，人都似乎變成雕像，動也不能動一下。

秀娘的心都懸到嗓子眼。

說時遲，那時快。那邊馬車上的人一看有人擋路，手裡的鞭子又高高舉起。只是就在落下之時，他卻覺得動作一滯。還未等他反應過來，人就已經連同鞭子被人給扯了下來，硬生生扔到路邊。

隨後，那對嚇傻的母子也被一隻有力的臂膀一帶，給拉到路邊上。

不過電光石火之間，一場危機就這樣化解了。其他人目睹這樣的場面，都不由得拍手叫好。

只是被人視為大英雄的人卻在救下人的下一刻，就立刻轉身，拉上自己還傻愣愣的妻子，轉身走進附近的一條小巷，眨眼的工夫就沒了蹤影。

那邊的馬車因為來不及停下，又往前衝了四、五丈才停下。車裡的人因為急煞車也往前衝去，險些撞到車壁。

坐在裡頭的少女立刻大怒，隨手抓起一根鞭子就往車夫身上抽去，一邊抽一邊大罵：「你怎麼趕車的？要是本郡主有個閃失，本郡主現在就殺了你！」

「郡主請息怒！小的實在是……方才好像看到小將軍了，所以才……」車夫被抽得渾身都疼，卻不敢躲避，只跪在地上結結巴巴地道。

聞言，少女動作一頓。「你是說言之哥哥？你看到他了？」

「小的、小的也不敢肯定。方才馬車走得太快，那個人影一閃而過，小的看著有些相似，但因為沒看到臉，所以……」

啪！又一鞭子甩過去。

少女恨恨地大叫。「說了半天等於沒說！我爹怎麼就養了你這麼個廢物？」

同少女一起坐在車裡的小丫鬟見狀滿臉懼怕，只能縮在一角瑟瑟發抖。

這個時候，被扯下馬車的男子也回來了。不用少女吩咐，他就主動單膝跪下。「屬下無能，有負王爺所託，請郡主責罰！」

「責罰？就憑你剛才那點事，我要是回去告訴我爹，保證我爹二話不說就把你給砍了！」少女冷哼，手裡的鞭子一下一下在地上甩著。「你們一個個的，說是跟隨我爹多年，英勇善戰，吹得倒是天花亂墜，實際上卻都是草包一個！你們連言之哥哥一根手指頭都比不上！」

男子被罵得抬不起頭。「郡主您說得對，屬下的確及不上小將軍萬分之一。」

聽到這話，少女臉上的怒氣稍稍淡去，取而代之的是無盡的驕傲。「言之哥哥當然最厲害了，他是我爹一手培養起來的，你們能和他比嗎？」說著，她突然又問：「對了，剛才那個拉你下車的人長什麼樣，你看清了沒有？他是不是言之哥哥？」

「這個……」男子猶豫一下。「方才屬下的注意力都放在路中央那對母子身上，對其他的並沒有多加注意。不過就那拉扯鞭子的力道來看，那人的武藝不會比小將軍差。」

「你也是淨說屁話！」少女啐道。

男子低頭。「屬下無能，請郡主恕罪！」

「算了！現在出門在外，本郡主還留著你們有用。你們犯的這些錯本郡主都記下了，等找到言之哥哥，回去再和你們細算！」少女冷哼一聲，便轉身坐回馬車裡。「走吧！這鬼地方又破又舊，哪裡是人住的？言之哥哥真會到這裡來？」

自言自語了半天，沒有人回應。她立刻瞪向身邊的小丫鬟。「妳沒聽到本郡主的話嗎？」

小丫鬟一個激靈，連忙磕磕巴巴地道：「應該、小將軍應該是來了吧？王爺派來的人不是都說在這裡見過小將軍的蹤跡嗎？還有孟軍師，他也來這裡許久了，要是按照他以往的風格，如果沒有人牽絆著的話，他最多只待半個月就走了。」

「那個人什麼德行我還不知道嗎？他就是隻狡猾的狐狸！說不定這就是他故意給我施的障眼法，他故意在這裡住下，迷惑我的眼睛，讓我以為言之哥哥在這裡，其實根本就不是！」少女冷冷道，明亮的雙眼裡滿是恨意。「我到底哪裡不好了？他為什麼就非要拆散我和言之哥哥？」

「那、咱們這次是來錯了？」小丫鬟聽了，更是滿臉的驚懼。

「那也不一定。」少女聳肩。「既然探子都說發現言之哥哥的蹤跡，我們還是在這裡找找好了，反正現在我時間多得是。」

「可是郡主，要是咱們在這裡還是找不到小將軍，該怎麼辦？」

「那就繼續找！我就不信，翻遍這個國家每一寸地方，我還不能把他找出來！」
「可是，王爺那邊……」
「妳別和我提他！」少女霎時滿臉氣憤。「爹真是越來越不講理了！明知道我喜歡言之哥哥，卻不讓我嫁給他，還要讓他娶別人。現在言之哥哥不見了，他不去找他，反而還要偷偷把我嫁人，要不是我偷跑出來，等言之哥哥回去看到我已經成親了，還不知有多傷心呢！我是要嫁給言之哥哥的！」
這樣的話他們都已經聽了不下千遍。
現在又聽她一本正經地提起，小丫鬟動動唇，最終還是把到嘴邊的話又給嚥了下去。
這邊車輪滾動，帶動一位高貴的郡主駛向縣令府。那邊溪哥牽著秀娘，也已經回到吳大公子家中。
在他們回來之前，吳大公子的人就已經查明這兩人是去找大夫看不孕的，順便在回來的路上救了一對母子，並迅速將這兩個消息一併稟報給他，所以再見到秀娘夫妻倆，他的臉色就很不好看了。
面對這對夫妻時，他甚至還冷哼了一聲，頭一扭，腳一跺，身子一轉，話都不說就走了。這德行，真跟隻傲嬌的小母雞似的。
秀娘都看得一呆，回頭問石頭：「你家公子怎麼了？」
「沒什麼、沒什麼，就是又知道門下一個管事犯了大錯心情不好。」石頭連忙賠笑解釋。

「原來如此。」知道他說的不是真話，但秀娘也懶得深究，便只點點頭，就和溪哥一道去客房歇著了。

吳家的院子很大，之前吳大公子也時不時打著乾爹的旗號將兩個小娃娃接過來玩一天，所以兩個小傢伙對這裡很熟悉。現在到了這裡，早就熟門熟路的撒丫子到處跑著玩去了，連秀娘、溪哥回來了都不知道。

從丫頭那裡知道兩個孩子的行蹤，秀娘趕緊過去把人給揪回來。平時就算了，這大過年的，兩個小傢伙還不安分，要是做點什麼錯事，觸人家的霉頭就不好了。

秀娘前腳剛走，孟舉人後腳就躡手躡腳從窗子裡鑽進來。

見到這個人，溪哥當即臉一沈。「你怎麼來了？」

「我能不來嗎？那位祖宗找來了！」孟舉人一臉菜色。「那祖宗有多難纏你比我更清楚。」

「那又如何？」溪哥低哼。

「還不如何？她分明就是來找你的啊！你還不趕緊跑，要是被她抓到，你們一家子就都慘了。你們趕緊走，現在就回去打包行李遠走高飛，這邊我還能暫時幫你們擋一陣。」

「我不走。」

「不走？為什麼？」

「這裡是我家，我的妻兒都在這裡，我們能往哪裡去？再說，逃又能逃多久？我不想要他們跟我顛沛流離。」

「那個人交給你了，你想法子把她給送回去好了。」

「可是……」

「沒什麼好可是的。那個人交給你了，你想法子把她給送回去好了。」

「為什麼又是我！」孟舉人一聽這話就蹦起來了。「那祖宗可不好對付！」

「但以前對付她最多的就是你。論技術，你比誰都純熟。」溪哥冷聲道。

孟舉人一噎。溪哥冷冷看著他不語。

孟舉人被看得渾身發毛。無奈之下，他只得乖乖站起來。「我知道了！我去還不行嗎？我這就去！」

第二十二章

白天那街頭縱馬的一幕並沒有對晚上的節目有什麼影響。

夜幕降臨，街上便點起一盞又一盞的花燈。蓮花狀的、蘭花狀的，甚至還有小兔子、小狗狀的，五花八門，看得人眼花撩亂。

兩個小娃娃都樂瘋了。看到這個要，看到那個也要，再加上路邊賣各種吃的玩的……一家四口一路走下來，溪哥手裡拿的、肩上揹的，幾乎都要將他給淹沒了。

眼看他又要掏錢給靈兒買一隻小貓狀的花燈，秀娘連忙攔下他。「夠了！都給他們買這麼多了，夠他們玩了，不能再買了！」

「一年也就一次機會，一只燈也沒多少錢，孩子喜歡就買了算了。」誰料一向聽她話的溪哥這次卻是一點猶豫都沒有，就直接掏錢把小貓花燈買了。

秀娘目光一沈，卻沒有說什麼。後來溪哥再無條件地縱容孩子們，她也沒有再阻攔。

一場花燈一直持續到半夜，才漸漸散了。一家四口回到家裡，兩個孩子早已累得睡著了。將他們連同那些小玩意兒一起放到小房間裡，夫妻兩個回到暫住的臥房，秀娘將門一關，終於拉下臉來。

「說吧，發生什麼事了？」

「沒有。」溪哥當即搖頭。

「要真沒事的話，你不會是這個反應。」秀娘冷聲道。
溪哥一怔，立刻走上前來，一把擁住她。
這次換秀娘愣了愣，連忙想推開他，卻發現他將她摟得死緊。
秀娘心裡的疑惑頓時跟滾雪球似的越滾越大。「到底怎麼回事？你是遇到什麼事了嗎？告訴我！」
「妳不要問好嗎？我保證，不會有任何事情。明天一早我們就回村裡去。」溪哥低聲說著，雙手捧起她的臉就封住她的唇。
秀娘趕忙掙脫開他的熱情。平常這樣的事情兩人都是在被窩裡做的，現在在別人家他就這樣，分明就是有鬼，她得弄清楚！
「你到底——唔！」
但溪哥根本就沒打算給她說話的機會，再次穩準狠地封住她的唇，將她攔腰一抱，放到床上。
「不是說要給我生孩子嗎？我看藥效還是次要，最主要的還是咱們多努力才行。」
第二天，天剛亮，溪哥就帶著秀娘還有兩個娃娃一起回家去了。吳大公子罕見地沒有挽留。
回到月牙村，溪哥更是一反常態，將秀娘母子三個給限制在山上，不許他們下山一步。其他事情要麼讓李大下山去做，要麼等里胥上山來找，反正他們必須在山上留守。這樣的情形一直持續了有半個月。

半個月後，年味才漸漸淡去。村人又開始忙起地裡的事，吳家也來人通知他們盡快將最新一批菜給備起來，鎮上的酒樓也要開始營業了。

與此同時，村裡的學堂也開學了。但是自十五那天孟夫子去鎮上，就再也沒有回來過。聽他捎話回來，說是和湯師爺聊得盡興，暫時不回來了。可是以往他每次也就往鎮上去個一天，連夜都不過就巴巴地往回趕。這次是碰到什麼事情，居然起了這麼大的興致？

村民們好奇之餘，更多的還是擔心其他村子的人看中孟夫子的才華，花重金將他給請走了。所以這些天，不停有人找上秀娘家來，話裡話外都打探著孟夫子的行蹤，並暗示他們趕緊去把人給接回來。

就連靈兒、毓兒也開始念叨著孟夫子。好歹也是一起相處過好幾個月，大家總有幾分師生情誼在。

但是那麼個大活人，又精明狡猾得過分，做事必定有自己的考量。他們何德何能，能左右得了他的行蹤？

秀娘無力，也只能拖著虛軟的身子點頭敷衍著答應下來。

是了。也是打從十五那天開始，溪哥就突然熱情起來……當然，不是說他以前不熱情，只是現在這個人分明就是熱情得過分了！天天都糾纏著她，甚至連休息的空間都不給她。

只要她稍稍有點反抗，他就一本正經地問：「妳不是說想給我生個孩子的嗎？」

然後，趁著她怔忡的空檔，他就把她給撲倒了。

可憐見的，這些天她手軟腳軟，連幹活的力氣都沒有，一天到晚巴不得抓緊時間多睡一會兒，卻又生怕夜晚的來到。

真是無語至極！

好不容易到了二月二「龍抬頭」那天，被村人翹首期盼了半個月的孟夫子終於回來了，大家歡欣鼓舞不在話下。

當天上完課，孟夫子一如既往和靈兒、毓兒一道往山上來。只是他這次沒有進門就嗷嗷喊餓，而是直接拉上溪哥。「大哥快來，我有個好東西要給你看。」

溪哥瞧了眼秀娘。「晚上妳要是不想做就別做了，一會兒我來做。」便和孟夫子一起繞到屋子後頭。

一避開秀娘的目光，溪哥立即沈下臉。「有事找個時間說不行嗎？非得這樣慌慌張張的？當心被她看出來！」

「她要看出來早看出來了，現在不說，也只是裝聾作啞而已。」孟夫子小聲嘀咕。

溪哥眼神一冷。「到底什麼事？」

「你凶什麼凶，你知不知道我這些天吃了多少苦頭？那祖宗可不是好惹的，她一看到我就抓住逼問你的行蹤，我當然死也不肯說啊，她竟然就拿鞭子要抽我！你該知道，我身嬌肉嫩的，又不會功夫，要是被她抽幾鞭子，我這條命就去了一半了！」孟夫子好委屈地道。

溪哥卻根本不為所動，只冷聲問：「所以你就給她指了？」

「是啊！」孟夫子一臉悲憤地點頭。「在鞭子的淫威下，我屈服了，告訴她，你就在月牙村。」

「然後？」溪哥眉梢一挑。

「然後，她覺得我是在騙她，使的是調虎離山之計。」孟夫子說著，眼角眉梢又浮上一抹得意。「聽到了吧？我多聰明！第一時間就給你們排除威脅，那祖宗把鎮上其他地方、還有附近的村子都搜了個遍，就是沒往這邊來。」

溪哥不耐煩地將頭點了點。「再然後呢？你把她弄走了沒有？」

「我就知道，你娶了媳婦就忘了兄弟，你都不關心我這些天吃了多少苦。」孟夫子苦得都能擠出汁來了。

只是抱怨歸抱怨，在溪哥的冷眼注視下，他還是乖乖地道：「這些天，我一邊陪著她到處找你，一邊偷偷給京城裡送了個消息過去。大將軍接到消息，立刻派人快馬加鞭趕過來。就在前天，人到了，將那位祖宗給逮了個正著。然後，他們就把人給五花大綁，帶回京城去啦！」

說到這裡，孟夫子又得意地笑起來。「我怕她又跑回來，還特地在鎮上又待了兩天，確定沒有危險後才折返回來。怎麼樣，我是不是越來越聰明了？」

溪哥低哼一聲。「勉強可以。」

「什麼叫勉強？」孟夫子差點跳起來了。「要是換你去試，我看你能有什麼辦法！」

溪哥頓時閉唇不語。

孟夫子話說出口，頓時也後悔了，趕緊擺手。「好了好了，既然已經送走那位祖宗，咱們也能放心了。以後你們好好過日子吧，咱們也放心地做鄰居，多好！」

溪哥的面色這才好看了些許。

卻不承想，就在兩個人說話的時候，前頭秀娘看到園子外面突然出現了一大批人，為首者便是一個盛氣凌人的小姑娘。

她看樣子不過十七、八歲，一身衣裳是用杭綢做的，鮮豔異常，和她花一般的小臉蛋相得益彰，格外奪人目光，只是那滿臉的猙獰之氣生生破壞了那分年輕的鮮活。

見到這個人，秀娘心微微一沈，便抬步走過去。「請問你們要找誰嗎？」

少女眼睛一瞥，只用餘光掃了她一眼，盛氣凌人地問：「余言之是不是在這裡？」

「余言之？不認識。」秀娘搖頭。「姑娘怕是來錯了地方吧！我們這個村子裡沒有姓余的人，妳還是去別處找找看。」

啪！話音未落，一條鞭子就甩了過來。

秀娘一時沒反應過來，身上就著了一鞭子，火辣辣的痛楚立刻從傷口蔓延開去，她難受地皺緊眉頭。

但未等她說話，少女身後的小丫鬟就高聲呵斥道：「大膽刁民，見到蕙蓉郡主還不下跪，居然還敢口稱妳我？」

本來看到那條鞭子，秀娘心裡就已經有了思量，現在聽到丫鬟的話，就更坐實這個人的身分。她連忙屈身行禮。「不知是郡主殿下駕到，民婦有失遠迎，還請郡主恕罪。」

見她低聲下氣認錯賠禮，少女眼底的火氣卻分毫不減。她嫌惡的目光在秀娘一身灰撲撲的粗布衣裳以及簡陋的籬笆門上掃過，秀美的眉毛高高挑起。「既然知道是本郡主來了，妳還不趕緊開門迎接？」

秀娘咬唇。「郡主殿下大駕光臨，蓬蓽生輝。只是我家屋舍簡陋，怕郡主您瞧不上，既然您是來找人的，我們這裡也沒有這個人，還請郡主您移步才是。」

啪！這次不等她話說完，又一鞭子揮了過來。

這下秀娘早有準備，連忙側身躲了過去，不想卻捅了馬蜂窩。

少女亮晶晶的雙眼瞪得溜圓，一副不敢置信的模樣看著她。「妳竟敢躲開？誰給妳膽子躲開的？」

秀娘昂起頭，不卑不亢地道：「郡主您一言不合就動手打人，本來就是您的不對。民婦不願受這個罰，也不應當受這個罰，所以躲開了。」

少女本來就氣不順，沒想到秀娘還不配合伏低做小，她氣得不行，咬牙切齒地道：「呵，聽說妳原本是個秀才的女兒？倒還真像認得幾個字，牙尖嘴利的，簡直討打！」

說著，鞭子又飛了過來。

見秀娘連忙躲開，少女頓時更氣得不行，逕自一腳踹開籬笆門，舉起鞭子就對準秀娘揮了過去。

秀娘雖然沒練過功夫，但這些年在地裡勞作，又一手拉拔大兩個孩子，體力也不可能多弱，身形也還算矯捷。她盯準少女的鞭子，每一下都巧妙躲了過去。

少女見狀，頓時就跟瘋了似的不停追著她打。偏偏這個時候，靈兒、毓兒聽到聲音從屋子裡出來了。一看到這樣的情形，兩個孩子第一反應就是衝過來。

「不許打我娘！」

「好啊，原來這裡還有兩個小鬼！果然和這個刁婦一樣，都是目無法紀的東西，本郡主今天就要替王法好好收拾收拾你們！」少女雙眼一亮，手裡的鞭子就往孩子身上去了。

秀娘眼神一冷。「靈兒、毓兒快躲開！」

只是兩個小孩哪有那麼敏捷的反應？靈兒還好點，毓兒站在那裡，眼睜睜看著凌厲的鞭子挾帶著呼嘯的風聲迎面而來，整個人都傻在那裡。

秀娘一顆心都揪得死緊，這下哪還管得著什麼躲不躲的？孩子的安全才是她最關心的，於是連忙飛撲過來，一把將毓兒抱進懷裡。

隨後而來的鞭子便狠狠抽在她後背上。鞭尾從肩頭飛掠過去，掃過她的臉頰，秀娘頓覺臉上又是一陣火辣辣的疼。

隨後，懷抱裡的毓兒抬起頭，登時雙眼瞪得溜圓。

「娘，妳流血了！」他隨即一昂首。「妳打我娘！我和妳拚了！」說著，揮舞著小拳頭，一頭往少女那邊撞去。

「毓兒不要！」秀娘一顆心還沒放下，就又提到嗓子眼。她忙不迭將兒子給拉扯回來，少女的鞭子卻又呼嘯而至。

「娘！」靈兒在一旁看到，扯著嗓子大喊。「爹，你快來呀！有人欺負娘，欺負弟弟！娘快被她打死了！」

溪哥和孟夫子聽到聲音，兩人雙雙臉色大變。

孟夫子臉色慘白。「怎麼可能？我明明親眼看到人被帶走的……」

溪哥冷冷看著他。「回頭我再找你算帳！」說罷，當即轉過身，飛也似的朝前跑去。

孟夫子趕緊追上。

當兩人趕到前頭，就看到少女提著鞭子追著秀娘母子幾個滿院子跑。地裡種的菜被踐踏得亂七八糟，就連養在籠子裡的幾隻野雞都跑出來，飛得到處都是。

溪哥眸色一黯，立刻三步併作兩步走上前去，一把將秀娘母子攬入懷中，另一手直接朝揮來的鞭子伸過去。

「當心！」秀娘見狀不禁低呼出聲。

然而他那隻粗壯的臂膀卻彷彿化身靈蛇，避過鞭子的襲擊，並牢牢抓住鞭子一端，輕輕一扯，方才還盛氣凌人的少女暫時氣勢盡失。

「混蛋！誰給你的膽子——」少女本想破口大罵，只是當看到出現在眼前的人時，她立刻轉怒為喜。「言之哥哥！」

溪哥將手一鬆，看都不看她一眼，只管低頭問秀娘：「她打到你們哪裡了？」

少女未預料到他會這樣做，腳下一晃，後退了幾步，臉上生出幾分委屈來。「言之哥哥，你幹麼不理我？你知不知道這個賤女人剛才有多過分，我問她話，她不回答我就算了，竟然還想趕我走！我想教訓她，她還敢跑！還有這兩個小崽子，一個個都不是好東西，還敢罵我，他們還想打我，你要幫我出氣！」

看她這副可憐巴巴的小模樣，誰還能將她和方才那個拿著鞭子、頤指氣使的蕙蓉郡主聯想在一起？只是再聽聽她的話，大家便又淡定不了了。

溪哥冷冷抬起頭。「妳罵他們什麼？」

「賤女人啊！小崽子啊！」少女不以為意地說著，用力跺跺腳。「你趕緊給我打他們呀，他們剛才一起欺負我！」

話落，她才發現溪哥竟然就在她跟前牢牢攬著秀娘的肩膀，雙眼中又噴出兩道火光。

「賤人，妳勾引言之哥哥？我打死妳！」鞭子扔開了，她抬手就要搧巴掌。

溪哥一把將她的手腕給抓在掌心裡。

少女又急又氣。「言之哥哥你攔著我幹什麼？你放手，我要好好教訓這個賤女人，讓她知道什麼人該碰、什麼人不該碰！」

「我的妻子不該碰我，那該碰誰去？」

「我管她碰誰，反正就是不能碰——言之哥哥，你說什麼？」少女突然才反應過來。

溪哥一把攬住秀娘，另一手牽上靈兒的手，一字一頓向她宣告：「她是我的妻子，而妳口中的兩個小崽子，他們都是我的孩子。」

少女頓時石化在那裡。「什、什麼？言之哥哥，你剛才說什麼？我沒聽清！」

「我也不是妳的言之哥哥，我根本就不認識妳。」溪哥冷聲道，攬著妻兒轉身就走。

少女愣愣看著他們走了幾步，這才反應過來，竟是一把將秀娘母子幾個都拉開，自己抓住溪哥的手。「言之哥哥你是不是生我氣了？因為我一直沒來找你嗎？還是因為我爹要把我嫁給別人？你別聽他們胡說八道啊，我喜歡的人一直是你，這輩子我也只會嫁給你一個人，其他人我誰都不要！原本我去年就要出來找你的，可是我爹不讓我出門，他還叫人看著我，走到哪裡都有人跟著，一直到大年初一那天，他去祠堂給祖宗上香，我才抓住機會跑出來。我一出門就過來找你了，我哪裡都沒去，你要相信我！」

「妳說什麼我聽不懂。」不管她怎麼哭怎麼鬧，溪哥就是不為所動，只冷冷推開她。「妳打傷了我妻子，毀了我家的菜地，還嚇壞我的孩子，賠償費記得給。」

少女不可置信地瞪大眼，晶瑩的淚珠在眼眶裡直打轉。「言之哥哥你真要這麼絕情嗎？我可是費了好大的力氣才從京城逃出來找你的呀！這次要不是我以死相逼，我爹還不會放我來見你！」

聽到這話，溪哥眼中快速掠過一抹晦暗的光芒，但隨即又恢復如常。

「對不起，我真不是妳的什麼言之哥哥。我叫李溪，是她的丈夫。」硬邦邦丟下這句話，他拉上秀娘就走。

「言之哥哥！」少女大叫，溪哥卻連腳步都沒有停頓一下。

少女立刻傷心地哭了，眼淚跟斷了線的珍珠一般滾滾落下。

只是她哭她的，溪哥依然跟沒聽見似的。少女哭了一會兒，便從腰間拔出一把匕首，拔刀出鞘，扯著嗓子大聲道：「言之哥哥，你再不理我，我就死給你看！」

溪哥腳步不停。少女見狀，果然就把匕首往自己手腕上劃了過去。

「郡主妳別——」孟舉人一看情況不對，趕緊過來攔下她。

少女見了他，就跟抓住救命稻草一般。「孟大哥！你快告訴我，他就是言之哥哥對不對？他就是我的言之哥哥！」

「郡主，妳看錯了。」孟舉人無奈地搖頭。「他姓李名溪，是月牙村的村民，同小將軍不是一個人。」

「那你為什麼要和他在一起？你還因為他留在了這裡！」

「的確，我是因為他留在這裡，但這不代表他就是小將軍。那件血衣妳也看到了，小將軍受了那麼重的傷，怎麼可能活得下來？我走遍大江南北，也沒有尋到他活著的蹤跡，結果因緣際會之下遇到了和小將軍長得一模一樣的他。我和小將軍同吃同住那麼多年，感情早非別人能比。現在既然找不到小將軍，那麼能日日看到一張和他一模一樣的臉，了此殘生也算是一種圓滿。」孟舉人淡聲道。

人前彬彬有禮、在秀娘跟前吊兒郎當的人，現在卻是這般孤傲卻又平淡地講述著自己的心思，淡淡的寂寥味道散發出來，讓人的心境都跟著沈鬱下去。

秀娘抬頭看去，發現自己猜得沒錯——這位孟舉人，絕非她能輕易看明白的。

少女聽他這麼說，臉上也浮現幾分怔忡。「你說真的？他真的不是言之哥哥？」

孟舉人閉上眼搖頭。「郡主妳還記得嗎？一開始妳問我小將軍在哪兒，我說我沒找到，妳不信，我就只好告訴妳在月牙村。我原本是想讓妳來看看這張臉，然後死心走人的。可妳偏以為我騙妳，到處去找，現在終於找到這裡了，結果還不是一樣？他不是小將軍，小將軍已經死了！」

「你胡說！言之哥哥不會死！」少女眼淚又掉了下來。她轉向溪哥，匕首又放在手腕上。「言之哥哥，你快回答我呀！告訴我，你沒死，不然我就真死給你看！」

見溪哥一動也不動，少女一咬牙，匕首尖端果然就刺入手腕，一股暗紅的鮮血湧了出來。

「郡主妳別這樣！」孟舉人見狀，忙要阻止，卻被她推開。

「你別碰我！除非言之哥哥讓我停手，否則我絕對不停！」說著，匕首又入裡了幾分。

「啊，爹、娘，好可怕！」靈兒和毓兒看了，也不由大叫一聲，雙雙躲到秀娘和溪哥背後。

秀娘看看少女疤痕密布的兩隻手腕，再看看血越流越凶的新傷口，眉頭微皺。只是轉頭看溪哥那邊，他的面容卻是格外冷漠，似乎早已對這樣的情形置之度外……又或者說，是習以為常？

這個時候，又聽遠處傳來一聲高呼。「蘭兒，妳這又是何苦？妳趕緊把匕首給我放下！」

說話間，就見一個高壯的身形旋風一般從遠處颳來，不過轉眼的工夫就來到他們跟前。秀娘的眼睛都還沒反應過來，他就已經奪下少女手中的匕首，並從懷裡摸出一只巴掌大的小瓶子，拔開瓶塞，將裡頭的藥粉撒在傷口上。

然而少女卻不領情，直接把瓶子推到地上。「不用你給我上藥！你乾脆讓我死了算了，反正言之哥哥又不認我！」

「蘭兒，妳再怎麼樣也不該拿自己的身子賭氣啊！」滿臉絡腮鬍的高壯男人滿眼的心疼。「妳要是有個三長兩短，妳讓爹怎麼活？妳又讓爹怎麼向妳死去的娘交代？」

「不用你交代，等我死了，我自己下去交代！反正言之哥哥不要我，我也不想活了！」少女哭喊著，拿起匕首又要自殘。

男人連忙攔下她，少女順勢就抱住他的胳膊。「爹，你讓言之哥哥認我啊！他不是最聽你的話了嗎？你讓他承認身分，他肯定就會承認的，你快和他說呀！」

男人一臉為難。「蘭兒，這個人真不是他。」

「他明明就是！」少女大叫。「我不管，我就是要言之哥哥！要是他還不理我，我就死給你們看！」

「蘭兒……」男人看著哭鬧個不停的女兒，無奈地將目光轉向溪哥這邊。

對上他眼中的希冀，溪哥眉心微擰，抬腳朝他們走過去。

男人和少女均是一喜。看著溪哥，看著他緩緩張口，他們都恨不能把耳朵貼近聽他說話了！

「賠償費，拿來。」但是，入耳的卻是這樣一句。

父女倆都呆了，還是一群隨扈反應快，忙不迭將隨身的錢袋遞上。「這樣夠了嗎？」

溪哥掂了掂，滿意地一頷首。回頭就將錢袋塞進秀娘手裡，再拉上她的手。「我們回家。」

家門口突然一下冒出來這麼多人，而且個個身分都不一般，秀娘的眸色微凝，並沒有抗拒地跟著溪哥走了。

「言之哥哥！」

身後，少女還在不死心地大叫，並伴隨孟舉人等人的驚呼。「郡主不要！」

「你們不要管我！讓我去死，我不活了！」

「蘭兒！」

隨著門板死死關上，外頭的聲音也漸漸微弱下來。也不知道過去多久，外面才終於清靜了。

輕輕的腳步聲慢慢靠近，有人在外頭敲了敲門。「他們走了。」是孟舉人的聲音。

溪哥沈聲喝道：「滾！」

外頭孟舉人從善如流，轉身拔腿就跑。

靈兒、毓兒一看情況不對，也不敢多話，連忙就跑回自己房間去了。

溪哥這才抬起眼看向秀娘，只見她一臉平靜地坐在那裡，似乎並沒有被方才的事情影響到。只是，事實果真如此嗎？

他拉起她的手，捋起袖子，兩道怵目驚心的血痕立即映入眼簾。溪哥眼神一黯，連忙從床頭櫃子裡拿出一只小罐子，從裡頭挖出藥膏來給秀娘抹上。

秀娘依然不言不語，任由他折騰。溪哥便將她身上都檢查一遍，把每道傷痕都塗上厚厚一層藥膏。

忙完了，他才放下罐子，老老實實在秀娘跟前站定。「妳有什麼話要問，問吧！」

「現在我還用問嗎？」秀娘淡聲道。「當初我和你提過的那幾個條件你還記不記得？」

「記得。」溪哥頷首。

「那就好。」秀娘點頭，噌地一下站起來。「接下來該怎麼做，你心知肚明，就不用我再說了。雖說只做了半年多的夫妻，但好歹大家也相處得不錯。我不想撕破臉，我們就好聚好散吧！」說罷，抬腳就走。

「秀娘！」溪哥心口一緊，下意識地拉上她的衣袖。

秀娘頭也不回。「放手。」

溪哥卻死死攥住這一角衣袖。「我知道妳聰明，事情的前因後果想必妳都已經想到了，我也就不多費這個唇舌，但我今天的態度也已經表達得很清楚了。我現在姓李，是妳的夫，我和他們沒有任何關係。」

「你覺得這種事情是你說了算嗎？」秀娘淡聲道。

「當然。」溪哥立刻點頭，只是語氣還是弱了幾分。「我和他們之間的一切關係都已經割斷了，我就是李溪，一輩子都是李溪，那什麼余言之，和我沒有半點關係！」

「到底有沒有關係，還是等時間來證明吧！」秀娘道，一把扯過衣袖，轉開身去。

手中倏地一空，溪哥頓覺心口空空蕩蕩地格外難受。「妳要去哪兒？」他忙問。

「我去和靈兒睡，這兩天咱們分開，都好好冷靜冷靜吧！」秀娘冰冷的聲音傳來，腳下不停。

溪哥看著她決然從自己眼前消失，眼中漸漸蒙上一層晦色，整個人也彷彿石化一般，定定站在那裡許久，許久。

這一天似乎過得格外漫長。

好不容易等到天黑下來，村子裡、山上山下都浸入無邊無際的黑暗之中，一道黑影突然從山上掠下，飛快閃入山腳下的學堂裡。

學堂後頭的小屋裡，一盞油燈安靜地燃燒著。黃豆般大小的火苗隨著絲絲夜風輕輕跳躍，給簡陋的內室蒙上一層昏黃的色澤。

推開門，便見到孟舉人正一臉糾結地站在那裡。在他身邊，一張半舊不新的藤椅上，有一名高壯的男子昂首挺胸地坐在那裡，渾身都散發出陣陣凜冽之氣。

見門開了，男子銳利的目光一掃，沈沈地開口：「你來了。」

溪哥慢步走進來，單膝點地跪下。「草民李溪見過余大將軍，見過鎮西王！」

聞言，余大將軍——也是鎮西王的男子面色微僵，長長嘆了口氣。「言之，你是連我這個爹都不打算認了嗎？」

溪哥低頭不語。

余大將軍又不禁長嘆口氣。「乾爹知道，之前的事是我不對，我不該在那個時候將你推入火坑。可是你也該明白，那時候咱們的處境有多艱難！乾爹功高蓋主，惹人忌憚。聖上還好，我們有多年的君臣情誼，他雖然防備我，但大體上還是敬著我的。然而大皇子……他是嫡長子，多年來一直以儲君自居。自從咱們得勝還朝開始，就處處打壓咱們，唯恐聖上百年之後咱們揭竿而起，奪了他的位置。我再三對他表忠心，他都不肯相信，非要我將蘭兒送給他做側妃，可偏偏蘭兒心裡只有你，死活不肯嫁給大皇子，反而還數次對大皇子口出惡言，惹來大皇子不快，暗地裡對咱們痛下殺手……

「當時我真的是慌了。蘭兒是我的獨生女，她娘走得早，只留下她一個人陪著我。早些年我在外征戰，將她一個人扔在京城，卻害得她備受欺凌，我太對不起她了。所以看到她有難，我第一反應就是護她周全，卻沒想到他們竟是來一齣調虎離山，表面上看起來是要取我性命，實際上卻是衝著你去的！言之，乾爹其實……」

「您不用再說了。」溪哥冷冷打斷他。「過去的都已經過去了，我也不想再計較。今天我來，便是想和您說一句話。話說完了我就走，從此我們再也不要相見。」

余大將軍聞言一愣。「說什麼？」

「當年您在戰場上救我一命，去年我還你們一命，大家兩清了。今天既然您也親口對郡主說了我不是余言之，那就請您說話算話，讓余言之死了吧！從今往後，我就是李溪，一個普通的農夫而已。」

「言之，你——」余大將軍虎目圓瞪。「你果真打算拋卻過往的一切，和那個寡婦一起過日子了？」

溪哥臉色一沈。「她是我的妻。」

「可是蘭兒哪裡比不上她？蘭兒比她年輕、比她漂亮，身分更比她尊貴得多，你們還有五年的情誼，彼此更知根知底。她這些年一直傾心於你，我本也是打算回京後就找個好日子給你們把事辦了。」

「誠如您所說，郡主金尊玉貴，草民高攀不上。她自有同她門當戶對的王孫貴族來配，草民有妻如此，已經十分滿足，也心甘情願安於現狀。」溪哥一字一頓地道。

他這是在表明態度。

余大將軍面上一陣怔忡。「言之，你果真心意已決嗎？」

「還請王爺叫草民的名字，李溪。」

「好吧！」余大將軍閉眼長嘆一聲。「李溪，我知道了。」

溪哥頷首，起身轉身就走。

他來得快去得也快，中間停留不過幾十息的時間。來得不情不願，走時卻彷彿腳下生風，分明就是半點都不願意多加逗留。

「他原來已經恨我至此了嗎？」人一走，余大將軍被邊關風沙侵蝕多年的臉上浮現一抹悲愴。

孟舉人輕輕搖頭。「大將軍您想多了，他從沒有恨過您。」

「那他為什麼不願意承認自己的身分？他又為什麼連我這個義父都不認了？」

「他只是厭倦了。」

「厭倦？」余大將軍不解。

孟舉人點頭。「當初在西北時，他就和我說過，等戰事一畢，他就要解甲歸田，再不參與到朝廷黨爭中。我們還約定好，以後他就當他的田舍翁，我和他一起，開一所私塾，教幾個孩子，賺點束脩養活自己。前半生戎馬倥傯，後半生清清靜靜，也不枉此生了！」

「你們竟然是這樣想的？為什麼我都不知道！」余大將軍眉心一擰。

「大將軍您公務繁忙，有點空閒還得照料郡主，哪有時間和我們談論這些？而且這些也不過只是我們一開始的一點計劃而已，最終能不能夢想成真還不一定。」孟舉人淡聲道。

可是現在，一切不都成真了嗎？可見他們是真心想要如此。

余大將軍心裡明白了。「好，我知道了。既然他已經作出抉擇，我也不再為難他。這個孩子當年隨我征戰，就為我擋了不少刀劍，要不是他，我這把老骨頭早就已經馬革裹屍、葬身沙場了。回京之後又多虧他拚死相救，我和蘭兒才能安然無恙到現在。我們欠他太多，現在我所能做的，也只能放開手讓他過自己想要的日子。」

「大將軍您要是能這樣想，那可實在太好了！」孟舉人聞言一喜，連忙便道。「既然如此，郡主那邊還需要您多勸勸。如果可以的話，你們還是盡快回京去吧！在外頭待的時間越長，回京之後的事情越多。屬下也收拾收拾，過兩天我們就一道走吧！」

「你不留在這裡了？」余大將軍一愣。

孟舉人苦笑。「我倒是想，可是卻不能了啊！」

的確。他們父女倆來這邊一鬧，京城那邊肯定已經有不少人得到消息，如果他們兩手空空地來，轉眼卻又兩手空空地回去，難免會惹人懷疑。所以，如果孟舉人能跟著他們一道，他們也算是有個交代，也能讓不少人放下心。

「是我不對。這些年太縱容蘭兒，讓她害了言之，現在又害了你。」余大將軍滿臉悔恨。

孟舉人只是笑著。「事已至此，再說這些又有何用？大將軍您還是好好想想怎麼說服郡主回京去吧！」

聽到這話，余大將軍臉色又是一僵，滿臉無奈和無力。

孟舉人看在眼裡，心裡也幽幽嘆了口氣。可憐的余大將軍，一生戰功赫赫，威名遠揚，就連當今聖上都要禮讓三分，結果這輩子卻都栽在這個唯一的女兒身上，然而偏偏這個女兒還是他親手驕縱成這樣的！

接下來的事情，只怕難辦。

第二十三章

鎮上，吳縣令的後院。

雲淡風輕的好天氣，一輪暖陽高照，本是個讓人心情舒暢的好日子。然而一大早開始，南邊廂房裡就鬧騰得不像樣。

「不要啊！求求您了，郡主您不要這樣！」

兩個小丫頭跪在門口，小臉慘白慘白的，瑟瑟發抖地看著一臉驕橫、拿著剪刀又要往自己胳膊上劃的蕙蓉郡主，想勸卻又不敢主動上前去，欲哭無淚得很。

「蘭兒！」余大將軍聞訊趕來，見到女兒這般，也是滿心無力。「妳快把剪刀放下！要是傷到自己怎麼辦？」

「傷到就傷到了，反正死了也就這麼一回事！」蕙蓉郡主滿不在乎地道。

「余品蘭！」余大將軍將臉一沉。

他的一聲低喝，低沈至極，卻極具穿透力，就像是一聲憤怒的獅吼，直接透過稀薄的空氣往人脆弱的心口上撞去。

兩個小丫鬟立時嚇得狠狠一抖，人都趴伏在地上，連半點爬起來的力氣都使不出來，然而蕙蓉郡主卻還是昂首挺胸地站著。

父女倆冷冷對視，突然，她眼睛一眨，兩顆豆大的淚珠從眼角滾了出來。

「你吼我！」她嘴巴一癟，滿臉的桀驁不馴轉瞬就化為委屈和悲傷。
余大將軍一見，人也慌了。「我沒有……」
「你有、你就有！你剛才分明就吼我了！」蕙蓉郡主大聲哭喊著，眼淚直往下掉。
「我……」
余大將軍一個行軍打仗的人，心思本來就粗。你讓他排兵布陣，他可以拍著胸脯搞定，但和人理論，而且還是自己捧在手心裡呵護的女兒，他真的不知道從哪裡辯駁起，更別說他方才還真的是吼了她一句，所以他更心虛地不知道該說什麼才好。
蕙蓉郡主也正是抓住這一點，越發放肆哭鬧起來。
余大將軍見狀，心裡那點不悅早煙消雲散。他滿心滿眼裡只想著女兒哭了、她傷心了、是自己又讓她流淚了，這可怎麼辦才好？
這邊廂急得不行，那邊廂蕙蓉郡主還在雪上加霜。
「娘，妳看到了嗎？當初爹為了他的保家衛國，將妳一個人丟在京城，不管我們母女倆的死活，就連妳臨死前都沒趕回來。現在他又為了別人凶我！娘啊，妳為什麼去得這麼早？早知道我就該和妳一起去了才對，不然我也不用一個人在京城吃那麼多苦，結果到現在，爹還凶我……娘啊，妳快來把我給帶走吧！」
又聽到自己早逝的妻子被提起，余大將軍心頭的歉疚更深，進門之前拚命下的那點決心早不知飛到哪裡去了。
「蘭兒，爹錯了，是爹不對，爹不凶妳了還不行嗎？妳別哭了好不好？妳哭得爹都心疼了！」誰能想到，人前威風凜凜的余大將軍，在自己寶貝女兒跟前這般低聲下氣，連音調都不敢太大。

豈料蕙蓉郡主還不肯甘休，繼續大聲哭號，一句一個娘親，直哭得余大將軍心都碎了。

「蘭兒，妳別再哭了！」他都快給她跪下了。「妳就說吧，妳想要什麼？爹答應妳還不行嗎？」

「真的？」蕙蓉郡主的哭號總算是暫停了。

話一出口，余大將軍就後悔了。只是面對女兒被淚水洗得閃閃發亮的雙眼，他還是咬牙點頭。「當然是真的，只是這也得在正常範圍之內，妳要是提些亂七八糟的要求，我一樣不會答應妳。」

蕙蓉郡主撇撇嘴。「我知道，你不就是不想讓我去找言之哥哥嗎？我不去找了還不行嗎？」

「真的？」余大將軍一喜，但馬上他就察覺到自己似乎高興得太早了。

「當然是真的。」蕙蓉郡主學著他的樣子大聲道。「不過，不讓我去找他可以，我要在這裡再多留幾天。」

余大將軍心又一沈。「這裡窮鄉僻壤，有什麼好玩的？京城才是真正的熱鬧繁華，咱們還是趕緊回去吧！」

「我不！我就喜歡這裡，我就要留在這裡玩！」蕙蓉郡主堅持道。

余大將軍微微皺眉。旋即，蕙蓉郡主就又垮下臉作勢要哭。

余大將軍心驚肉跳，忙不迭舉雙手投降。「好好好，妳要留就留！只是咱們說好了，妳只能在鎮上走動，其他哪裡都不許去。」

「知道啦！」達到目的，蕙蓉郡主終於破涕為笑，頑皮地對父親吐吐舌頭。

適逢吳大公子過來作客，聽說了這件事情，忍不住搖頭。

「嘖嘖。早些年一直聽說余大將軍的豐功偉績，我一直當他是個頂天立地的漢子，可沒想到，這個將賊寇打得落花流水的人，卻在自己女兒跟前軟成這樣。這女兒要是個明事理的還好，可是現在看來……以後余大將軍還不知道要被這個女兒給連累成什麼樣！」

「鎮西王的事，是你能指手畫腳的嗎？」吳縣令冷聲打斷他。「單憑他打退敵軍、將我朝版圖向外擴張二百餘里，並生擒敵軍將領的功績，皇上就必定會善待他們父女。更何況他沒有兒子，只有這麼一女。女兒家翻不出什麼大浪，日後聖上不過多縱著她一些也就夠了。」

「咦？我明明記得帶領一支不足三百人的小隊，孤軍深入大漠腹地，直搗敵軍王庭，並生擒對方首領的人是余大將軍手下一名先鋒官，後來回京後也被封了個虎威將軍的人，叫什麼……對，余言之！」吳大公子道，又不禁搖頭。「只可惜啊，這麼年輕有為的一個人，在沙場多年都活著回來了，結果卻死在黨爭之下，真是可笑至極！」

「你給我閉嘴。」吳縣令沒好氣地呵斥。「什麼話該說什麼話不該說，你難道心裡不清楚嗎？你一個商人，就好好做你的生意，妄議朝政這種事你還是少摻和的好！」

吳大公子連忙賠笑。「堂叔教訓得是，我這不是看這裡都是咱們自己人嗎，所有才大著膽子多說了幾句。要是換作別人，我肯定什麼都不說。」

「就是在這裡，你也不能亂說。」吳縣令一本正經地喝道。

「是是是，姪兒記住了。」吳大公子連忙順從地拱手作揖。

吳縣令的臉色這才好看了點。「好了，我這裡還有事，就不和你多說了。你趕緊回去吧！現在你不是想把生意開到城裡去嗎？那裡的圈子可不像月亮鎮上這麼簡單，你多當點心！」

「姪兒知道，多謝堂叔教誨。」吳大公子謙恭行禮，徐徐退下。

他一路往門口走去，不意卻在那裡碰到一張熟悉的面孔。

「孟夫子？」有意堵住對方匆忙前行的步伐，他低聲喚道。

孟舉人抬起頭，看到這張狐狸般的笑臉就來氣。「原來是吳大公子？不知你擋著在下的路是何故？我記得我們路子不同，應當沒什麼可說的才對。」

「哎，瞧你說的！雖然咱們一個從文一個從商，但終歸都是年紀相仿的年輕人。年輕人在一起，哪能沒什麼話說？」吳大公子笑道，主動朝他靠近。「對了，我聽說你要辭了月牙村的先生職務，這是為什麼？你才來半年，孩子們也教得好好的，怎麼說走就要走？你走了可讓那些孩子怎麼辦？」

「這個不勞吳大公子擔心，在下已經選好了接班的人，現在正打算來同縣令大人商議一番。」孟舉人冷冰冰地道。

吳大公子對他淡漠疏離的態度絲毫不以為意，依然樂顛顛地道：「原來你早已經做好準備了，這就好。不過我勸你現在還是先別去找我堂叔，他也沒空理你。」

「哦？敢問這是為何？」

「噯，你難道沒聽說嗎？這些天鎮上來了位貴客，我堂叔整天忙著招待他們呢！就像現在，那位大小姐又撒潑打滾地鬧了一番，可算是好了，現在說要吃飯，那位大爺就趕緊去張羅了，可堂叔哪敢讓他張羅？這些事，少不得都是堂叔給代勞了。」

「你說什麼？」聽聞此言，孟舉人的面色就陰沈下來。

「我說的你不都聽到了嗎？年紀輕輕的，又不是耳朵不好使，這就不用我再重複一遍了吧？」吳大公子聳聳肩，繞過他往前走去，一面走一面似是自言自語地道。「說起來，我還真沒見過這麼驕縱的小姐，更沒見過這麼縱容寵溺女兒的爹。女兒哭兩嗓子嚎兩句，當爹的就軟了。她說不走就不走，她說要到處玩，他就讓她到處玩。這長幼尊卑，在他們眼裡就是個屁吧？」

聽著他的話，孟舉人的臉色都黑成鍋底。

不用懷疑，他可以肯定：吳大公子這話根本就是特別說給他聽的。

這個大將軍！他就知道自己不該對他抱太大的希望！

一咬牙，他當即轉身就朝外跑去。

「喂喂喂，你這是幹什麼？」吳大公子挑撥完畢，又一副純潔無辜的模樣，好奇滿滿地問。

「聽你的話，趕緊收拾東西滾蛋！」孟舉人咬牙切齒的回答從遠處飄來。

自從那天被蕙蓉郡主拿著鞭子大鬧一場後，秀娘家中就陷入一種詭異的氛圍之中。到現在，這樣的氛圍已經籠罩整個家，乃至整座山頭長達四天之久。

這一日，溪哥從外頭回來，走到籬笆門前時，他的腳步停下了。

在自家簡陋的茅屋門口，不知何時竟然多出一頂異常華貴的轎子。而在轎子旁邊，還站著十數個高矮胖瘦幾乎一模一樣、就連穿著打扮也無異的侍衛。

這群人整齊劃一地站在一處，無形中就形成一股凜然的氣勢，叫人不由想要退避三舍。

就在這個時候，又見一個穿著雪青色常服的中年男人甩著拂塵，笑咪咪地走上前來，捏著尖細的嗓音道：「余小將軍，您可算是回來了！王爺已經等您半天了，現在正在裡頭和夫人說話呢，您要不要進去？」

溪哥眼神一冷。「當然。」

無視這些人，溪哥大步走進去，就見到秀娘正和一個身穿月白色繡著五爪金龍錦袍的男子相對而坐。

也不知道兩個人都說了些什麼，屋子裡的氣氛壓抑得緊。

見他來了，男人連忙站起來。「余小將軍你終於回來了，本王和夫人都等你半天了。」說著目光一轉，看到跟在溪哥身後的靈兒和毓兒，他又揚起笑臉。「這就是你們的那對龍鳳胎？果然粉妝玉琢，冰雪可愛，難怪你疼到心坎裡去了。只是本王這次出來得急，也沒帶什麼見面禮，就把這兩個東西送給你們好了，你們可千萬別嫌棄。」

一邊說著，他一邊就從手上摘下一個碧綠的大扳指，還有一顆鑲嵌著翠綠寶石的戒指，將兩個東西放到一個托盤裡。

方才在籬笆門前迎接溪哥的中年太監，趕緊將托盤送到靈兒和毓兒跟前，滿臉堆笑地道：「小公子、小小姐，這是秦王殿下的一份心意，你們快快收下吧！」

兩個孩子從小就在鄉野間自由自在地長大，哪裡見過這麼大的陣仗？在看到門外那些侍衛時他們就被嚇得不輕，一路拉著溪哥的手走進來，卻又見到這兩個皮笑肉不笑的傢伙，頓時小臉都白了。

「娘！」好不容易看到秀娘在那邊，他們趕緊就飛奔過去，一左一右緊緊挨著秀娘。

秀娘摸摸他們的頭，小心將兩個孩子都擁在懷裡。

中年太監忙又將托盤送到他們跟前。

見秀娘依然板著臉不動也不說話，秦王眼神一冷，面上卻哈哈大笑。「余小將軍，看來尊夫人對你極不上心啊！還有這兩個娃娃，似乎也都和他們的娘親更親近，反而和你還是十分疏遠，這是因為不是親生的嗎？」

這話分明就是在挑撥離間。

溪哥沈聲道：「秦王殿下請見諒，賤內就是一個普通的鄉下婦人，沒有見過大世面。兩個孩子年紀也小，一輩子都沒想到過會見到殿下您這樣的貴人，所以現在都嚇傻了，不知道該說什麼、做什麼，有失禮之處，還望殿下海涵，不要和他們一般見識。」

「瞧你說的。」秦王聞言又是一番大笑。「本王豈是那等小肚雞腸的人？更別說他們是余小將軍你的家眷，就憑你這些年對咱們大歷朝的功勞，他們即使對本王有所不敬，本王也都甘之如飴，余小將軍你說是不是？」

「殿下您真會說笑。」溪哥唇角輕扯。

秦王依然笑咪咪的，目光又在秀娘母子三個身上掃了掃。「本王看你和蕙蓉郡主青梅竹馬，還以為你們最終會喜結連理呢，可沒想到，陰錯陽差之下，卻是這個名不見經傳的鄉下婦人占了便宜，這也是緣分啊！」

「殿下說得極是，屬下也以為這是老天爺給屬下命中注定的緣分。」溪哥定定道。

聽到這話，秦王雙眼一瞇，銳利的眼神死死盯著他，卻見溪哥面色平和，一臉鎮定，半點都看不出說謊的跡象，他才又哈哈大笑起來。「你說得沒錯！這可不就是命中注定的緣分嗎？也是他們母子幾個有福，陰錯陽差就嫁給了你……哎呀，不對，本王記得，你似乎還是入贅他們家的？連姓都給改了？哈哈哈，這麼說，那倒真是天大的緣分了。只是蕙蓉郡主要是知道了，肯定會哭得眼都腫了吧，你是不知道，這大半年你杳然無蹤，她天天都叫著要出來找你，後來趁著余大將軍不備，果然就跑出來了。」

「殿下您真是說笑了。屬下同蕙蓉郡主僅有兄妹之誼，公主擔心屬下也是因為屬下是她的兄長。除此以外，並無其他。」溪哥一字一頓地道。

秦王當然不信，又哈哈笑道：「要是親耳聽到你這麼說，蕙蓉郡主恐怕又要哭死了！」

這話可不好接，溪哥乾脆就不接了，室內又陷入一陣詭異的寂靜之中。

對於溪哥的冷然以待，秦王心中很不高興。目光一轉，看到平公公還雙手舉著托盤，他立刻臉色一冷。「小將軍夫人為何不接本王的禮？難不成是嫌棄這兩個東西太不上檯面了？」

這麼好的東西，隨便一個都能換來他們一家子一輩子的口糧，他們哪裡還敢嫌棄？

秀娘深吸口氣，終於開口道：「靈兒、毓兒，趕緊給秦王殿下磕頭，多謝他的賞賜。沾上秦王殿下的福氣，你們這輩子肯定都福澤綿延。」

兩個娃娃聽話地跪下磕了個頭，脆生生齊聲道：「多謝秦王殿下。」

從進門到現在，除了那一聲「秦王殿下」外，自己可算是聽到這個女人說話了！

秦王眼中閃過一抹得意。「小將軍夫人真會說話，把兩個孩子教得很好。難怪余小將軍寧願留在這個小地方和你們一道種地也不肯回京城去。要是換作本王，有妻有子如此，在這片青山綠水之中，也斷然捨不得離開的。」

「秦王殿下謬讚，我們這鄉下地方清苦得很，此生能有像您這樣的皇親貴冑屈尊來一次就已經是民眾之福。您是高高在上的皇族，這片天下都是你們的，我們還盼著你們能勵精圖治，讓大家都過上好日子。」

秦王一直以儲君自居，更早早就將這江山視作自己的囊中之物，所以現在聽到秀娘的話，他自然而然就將「你們」二字給替代成「你」，更自動腦補自己坐上金鑾殿那張龍椅的情形，頓時心中更是快慰非常。

「余小將軍夫人說得好！」他高興地直拍手。「本王很喜歡妳！」說著就隨手從身上摘下一塊羊脂玉珮扔過來。「賞妳的。」
「多謝秦王殿下。」秀娘連忙起身行禮。
秦王連聲說免禮，叫喚著讓平公公來攙扶她起身。
正到高興處，又聽外頭一陣響動，他眼神一凝。「怎麼回事？」
平公公趕緊出去看，末了笑咪咪地回來。「殿下，是孟軍師來了。」
「快快有請！」秦王趕緊又滿面堆笑，說得熱情無比。
很快孟舉人走進來，畢恭畢敬向秦王行了個大禮。秦王滿臉笑意，嘴上說著免禮免禮，手腳卻沒有動半分。
直到孟舉人將禮行完了，他才象徵性地動了動，樂呵呵地道：「孟軍師和余小將軍果真是感情極好。當初在戰場上一同出生入死，現在余小將軍來這個地方做農夫，你便也一道跟過來，這份榮辱與共的感情真是令本王羨慕至極，哈哈哈……」
孟舉人臉色一白，連忙又跪下了。「微臣知錯，請殿下降罪！」
「哎呀，孟軍師你這是說的什麼話？本王明明是在誇你，你來請什麼罪？本王可從沒說過要怪你。要知道，要不是因為你，蕙蓉郡主如何能找到這裡來，本王又如何能循著蕙蓉郡主過來找到你們？本王感激你還來不及呢！」秦王樂呵呵道。
孟舉人聽在耳裡，渾身卻是一軟。
這秦王殿下人稱笑面虎，表面上看似禮賢下士、以誠待人，卻最愛背地裡捅刀子、私底下挑撥別人的關係。當初在京城的時候，他就沒少用法子挑撥余大將軍、溪哥和他之間的關係。但因為他們多年並肩作戰，早形成鐵一般的堅定情誼，他從那些芝麻綠豆大的小事上著手，根本就不管用。而這一次，好不容易抓住一個機會，這人自然不會放過，居然當著溪哥和秀娘的面就這麼說了，這分明就是想讓溪哥恨死他啊！

只是悄悄看看溪哥，他仍如一根柱子似的站在那裡一動不動。秀娘更是摟著兩個孩子，面色冷凝，不知道在想些什麼。不過這兩個人都有一個共同點，就是根本沒有注意到他！

他是該開心還是傷心？

反正那邊秦王是又生氣了。在京城他就看溪哥不順眼，這個男人就跟茅坑裡的石頭似的，又臭又硬，他想盡辦法也不能讓他投向自己。至於這個孟誠，事事以溪哥馬首是瞻，性子又滑溜得跟條泥鰍似的，讓他怎麼都抓不住。他只能揪住幾件小事來挑撥他們，最終當然是不成功的。那麼現在，這麼大的事情，他居然還不為所動，還真能沈穩到這個地步？他不信！

再一眼掃向秀娘母子，秦王心裡忽地又生出一個主意，便又擠出一臉的笑，他扶著平公公的手站起來。「本王此次前來，便是專程來接余小將軍你回京城的。當然，這次還有小將軍夫人和小公子、小小姐。余小將軍放心，尊夫人雖然出身不顯，但既然是你的夫人，本王也喜歡她。等回京之後，本王會親自向父皇請示，給她一個誥命。這樣，到了京城，她也能迅速融入，你覺得如此可好？」

「下官多謝秦王殿下美意。」溪哥冷聲道。

秦王滿意地頷首。「既然如此，就這麼說定了！本王再回鎮上見見余大將軍和蕙蓉郡主。若是不出意料的話，過兩天咱們就一道回京去吧！」

「是，下官恭送秦王殿下。」

好不容易將這尊瘟神送走，一群人都累得幾近虛脫。

孟舉人毫不客氣地拉了把椅子一屁股坐下。「累死我了！半年不見，這秦王殿下笑面虎的本事又精進了一層啊！」

溪哥冷冷掃向他。「你又來幹什麼？」

「我來報信啊！」孟舉人道，說著又聳聳肩。「不過看到秦王的車駕在外頭的時候，我就知道一切都已經遲了。」

溪哥抿唇。孟舉人便上前來拍拍他的肩。「節哀順變，順其自然吧！早在看到蕙蓉郡主出現的時候，你就該猜到會有這一刻了，不是嗎？就憑那丫頭能知道你的位置，還準確無誤地找過來？我是不信，肯定有人偷偷給她通風報信！」

「似乎最先找過來的人是你。」溪哥冷聲道。

孟舉人一個哆嗦，趕緊收回手，訕訕地笑道：「這個……我和他們不一樣，我是真的一點一點找過來的，我也是真心實意地想陪著你在這個地方過一輩子的。不像他們，一個個就知道利用你，還想將你弄回京城去吃苦受累，我——」

「但最終結果都一樣。」溪哥打斷他。

孟舉人說不出話了。

過了好一會兒，溪哥才低低道出一句：「你走吧！」

「好好好，我這就回去收拾東西，到時候咱們一起走啊！你放心，我說過要一輩子纏著你，那麼不管你去哪兒，我一定陪你到底。」孟舉人連忙點頭，信誓旦旦丟下這句，就趕緊跑掉了。

溪哥只作聽不見，又扭頭看向秀娘那邊。

此時秀娘已經起來了，卻並不看他一眼，逕自走進房間裡去，再出來時，她手裡拿著一個花布大包袱，直接朝溪哥一扔。

溪哥一把接過。「這是什麼？」

「你的東西。」秀娘冷聲道。「這半年多你的東西都在這裡。那些家具我也折算成錢放在裡頭了，以及你這半年多的工錢一起，你可以點一點。」

溪哥的臉色變得格外難看，他終究沒有發洩出來，只是打開包袱，將裡頭的錢取出來放在桌上，便揹著包袱轉身離開了。

等他一走，兩個娃娃便自動向秀娘靠攏，一左一右死死攥住她的手。

秀娘低下頭，見兩雙眼睛都紅通通的，亮晶晶的淚珠在眼眶裡不停地打轉，卻始終沒有流下來。這小模樣，真是讓人心疼得不行。

「你們怎麼不哭了？」她低聲問。

原本以為這兩個傢伙會拉著溪哥不讓他走，更會哭喊著讓她留下他們的爹，自己甚至都做好準備要好好吼他們一通，叫他們聽話了，可最終結果……他們卻安靜得過分，反倒叫她有些無所適從。

「娘，妳生爹的氣，那肯定是爹做錯事了。娘不要爹，那我們也不要，我們只要娘！」靈兒哽咽著大聲道。

毓兒傷心得一抽一抽的，但還是緊攥著小拳頭道：「我要爹，可我更要娘，沒了爹我們還有娘，可要是沒了娘，我和姊姊也不要活了！」

說著，姊弟倆雙雙昂起小腦袋。「娘，以後我們只有妳了，妳千萬別不要我們啊！」她可憐的孩子們！到了這個時候，沒想到給自己最大安慰的居然是他們！

秀娘的眼淚頓時唰地掉了下來，她連忙蹲下來將他們雙雙摟在懷裡。「你們放心，娘不離開你們。這輩子娘都陪著你們，直到你們長大，娶妻嫁人，娘都陪著你們，一步都不離開！」

「我們不要娶妻嫁人，我們也要一輩子陪著娘！」毓兒大聲道。

「好。咱們三個相依為命，在一起過一輩子。」秀娘點點頭，三個人抱在一起默默流淚。

話雖然這麼說，但她心裡還是不住地隱隱作痛。

到了晚上，兩個孩子都在她身邊睡著了，秀娘卻還遲遲閉不上眼睛。只要合上眼皮，她眼前就會浮現和溪哥在一起的點點滴滴，本就酸疼的眼睛更是難受得不行。

不知道什麼時候，她突然覺得眼前一黑，一陣疲乏的感覺排山倒海而來，渾身的力氣彷彿被抽乾了一般，讓她立刻就被拽入無邊無際的黑暗之中。

不好！她心裡立即大叫。

有人給她下藥了！而且，藥性極為猛烈！

意識迷濛中，她聽到房門被人推開，然後有一雙腳慢慢朝她這邊走來，最終在她身邊停下了。

一隻大掌撫上她的臉頰，熟悉的感覺讓她又心酸得想流淚。

她拚命想要睜開眼，但眼前的黑暗卻迅速擴大，很快就把她給吞噬得一乾二淨。

當秀娘醒來時，只覺渾身上下都在晃。

耳邊傳來孩子惴惴不安的聲音。「爹，娘為什麼還沒醒啊？她不會有事吧？」

「放心，沒事。」

「喔。」

那個聲音……

秀娘猛地睜大眼，就看到一個黃花梨木的車頂在眼前晃晃悠悠。

一張白嫩的小臉探了過來。「娘，妳醒啦！」

是毓兒。

秀娘眼神一冷，毓兒臉上的笑意也猛地一僵，訕訕地縮回頭去。

此時一雙有力的手掌握住她的胳膊，將她給扶起來。秀娘順勢看過去，果然就看到那張自己正極力想要忘卻的剛硬面孔出現在面前。

「是你。」她道。

溪哥頷首。「是我。」

目光一轉，再看看兩個小傢伙。他們都很識相地把小腦袋垂得低低的，都快埋進胸口裡去了——典型的作賊心虛。

偏偏這個時候，溪哥又從中間小茶几上倒了一杯水遞給她。「睡到現在，妳渴了吧？先喝點水，用點點心，一會兒就該到驛館了。」

秀娘看看四周，才發現這輛馬車寬敞豪華得驚人，裡頭可容兩人躺臥，椅子上鋪著柔軟細緻的綢緞，難怪自己睡到現在才醒過來……不過這不是重點。

她冷冷看著溪哥。「為什麼？」

「妳心知肚明，又何須再問。」溪哥淡聲道。

秀娘別開頭去。

溪哥見狀，手中的杯子卻始終沒有放下來。秀娘心情很不好，一把將他的手掌給推到一邊，自己親手倒了一杯茶喝了。

馬車又前行約莫小半個時辰，便進了一座城，在一間看起來還算寬敞乾淨的驛站門口停下了。

門口早有驛館的人前來迎接，點頭哈腰地對秦王諂媚。當然這些都和秀娘他們沒有關係。有秦王和余大將軍在，他們幾個人的存在不值一提。

就在一家四口大眼瞪小眼的時候，馬車車簾突然唰的一聲被人從外頭掀開，一張如花笑顏鑽了進來，帶來陣陣沁人心脾的香氣。

「言之哥哥，驛館到啦，你趕緊下來呀——」說著話，她才發現秀娘已經醒來了，頓時笑臉一收，冷冷瞪了她一眼，才又主動伸手去拉溪哥。「言之哥哥，你趕緊下來呀！我已經和我爹說了，要他給咱們倆的房間弄在一起，和以前一樣！」

「郡主請守禮。」溪哥連忙將她的手拂開，一本正經地道。「我有妻有兒，自然是要和他們一起住的。」

「妻？兒？」蕙蓉郡主冷哼，目光又往秀娘母子三個身上一掃，輕蔑一笑。「言之哥哥你就是太好心了。這個村婦雖說當初是救了你一命，可是你這半年來在他們家裡做牛做馬，也夠報答他們的恩情了。要知道，如果沒有你，他們家哪來那麼大一個菜園子？再不然，留給他們幾兩銀子，也夠他們下半輩子過的。可是偏偏有些人死不要臉，一看別人富貴了，就死活纏著別人不放。他們不撒泡尿照照，就他們這土裡土氣的樣子，也配和你同進同出？在咱們京城，就算是看門的，這樣都是丟了自家的顏面！」

「妳閉嘴！」溪哥冷聲呵斥。

蕙蓉郡主一愣。「言之哥哥，你吼我？」

「妳走，這裡不是妳該來的地方。」溪哥依然冷著臉道。

蕙蓉郡主小臉一白，眼圈已經紅了，隨即眼淚就順著眼角滾落下來。

「言之哥哥，你因為這個女人吼我？」她哽咽說著，纖纖玉指直指向秀娘的鼻子，眼中的恨意更是毫不掩飾。

溪哥一把將她的胳膊拍下來。「妳要是還認我這個兄長，那她就是妳嫂嫂。妳對嫂嫂不敬，必須向她賠禮道歉。」

「憑什麼？這個鄉下婦人，連我的一根頭髮都比不上，我才不認她是我嫂嫂，這輩子都不認！」蕙蓉郡主大叫，哭著扭身跑了。

溪哥無力地看著她跑開，連忙轉向秀娘。「蘭兒她被義父慣壞了，妳別和她一般見識。」

秀娘斜眼看他。「只是被余大將軍慣壞了？」

溪哥低頭。「也有我。」

秀娘冷冷一笑，扭開頭。

溪哥見狀，便不再多話，連忙跳下馬車，先後將兩個娃娃接下，再伸手來接秀娘，秀娘視若無睹，逕自踩著腳踏走下來。落腳極穩，分毫沒有初次坐馬車的手足無措。

那邊還等著看秀娘下車出醜的蕙蓉郡主頓時臉龐扭曲得十分難看。

一旁的小丫鬟見了，連忙小聲道：「郡主別和這等村婦一般見識。她指不定是以前見過別人下車，所以誤打誤撞知道呢，咱們就等著吧，到了京城，單是那場面就能把他們給嚇哭！」

誰料蕙蓉郡主反手就給她一個巴掌。「誰和妳是咱們？本郡主什麼時候和妳這低賤的奴婢是咱們了？」

這是把對秀娘的怒氣發洩在丫鬟身上了。

小丫鬟被打得淚水在眼眶裡直打轉，卻不敢呼痛，只能低下頭，一路小跑地追上蕙蓉郡主怒氣沖沖的步伐。

那邊秦王將這一幕收入眼底，便將親自前來迎接的府尹扔到一邊，含笑走到溪哥身邊。「郡主又生氣了。看來，她對這個新嫂嫂還是十分排斥啊！」

「她遲早會接受的。」溪哥沈聲道。

「是嗎？」秦王眉梢一挑，看向秀娘。

秀娘一臉淡然，似乎沒有聽到他們的話，也沒有聽到蕙蓉郡主說的那些話。

眼見如此，秦王暫時沒了興趣，便將袖子一甩。「聽說余小將軍當初身負重傷，被人一路追殺至月亮鎮，肯定沒有好好欣賞沿途的景色。還有夫人，她一輩子沒有出過大山，這外頭的世界對他們必然稀奇，趁著暫住休整的時候，你可以帶他們出去走走，見識見識這裡的風土人情，也算是緩解背井離鄉的焦慮。」

「多謝秦王殿下，下官知道了。」溪哥拱手恭送他。

他說知道了，卻不是說好，這就是打算置之不理。不過他自己的目的也不是讓他們出去亂逛，所以聽到這話，秦王只是冷冷一笑，拔腿就走。

等他走了，孟舉人才笑嘻嘻地湊過來。「嫂子醒啦！怎麼樣，睡得可好？這馬車可是秦王殿下曾經用過的，後來用舊了才改了改，但也只給他喜歡的人用。可是這一次，就連平公公都沒有坐上這輛車，卻給你們用，可見秦王殿下是真心喜歡你們啊，哈哈哈！」

瞧他這皮笑肉不笑的樣，秀娘就知道他在心虛。

不用說，自己能被迷暈抬上馬車，這事絕對和這個人脫不了關係！

秀娘看都懶得看他，逕自抬腳走人。

「哎，嫂子，妳別這樣啊！妳好歹和我說說話啊！嫂子，嫂——」

孟舉人眼睜睜看著秀娘走開，無奈地回頭對溪哥聳聳肩。「她真恨上你了。」

「你也好不到哪裡去。」溪哥冷哼，抬步緊跟上秀娘。

「還不是因為你！」孟舉人小聲咕噥著，也趕緊跟上。

進到驛館裡頭，秀娘才剛喘口氣，就聽到外頭又傳來蕙蓉郡主嬌滴滴的聲音。

「言之哥哥，你怎麼沒去找我？我等了你半天，結果你竟然都沒來！」

「郡主，我沒說過要去找妳。」

「那又怎麼樣？以前每次你讓我傷心了，不是都會來找我認錯的嗎？為什麼這次你就不了？你知不知道你剛才那些話有多傷我的心？我的眼睛都哭腫了！你看！你看！」

……

聽到這個女人理直氣壯的說詞，秀娘好不容易起來一點的胃口又沒了。兩個孩子也沒好到哪裡去。

「那個壞姊姊又來了。」靈兒小聲道。

毓兒連連點頭。「就是，她幹麼非得纏著爹啊？她還罵娘！娘，妳不知道，今天一早爹說要帶著咱們一起上路的事，她鬧得有多凶，非要爹把妳給扔到路邊不管了，後來還是秦王殿下發話，她才不敢再鬧。只是她還非要爹去她的馬車裡陪她，好不要臉！」

「對呀、對呀！我都知道男女授受不親，她這麼大的人了居然都不知道，可見家教不好！」

「對，就是家教不好！」

姊弟倆你一言我一語，說得不亦樂乎。

秀娘聽在耳裡，也在心裡低嘆了聲。可不就是家教問題嗎？只是此事說起來也情有可原。余大將軍這些年一直在西北抵抗外敵，疏忽了對女兒的教養，等到他反應過來的時候，女兒早已經長大了。多年的愧疚讓他對女兒除了彌補和縱容就沒有別的法子，即使知道現在女兒已經被慣得不像樣了，他還是不忍心對她說一句重話。

溪哥身為他的部下，對這位主帥之女自然也是言聽計從，久而久之，自然更縱得她無法無天，自以為是宇宙中心，男人非她不愛！

然而理解歸理解，這樣的人，她是敬謝不敏的。所以自己第一時間就選擇了退讓，讓他和她回京，不讓他在兩個救命恩人之間左右為難。可為什麼那個人卻偏偏不能理解她的一份苦心，反而死命要把她給拽進來？經過上輩子和小三的鬥智鬥勇之後，她早已經厭倦了和女人之間的撕扯，她只想帶著孩子平平順順度過一輩子，這麼簡單的願望難道都不能實現嗎？

事實證明，不管上輩子還是這輩子，她都注定不能安靜順和地走過這一生了。

思慮中，那邊蕙蓉郡主又已經哭嚷起來。「言之哥哥，為什麼呀？你為什麼不理我？你為什麼要這樣對我？你以前明明不是這樣的！」

「郡主，我已經娶妻了。」

「是因為那個狐狸精對不對？我就知道，是她勾引你，她還挑唆你不許對我好！這種女人最賤了，我要打死她！」

「蘭兒妳別亂來——」

一看蕙蓉郡主又亮出她的招牌鞭子，溪哥的心陡地一跳，連忙想要上前阻攔。然而還沒將人攔下，就看到秀娘牽著兩個孩子出來了。

即使荊釵布衣，同蕙蓉郡主滿身的華貴有著天壤之別，然而她那身淡然沈穩的氣度卻給她增色不少，生生將滿身驕橫的蕙蓉郡主給壓了下去。

見到這個人出現，而且還是這般鎮定的模樣，蕙蓉郡主不知怎的那滿身的銳氣被狠狠一挫。

「妳！」她一咬牙，瞪大眼。「狐狸精，妳竟然還敢主動送上門來？看我不好好收拾妳！」

「誰是狐狸精還說不定呢！」秀娘冷哼，信步走到溪哥身邊。「李溪，抑或余小將軍，你現在希望我叫你哪個名字？」

「隨……隨便，妳喜歡哪個就叫哪個。」她和他說話了！溪哥欣喜若狂，連話都說不索利了。

秀娘頷首。「那我還是叫你溪哥吧！溪哥，我現在就問你，我和她，你要哪個？」

溪哥一怔。「要哪個？」

「沒錯。」秀娘道。「既然你說我是你的妻，她卻口口聲聲說我是拆散你們的狐狸精，那麼就由你來判定，你到底認定誰是你的妻，誰才是那個不要臉的狐狸精？」

「秀娘……」溪哥為難地皺起眉頭。這好歹也是自己跟隨多年的主帥的女兒，這樣說她不好吧？

秀娘冷哼。為難嗎？這就是你自作主張、自私自利的代價！

在秀娘的眼神威逼下，溪哥只覺頭皮發麻，後背很快沁出一層薄薄的汗。

蕙蓉郡主一聽這話，卻立刻振奮起來，也忙不迭大叫。「沒錯，言之哥哥你說，到底誰才是狐狸精！」

說罷，她得意洋洋地看著秀娘，一副勝券在握的模樣。

秀娘淡淡掃過她一眼，又將目光放在溪哥身上。

被兩個女人夾在中間，溪哥覺得他都要瘋了。蕙蓉郡主是出了名的張狂跋扈，但秀娘卻比她更不好對付——這是這半年來他的切身體會。要是得罪了蕙蓉郡主，他好聲好氣地認個錯，服個軟，這丫頭也就饒過他了；可要是換作秀娘……如果自己今天敢站在蕙蓉郡主那邊，那麼他立刻就會被判死刑，立即執行，絕無寬恕的可能！所以，該選擇哪條路，清楚明白。

心念一轉，他站到了秀娘身邊。

「言之哥哥，你什麼意思？」蕙蓉郡主見狀，眼中的得意不見了。

溪哥板著臉道：「我的妻子不可能是狐狸精。」

既然秀娘不是，那麼也就只有另外一個人是了。蕙蓉郡主身子一晃，眼淚又要掉下來了。

只是這個結果秀娘並不滿意。「那麼到底誰是呢？我還是沒聽你說出來。」

溪哥額頭上立刻冷汗密布。「這個……我不都說了嗎？妳不是。」

「所以？」

見溪哥不語，秀娘冷笑。「不肯說？還是不捨得說？那好，你不用說了，我也不逼你了！」

「不！」眼看她就要甩袖走人，溪哥忙不迭拉住她。「我說！是她，她是狐狸精。」

「她是誰？」

「蕙蓉郡主，余品蘭！」

「嗚——」

話音一落，那邊蕙蓉郡主就大哭出聲。「余言之，我恨你，我恨死你了！我這輩子都不原諒你！」

「哈哈哈……」

聽說這事，孟誠笑得前俯後仰。

「厲害，真是厲害！我就說嘛，嫂子這麼精明的女人，怎麼可能任由自己被郡主這麼個小丫頭欺負？瞧瞧，現在她不就開始宣誓主權了？而且還把話從你嘴裡說出來，這簡直就是當眾抽她的臉啊！這啪啪啪的，抽得她都沒立場反駁。這手段，好毒、好爽快，我喜歡！」

溪哥面色陰沈地看著他。「很喜歡？」

「是啊、是啊！」孟誠連連點頭。「難道你不喜歡嗎？真是難得能出個人制住那丫頭啊！而且，嫂子這麼冷靜自持的人，都被逼得吃醋了，可見心裡還是有你的，你還不高興？」

溪哥一怔。「她吃醋了？」

「我的天！」孟誠扶額。「你不會沒察覺到吧？光是聽你複述我都能聞到一股濃重的醋酸味了，你居然還沒察覺？」說著又拍著腿大笑起來。「難怪嫂子又不理你了。你這呆頭鵝，一點都不懂女人的心思，她肯定都氣死了吧？哈哈哈，活該啊活該！有媳婦和我這個沒媳婦的有什麼區別？哈哈哈，我心甚慰，我心甚慰啊！」

溪哥冷眼看著他越笑越誇張，站起身就走。

「現在才想起來去示好？晚了！」孟誠的聲音立刻又從背後傳來。「別人親手送到你跟前的機會你沒抓住，現在想抓，已經沒了！咱們來打個賭，如果你再往嫂子房裡去，我賭你不出三句話就會被她趕出來。就賭你的無痕，怎麼樣，賭不賭？」

「你以為我和你一樣閒得無聊嗎？」溪哥冷聲，依然抬腳往前走去。

只是，他卻不會主動再去秀娘跟前找沒臉了吧？

孟誠想著，整個人都攤成大字形躺在美人榻上。

「老天爺怎麼就這麼不公平呢？像這樣的木頭都能娶到個這麼聰明的媳婦，還附贈一雙乖巧伶俐的兒女。我一點也不比他差啊，可為什麼活到這把年紀都還沒女人垂青？這是為什麼？」

第二十四章

因為溪哥這一次無情的打擊，接下來的日子裡蕙蓉郡主見到他們都冷著一張臉，自然也就沒有再主動往這邊靠。只是在有些時候，她還是會忍不住淚漣漣地盯著溪哥看上半天，卻都被溪哥給無視了。

秀娘也獨善其身，每天只帶著兩個孩子進進出出。在車上就教孩子們寫字背詩，到了驛館母子三個就抱在一起睡覺，堅決把溪哥排除在外。

溪哥也不和她爭吵，只是人卻堅持陪在他們身邊。不管他們理不理會他，反正他只要能看著他們就心滿意足了。

這幾個人之間詭異的氛圍瞞不過其他人。秦王看在眼裡，心裡格外舒坦，回去的一路上嘴角都掛著笑。

既然已經找到人，大家也就不如來的時候那般著急，再加上隨行的還有高高在上的秦王殿下，他們就更不敢著急了。

就這樣，一路晃晃悠悠，從偏遠的月亮鎮到京城，他們走了足足兩個月。

兩個月後，大隊人馬終於穿過厚重的城門，踏入了京城的境地。

車輪在鋪著整齊青石板的路面上徐徐滾過，伴著路邊此起彼伏的吆喝聲，兩個娃娃也都睜大了眼，齊齊趴在窗邊指指點點，興奮到不行。

雖然這一路走來，他們也經過不少城鎮，只是京城繁華，不是其他地方所能比擬的。這才入城門，一路走來就這麼多新奇的玩意兒，秀娘隨意一瞥都看得眼花撩亂，就更不用說兩個心性還未定下來的小娃娃了。

早在入城之後，他們的隊伍就同秦王的分開。秦王往東邊的秦王府去，他們一行人則是往南。

入城之後，一路又走了大半個時辰，道路兩旁叫賣的、雜耍的人才漸漸不見。前方出現在眼前的是一條條修整得乾淨平整的青石板大道，大路兩邊一座座巍峨的宅邸林立，氣勢雄渾，令人見之生畏。

馬車走上一條小道，又往前走了差不多一頓飯的工夫，才稍稍停頓一下。

「大將軍回來了！」

外頭有人大聲說著，繼而又有人齊聲高喊：「恭迎大將軍回府！恭迎郡主回府！」

終於到了。

秀娘鬆了口氣，透過鮫綃紗往外看去，只見右手邊一座大宅子門口，一塊大紅的匾額上用金漆龍飛鳳舞地寫著「敕造大將軍府」幾個大字。敞開的大門前，兩排青衣小帽的小廝雁翅排開，卻在門口兩只巨大的石獅子映襯下顯得格外渺小。

余大將軍、孟誠、溪哥等人趕緊從馬背上翻身下來。早有人將側門的門檻卸下，車夫趕著馬車進入內宅，又走了一盞茶的工夫，才真正的停下了。

隨後，車門掀開，溪哥探進頭來。「到地方了，你們下來吧！」

照例，他將靈兒、毓兒抱下馬車，秀娘卻不理會他，正要逕自跳下去，卻見一隻柔白的手臂伸到了跟前。

「夫人慢些，小心腳下。」溫和綿軟的聲音，恰如三月的春風，又暖又軟，讓人怎麼都厭惡不起來。

秀娘側頭去看，只見是一個丫鬟打扮的十六、七歲小姑娘，五官秀麗，削肩細腰，低眉順眼地站在那裡。

秀娘略略一頓，便將手放到她手中，由她攙扶著下了馬車。

前面蕙蓉郡主早已經下車了，看到秀娘居然也扶著丫頭的手下來，立即對她這邊狠狠瞪了一眼，便大聲道：「一個個還愣在這裡幹什麼？不知道本郡主旅途勞頓嗎？還不趕緊帶本郡主回去休息！」

一群丫頭婆子連忙稱是，簇擁著她匆忙離去。

此時溪哥才走上前來。「我一直都在義父府上居住。雖然皇上給我賜了府邸，但一直沒有收拾，所以……」

「我明白了。」秀娘頷首，看向身邊的丫鬟。「我們的房間在哪裡？」

「小將軍住在迎春院，奴婢等早已經將院子打掃乾淨了，小將軍和夫人、公子、小姐請隨奴婢來。」丫鬟卑躬屈膝地道。

迎春院在大將軍府東南角，地方十分寬敞，裡頭還有一座小院子。整個院子裝飾得十分簡單樸素，秀娘一腳踏入便有種回到月牙村的感覺，不禁回頭看看溪哥，立即發現這個男人正瞬也不瞬地看著自己，她趕緊收回目光，昂首挺胸地向前走。

丫鬟帶著他們進到內室，端水給他們洗手洗臉之後，再送上香茗一杯。

「小將軍、夫人，奴婢名叫春環，和碧環、玉環、青環一道被管家遣來侍奉您二位和兩位公子、小姐。」

秀娘頷首。溪哥卻皺緊眉頭。「王岩呢？」

「回小將軍，王岩正在外頭等著您。」

溪哥這才鬆了口氣。「那我去找他。」

幾個丫鬟恭送他離開後，又朝秀娘母子幾個圍攏過來，兩個孩子下意識就往秀娘身邊靠攏。

秀娘連忙將他們摟在懷裡，抬頭看著這幾個丫頭。「妳們想幹什麼？」

幾個丫鬟一愣，春環忙道：「夫人，奴婢已經叫人去抬熱水了，想必馬上就來了。還請您和公子、小姐隨奴婢等去淨房沐浴更衣。」

原來是這個。秀娘輕吁口氣。果然是當慣了鄉下人，現在突然過上富貴生活，他們手足無措得很。

可是……難道是自己想太多了？

在丫鬟們的引領下走進淨房，秀娘又忍不住打量起這幾個姿容秀美的丫頭們。她們的一舉一動都格外優雅好看，姿態也格外恭敬，儼然就是幾個極守規矩的小丫頭。但是，她一個村婦，冷不防被余言之帶回來，還帶著兩個小拖油瓶，她們居然也沒有半點異樣。這是說明她們被調教得太好，還是……

思及此，秀娘又不禁自嘲一笑。

想這麼多又有什麼用？妳一個鄉下來的，人家要是真派人來監視妳，那才是妳的福氣！

沐浴過後，換上丫頭們早準備好的絲綢睡衣，熱騰騰的飯菜也已經整整齊齊地在前頭擺好。

溪哥不知何時也已經沐浴完畢，如今身上穿著一套半舊的深藍色短打，半濕的頭髮披散在背後。見到秀娘母子幾個過來，他連忙上前兩步，眼中帶著幾分殷切的笑。

秀娘從鼻腔裡逸出一聲低哼，他立即就頓住了，訕訕道：「因為一路奔波，大家都累了，所以義父叫人過來傳話，叫大家都各自在房裡洗漱過後吃飯休息，有事明天再說。」

秀娘點點頭，也不看他，帶著孩子們坐下了。

溪哥見狀，連忙也坐下。春環等人便拿起公筷給他們布菜。

半個時辰後，蕙蓉郡主的房間裡響起一聲響亮的驚叫——

「妳是說，那鄉巴佬一下見識到這麼多富貴情形，也沒有大呼小叫？那兩個小鄉巴佬也沒有到處拿東西丟人現眼？」

兩個小丫頭跪在下首，其中一個將頭搖了搖。「小將軍夫人雖然有些吃驚，但也十分配合。小公子、小小姐對奴婢們的舉動似乎有些好奇，只是他們也都隨著小將軍夫人，見小將軍夫人不動聲色，他們也都乖乖坐在那裡，並無多少出格的舉動。」

想到秀娘靜靜坐在那裡的端莊模樣，如果不知道這一位是剛從村裡來的，她們都要以為她是哪裡來的貴婦。還有兩個小娃娃，他們雖然有些坐不住，卻是乖巧聽話到不行，想吃什麼，就一口一個姊姊叫得又脆又甜，讓她們心情大好，心甘情願順從他們的意思。

吃完飯，兩個小娃娃任她們伺候著洗手擦嘴，弄完了，又笑嘻嘻地對她們道：「謝謝姊姊，姊姊們辛苦了！」

真是乖巧聽話。雖然今天才第一次見面，她們卻都已經將這兩個粉妝玉琢的娃娃疼進心坎裡，進而對教養出兩個孩子的秀娘另眼相看。至於小將軍為什麼會娶這個村婦，並不顧一切將她帶回京城……她們似乎也能理解了。

不過她們理解歸理解，蕙蓉郡主聽到這些，卻覺得一口氣差點提不上來，胸口也堵得嚴嚴實實的，氣得她想砸東西！

這麼想著，她便隨手一揮，將手邊的一套茶具揮落在地。

「什麼十分配合？什麼不動聲色？那群鄉巴佬根本就對這些一竅不通，被跟前的大陣仗給嚇傻了，所以妳們叫幹什麼就幹什麼，他們根本就是心虛、是自卑！也就妳們這群沒見過世面的賤婢才以為他們是以靜制動！」

「公主教訓得對，是奴婢沒見過世面，看錯了。」兩個丫鬟一個哆嗦，其中一個連忙改口。

蕙蓉郡主心情這才好了點，便擺擺手。「算了，這次本郡主就不和妳們一般見識。妳們以後可要看仔細了，別被那幾個賤人的行徑給騙了。去吧，有什麼事情趕緊來報，本郡主自有厚賞。」

「是，奴婢知道了。」

兩個丫鬟忙不迭行禮，雙雙退下。

等走出蕙蓉郡主的院子，其中一個才小聲道：「姊姊，妳說郡主這是怎麼了？咱們分明就沒有說謊啊，為什麼她反應那麼大？」

「傻丫頭，妳難道還沒看出來嗎？」另一個淺笑搖頭。「郡主這是在嫉妒小將軍夫人。」

「嫉妒？為什麼？」

身為郡主，身分自是高貴無比，小將軍夫人說起來是夫人，其實卻是小將軍在落難時娶的，一無父母之命，二無宗族認定，說白了這個身分到底能不能確定下來還是一回事呢！所以不管從哪個角度說，郡主都沒必要降低身段和她來比，就更別提嫉妒了。

「女人家的事，誰說得準？」另一個笑道。「妳可別忘了，以前郡主可是一天到晚跟著小將軍不肯離開的。」

小丫鬟立刻明白了。「原來是這樣！那現在咱們該怎麼辦？咱們是大將軍府上的人，現在卻跟著小將軍……」

大將軍一向不管事，郡主又是個張揚跋扈的人，一個不高興就把鞭子抽出來亂打一通。府上都有好幾個丫頭被郡主活活打死了，所以如果一不小心惹怒郡主，她們的小命只怕不保！

只是，小將軍又豈是好惹的？還有小將軍夫人，這個人她們瞭解不深，但從小將軍對她的態度來看，也能知道這也是個不好惹的主兒。如果她們伺候得不好，天知道等著她們的又是什麼！

看她一張笑臉都皺成苦瓜，另一個丫鬟噗哧一聲笑了，摸摸她的頭。「妳何必把事情想得太複雜？咱們身為丫鬟，那自然是該幹什麼幹什麼。既然管家叫咱們伺候小將軍一家，咱們自然要好生伺候。至於郡主叫咱們盯著小將軍夫人，咱們也順便盯一盯就是了，有什麼事及時過去報備一聲，只要注意一點說話的技巧也就夠了。」

說著，她附到小丫鬟耳邊低語了幾句。

小丫鬟立即雙眼放光。「對呀！咱們還可以這樣，玉環姊姊，謝謝妳！要不是妳，我真是要愁死了！」

「沒事，咱們都是做丫頭的，自然要互相幫扶。」玉環笑咪咪地道。

兩個小丫頭之間的對話不過是偌大將軍府後院的一朵小浪花，很快就滴入將軍府這個大海中消失無蹤。

秀娘一家用過一頓豐盛無比的晚飯後，再略坐一會兒，將院子前前後後打量一通，天就黑了。

母子三個在丫頭們的侍奉下脫了鞋子和衣裳在床上躺好，隨後，便見換上睡袍的溪哥再次出現在眼前。

「小將軍。」春環和碧環連忙屈身行禮。

溪哥擺擺手。「妳們退下。」

兩個丫頭連忙退了出去。

秀娘冷冷看著這個朝自己越靠越近的男人。「你來幹什麼的？」

「睡覺。」溪哥道。

「這個院子裡還有別的房間。」

「我們是夫妻，理應睡在一起。」

秀娘眉梢一挑。「你確定嗎？」

別說她已經下決心把他給休出李家門了，就說這一路上，他也都老老實實地和他們分開睡覺，從不敢越雷池一步，大家也算是相安無事。而且現在到了京城，他們之間的關係更是撲朔迷離，一旦鬧個不好，惹出點什麼事來，那可就不好了。

他不蠢，自然知道個中利害。

然而溪哥還是定定地點頭。「確定。」

話落，他人已經脫了鞋子，大剌剌往床上一趟，占去了一半的空間。

秀娘氣得半死。

這個臭男人！

「你起來。」她冷聲道。

溪哥直接閉上眼。「很晚了，趕緊睡吧！」

「你不走是吧？好，那我走！」秀娘一咬牙，起身便要下床去。

看他這死皮賴臉的模樣，就知道一定是孟誠那唯恐天下不亂的混蛋教的！

但人都還沒挨到床沿的邊，一隻有力的手臂便伸了過來，將她攔腰一抱，就又給抱回了床內。

「李溪！」秀娘大怒，張口就叫出溪哥以前的名字。

溪哥雙目炯炯有神地看著她。「我在，妳有什麼話儘管說。」

「你！」秀娘怒目圓瞪。

溪哥瞬也不瞬地看著她，眼中明顯可以看到一絲依戀。

秀娘心中不由一軟，這時候兩個娃娃也爬了過來，靈兒拉拉溪哥的胳膊。「爹，你別欺負娘。」

毓兒更是用自己小小的身體擋在秀娘跟前，小臉板得死死的。「爹，你要是欺負娘，我就……我就和你拚了！」

溪哥見狀，居然笑了！

「好啊，讓我來看看，你們打算怎麼和我拚？」

說罷，便一手抓住一個娃娃，就直接將他們給拎起來了！

「呀！」兩個孩子嚇得尖叫不止。

秀娘的心也揪得高高的，趕緊撲上去打他。「你把孩子給我放下！放下！」

溪哥任他們打罵，愣是帶著靈兒和毓兒在床上轉了好幾圈才把人給放下來。

長達兩個月的奔波，他們本就疲乏得不行，又經過這麼一遭，母子三個都連嚇帶叫，將最後一點精神也給消耗完了。好不容易等到溪哥放下他們，他們也累得夠嗆，就直接倒在床上，只能用雙眼惡狠狠地瞪著他。

只是她這眼神攻勢對溪哥沒用。溪哥乘機就將兩個小傢伙放到裡頭躺好，順勢把秀娘往自己懷裡一收，拉過被子將一家四口都蓋在裡頭。「睡了。」

外頭也聽到噗的一聲，是丫頭們吹熄了蠟燭。

「混蛋！」

黑暗中，秀娘咬牙切齒地低罵一聲，卻換來溪哥一聲悶笑。

但是真的累了。躺在柔軟的床褥之中，秀娘只覺無盡的睏意席捲而來。再加上溪哥的胸膛實在是溫暖，雖然很不想承認，但回到這個熟悉的懷抱，她的心還是不由自主地鎮定下來，一路伴隨自己的不安和徬徨也都沈澱下去。閉上眼，她放心地任由睏意將自己侵蝕，沈沈睡了兩個月來的第一個好覺。

如此在這個地方過了幾天，日子還算平靜。只是，平靜的表象總是暫時的。

這一日，秀娘早早醒來，前頭就有人過來傳話，說是有人找她。

但她在這裡人生地不熟的，誰會來找她？

秀娘滿腹疑惑，隨著傳話的丫頭往前頭去了，就看到一個僕婦打扮的中年女人坐在那裡。

中年女人見到秀娘過來，連忙站起身行禮。「奴婢見過小將軍夫人。奴婢乃秦王妃身邊的胡嬤嬤，今天奉了王妃的命來請小將軍夫人往王府赴宴。」

說著話，她從袖管裡取出一張燙金名帖，畢恭畢敬地送上來。

秀娘冷不防地一陣心驚肉跳。居然這麼快，他們就找上門來了！

只是再震驚，她也只能接了帖子。「既然是王妃的好意，民婦自然不能違背。還請嬤嬤在此稍候，容民婦回去梳洗一番。」

「小將軍夫人請便，不過務必快一些。王妃特地請了齊王妃、晉王妃一道過來，為的便是替小將軍夫人您接風洗塵。咱們可不能讓貴人們久等了。」胡嬤嬤雲淡風輕地道，但出口的話卻跟大石塊般一塊接著一塊壓在秀娘的胸口。

秦王妃這是想幹什麼？擺鴻門宴嗎？可她一個鄉下女人又知道什麼？

秀娘心思複雜地回到後院，溪哥立即迎了上來。「聽說秦王府上派人來了？是什麼事？」

看到這個臭男人，秀娘就怒氣上湧。

他還好意思問！一切都是他招惹的！要是一開始他就老老實實和離了，自己還帶著孩子們在月牙村過著平平靜靜的日子，哪裡像現在這樣一天到晚不得安寧？

「秦王妃親自下了帖子，叫我過去赴宴。現在就去。」秀娘冷聲道。

溪哥眉頭一皺。「這麼著急？」

可不是著急嗎？生怕她提前知道消息病了不能出門，所以就直接派了個嬤嬤來押著她出門。

秀娘輕笑。「去就去吧！兵來將擋，水來土掩。」

「不然我陪妳去好了。」溪哥突然道。

秀娘忍不住翻個白眼。「你要是去了，那就真中了他們的圈套了。」

他們初來乍到，還連這個大將軍府都沒混熟呢，就被風風火火地拉到秦王府上去，而且直接就對上三位王妃。要換成個普通人，肯定早就嚇尿了。當然，現在的秀娘也沒好到哪裡去。

這樣的情況下，身為秀娘在這裡唯一的依靠，溪哥作為她的男人，理所應當陪她一道。給她壯膽也罷、幫她擋災也罷，有個男人在身邊，她一個弱女子總不至於被人欺負了——這是正常人的想法。想必秦王夫婦也是這般想的。

聽到她的話，溪哥就住口了。

他當然知道，自己現在身分特殊，秦王又一直對皇位虎視眈眈，一直想方設法拉攏各方勢力。而身為手握重兵的余大將軍的義子，也是在前次征戰中大放異彩的自己，更是他極欲拉攏的目標。只是以前自己孤身一人，什麼都不怕，秦王想捉住他卻是找不到法子，而現在，有了秀娘這個軟肋在，他們想掌握他簡直是易如反掌……

「妳一個人可以嗎？」靜默一會兒，他才小聲地問。

「不可以又如何？都被逼到這個地步了，也只能硬著頭皮上了！」秀娘冷冷笑道。

話音剛落，蕙蓉郡主的聲音就傳了過來。「言之哥哥就不要為她擔心了。她什麼人別人不知道，咱們還不知嗎？秦王妃瞧得上她，那是她的福氣，多少人捧著厚禮想要見秦王妃一面都不得其門而入呢！」

此番陰陽怪氣的話，朝外冒著酸氣，溪哥的臉色都陰沈下來。「妳要是覺得秦王府是好地方，不如妳陪她一道去？」

蕙蓉郡主眼中迅速閃過一絲驚懼。

秦王想納她為側妃，這是京城上下眾所周知的事。可是她不喜歡秦王，所以一直想盡辦法要避開他，現在，她又怎麼會傻到去自投羅網？

「呵呵，人家秦王妃又沒請我，我幹麼要過去？我也沒那麼不要臉，死皮賴臉非得當別人的跟屁蟲一道混進去。那個地方，我還不稀罕！」她乾笑兩聲，色厲內荏地丟下這句話，趕緊轉身就走了，唯恐秀娘真的抓她一道去秦王府。

溪哥連忙小聲道：「她年紀小不懂事，妳別和她一般見識。」

「你確定她還不懂事嗎？」秀娘猛然回頭，冷聲問道。

溪哥一滯。

秀娘唇角輕扯。「這個丫頭已經被你們慣壞了。以後要是再做出什麼坑人的事情來，我可一點都不會覺得驚訝。你們還是先做好準備吧！」

說罷，也懶得理他，逕自回房更衣梳洗去了。

玉環幾個丫頭都手腳伶俐得很。秀娘才來這裡第三天，這幾個丫頭卻已經將他們的衣裳都改了一遍，每一件穿在身上都很合身。

換了一身見客的大衣裳，一頭長髮也無奈地給她們折騰來折騰去，綰成繁複的百合髻，秀娘才頂著一身重重的東西出來了。

隨著胡嬤嬤一道過來的還有秦王府的馬車。

秀娘乘著馬車走了約莫一頓飯的工夫，車子便進了秦王府。入到二門，秀娘下車，在胡嬤嬤的引領下往內院走去。

秦王府內的裝飾自不必說，比起大將軍府要奢華許多，只是秀娘沒有心情欣賞。走進一座花木蔥蘢的院子裡，秀娘遠遠就聽到女人銀鈴般的笑聲傳來。

「呀，貴客終於來了！二弟妹、三弟妹，趕緊來迎接貴客啊！」互聽一聲高喊，三位打扮得高雅大方的女人依次出現在秀娘跟前。

秀娘連忙屈身行禮。「見過秦王妃、齊王妃、晉王妃。」為首的秦王妃笑吟吟地上前來將她扶起。「小將軍夫人快快免禮！」聲音又脆又亮，格外好聽。之前那銀鈴般的笑聲就是從她嘴裡發出來的。見禮過後，她就主動拉上秀娘的手，親熱地把人給拉到另外兩位王妃跟前，一一替秀娘介紹。

秀娘雖然人在鄉下，但對皇家八卦也有所耳聞。齊王乃一名宮女所出，而且剛出生不久母親就過世了，便被皇后隨便指給一名妃嬪撫養，後來那名妃嬪也死了，因為他的身世，似乎是一直不被人重視，再加上齊王人畏畏縮縮的，身體也不好，三天兩頭老是生病。齊王妃情況和他差不多，夫妻兩個藥罐子，乃天生一對。

至於晉王是賢妃所出。賢妃人如其名，賢良淑德得很，生的兒子也和她一樣溫文爾雅，娶的媳婦也知書達禮，夫妻倆都是出了名的好脾氣。

所以在秀娘跟前，這兩位皇家媳婦也沒有半點架子，溫柔地和秀娘互相認識，幾個人就相攜一道往花房裡賞花去了。

秦王妃理所當然走在最前頭，一手拉著秀娘，一邊笑吟吟地介紹道：「王爺去了南邊就給京城寫信，大讚余小將軍娶的夫人，搞得我都好奇得不得了，到底是什麼樣的人能讓王爺讚不絕口。今日一見，果不其然，小將軍夫人天生麗質，溫婉賢德，實在是賢妻良母的典範。我第一眼看到妳也喜歡得很，回頭可得趕緊讓余小將軍為妳正名，趕緊給妳請封一個誥命。他要是不敢，那就來找我，我幫妳上摺子去！」

秀娘心中一聲輕笑。原來，她是在這裡等著她。

誥命，這的確是多少古代女人一輩子都夢寐以求的東西，就連剛才她聽到的時候都不禁心跳加速，差點就想問她是不是真能辦到！當然，以秦王的實力，這點小事難不倒他們。但是在拿到這個誥命之後呢？他們又該付出什麼？這才是重點吧！

秀娘微笑地搖頭。「那什麼誥命我不在意，我只要能一輩子陪在相公身邊，看著兩個孩子沒病沒災地長大，我也就心滿意足了。」

秦王妃明顯一愣，眸色立即陰沈下來。「妳不想要？」

秀娘一個激靈，旁邊晉王妃連忙上前道：「大家不是來賞花的嗎？好端端的說這些幹什麼？快看，那幾叢牡丹開得真好！」

秀娘立刻順勢轉開頭去，隨即雙眼大亮。「這裡居然有一株極品姚黃？」

這傳說中的東西，她終於親眼見到了！

姚黃，又稱千葉黃花牡丹，出於姚氏民家，乃宋代洛陽兩種名貴的牡丹品種之一，和魏仁溥家的千葉肉紅牡丹魏紫並駕齊驅。宋代曹冠在〈鳳棲梧．牡丹〉一詞中說到：「魏紫姚黃凝曉露，國豔天然。」極言姚黃魏紫的國色天香，大氣斐然。

而極品姚黃，更是姚黃中的翹楚。其花形飽滿，婷婷玉立，光彩照人，此花一出，自令群芳失色，故又稱花王中的花王。

只是因為多年的歷史變遷，以及許多不可考的原因，這個品種的姚黃早已經淹沒在歷史的長河之中，秀娘當年也只不過在書本裡看到前人對這一品種的描述。後來去洛陽賞牡丹，和牡丹園裡的老師傅說起這個，兩人一起唏噓不已。

所以，今天親眼看到自己一直留存在記憶中的花兒活生生出現在眼前，她立刻驚喜不已。如果不是因為心裡一直在提醒自己，這裡是等級尊卑制度極度嚴苛的舊社會，她差點就想撲過去將這盆牡丹抱起來看個仔細。

見到她的反應，秦王妃滿臉的驕傲得意。「小將軍夫人好眼光。這一盆的確就是極品姚黃，這可是王爺特地去洛陽為我尋來的，王府花匠精心培育了五年，終於從去年開始開花了。」

一旁的齊王妃連忙掩唇笑道：「還是大皇兄疼愛大皇嫂。知道大皇嫂喜愛牡丹，更偏愛姚黃，所以想方設法四處搜尋姚黃品種。這才幾年的工夫，京城上下就都知道，看牡丹數秦王府後花園最好。只是秦王府門檻極高，可不是誰都能登門一看。我們也是有幸，託小將軍夫人的福，提前大飽眼福。」

輕聲細語地說了這麼多，齊王妃似乎扛不住了，連忙拿起帕子捂住唇咳嗽起來。

秦王妃眼中劃過一絲嫌惡，連忙又笑吟吟地挽上秀娘的胳膊。「真沒想到，妳竟然對牡丹也極有研究，看來我今天沒有請錯人。來，咱們就近看看，這一盆馬上就要開花了呢！」

若說她一開始對秀娘的親熱全是生硬的套近乎，那麼現在就還有那麼幾分真正的熱心了。

好不容易有個這樣的機會，秀娘自然不會拒絕，連忙就順勢湊了過去。一邊圍著這株傳說中的極品姚黃看了又看，她一邊在心裡讚嘆不已。

果然是極品姚黃！這品相、這花苞，都比自己之前見到過的要精緻太多了，只可惜到了現代，不管他們這些研究者怎麼努力，都無法複製出古人曾經有過的輝煌。真是急死她了！只是……

她忽地腳步一頓，眉頭皺了起來。

「怎麼會這樣？」她小聲自言自語。

秦王妃一直密切關注著她的一舉一動。秀娘這麼明顯的動作自然也沒有逃過她的眼睛，又聽到她這麼一句話，秦王妃不免心裡咯噔一下。

「怎麼了？」她連忙問。

秀娘掐下靠近泥土的一片葉子，舉起來仔細看了看，眉頭就皺得更緊了，再湊近看，她的整個臉色都陰沈下來。

這下，別說秦王妃，就連齊王妃、晉王妃都跟著提心弔膽起來。

「小將軍夫人，可是這株牡丹有何不妥？」晉王妃小聲問。

秀娘抿抿唇，回頭看向秦王妃。「王妃，可否將照顧這株極品姚黃的花匠請過來？民婦有幾句話想問他。」

秦王妃狐疑地盯著她看了一會兒。但見秀娘一臉鄭重，似乎是真有什麼要緊事。想一想，雖然這個人從一開始的反應就怪異得緊，但不就是個村婦嗎，又是叫來花匠，能有什麼大事？便點頭，喚來丫鬟去叫花匠。

不過半盞茶的工夫，花匠就一路小跑著過來了，看到跟前的三位王妃，而且這三個人看著自己的眼神都帶著探究，他不由小腿一軟，撲通一聲跪下了。「小人見過王妃！」

這等粗鄙的匠人，秦王妃向來不屑和他說話，便擺擺手，對秀娘道：「小將軍夫人，花匠來了，妳有什麼話只管問他好了。」

秀娘也不客氣，直接上前一步問道：「我問你，去年這株極品姚黃花謝之後，你是不是沒有及時整枝修剪，才會導致現在株形過大？還有，今年開春後，你為了讓植株及早開花，是不是施了許多過濃的肥料？」

一聽到這話，花匠整個人都軟了。

一開始他還洋洋自得，以為王妃叫他來是為了打賞。須知去年因為他將這株牡丹培養得當，王妃心情大好，打賞他許多好東西。後來王府每來一撥人欣賞過後，王妃就又會厚賞他一次。時間長了，他也就習慣王妃的打賞，以至於每次一聽到王妃來請，就直接當作是王妃又有打賞要給了。再加上今天可是這株牡丹第一次開花，聽說王妃請來的還是一個十分要緊的人物，他就直覺以為……

可沒想到，這個面生的小娘子見到自己，上前來撲頭蓋臉就是這麼一番指責，句句都直戳向他心底最虛軟的地方，頓時哪裡還想得到什麼賞賜？不用多說，他忙不迭跟小雞啄米似的拚命磕頭，嘴裡大叫王妃饒命。

秦王妃再不懂，看到這樣的情形也知道是花出問題了，頓時火冒三丈。

「來人，把這個大膽狂徒拉下去，亂棍打死！敢對王爺送給我的牡丹動手動腳，你是不想活了！」

聽到這話，花匠整個人都軟成一灘水，就連求饒都忘了。

秀娘見狀，忍不住小聲道：「王妃您也不必如此動怒，他這麼做也是情有可原。」

秦王妃滿面怒容地看過來。「他能有什麼原因？」

「想必是因為這株牡丹過於珍貴，所以王妃去年在花兒凋謝過後就一再叮囑過他要好生照料，並說今年開春過後就要請人過來欣賞，所以立春之後必須保證花開得漂亮。」秀娘道。

「那又如何？難道我說錯了？這株牡丹本就金貴，自然需要好生照料。而且牡丹不就是立春之後開花嗎？我不過是讓他把花打理得漂亮點，這本就是他該做的。」秦王妃冷聲道。

秀娘頷首。「話雖如此，但牡丹本就嬌貴，不好侍奉。這株極品姚黃更是稀有，他當然不敢放肆，再加上因為去年花開得好，王妃您自然是希望今年開得更好的。他肩上壓力過大，自然就想劍走偏鋒，期盼著透過這樣的方法讓植株多開花，以期迎合您的喜好。」

「說來說去，不一樣是他私心作祟，差點害了我的極品姚黃？」秦王妃冷哼。「罷了，看在小將軍夫人的面子上，我就饒他一條性命。只是死罪可免，活罪難饒。來人，把他拖下去，重打五十大板！」

「是！」王府侍衛聞聲而來，將花匠架起來就走。

看著花匠眼中的驚恐絕望，秀娘心口一緊——自己剛才是不是做錯了？為了一株花，卻害了一個人。五十大板，極有可能就要了一個人的命。可是……看看這株依然迎風搖曳的極品姚黃，她始終狠不下心眼睜睜看著它死去！

眼看氣氛不對，晉王妃連忙笑著上前來。「小將軍夫人妳真厲害！只是不知道妳是從哪兒看出不對的？我們今天盯著這盆花看了半天，也沒察覺出什麼不對。」

秀娘輕輕搖頭。「幾位王妃金尊玉貴，自然沒有接觸過這些活計。民婦自小在山間長大，也種過不少東西。雖然那些低賤之物及不上這株牡丹的萬一，但對植株來說，有些道理卻是相通的。那就是秋天葉子落完後，應及時整枝修剪，免得過多的枝葉分去營養，這樣雖然看起來是枝繁葉茂，但其實枝條細弱，葉片單薄，反不如修剪枝葉之後來得健壯。

「而且牡丹枝葉嬌貴，故追施肥料不能過濃，必須薄肥勤施，更不得濃液追施，也不得灌大水。水多肥濃，牡丹的肉質根系吸收不了，會損傷根系，這樣就會導致葉片黃化，無花可開，長時間下來會導致植株死亡。」

她說得頭頭是道，晉王妃聽得一愣一愣的。

看看還握在秀娘手裡的那片稍帶點黃色的葉片，她恍然大悟。「難怪妳方才要摘葉子來看，原來是因為這個！」

秀娘頷首。

她的許多專業術語她們雖然聽不懂，但這不妨礙秦王妃明白自己的花真的出問題了。

她連忙一把握住秀娘的手。「今天可真是多謝妳了，要不是因為妳及時發現，我這株極品姚黃就毀了！」

「其實事情也沒那麼嚴重，這還只是初期而已，只要及時挽救，一切都還來得及。」秀娘忙道。

秦王妃趕緊點頭。「好好好，我知道了。不管怎麼說，一切都多虧了妳，不然……」突然她又開始咬牙切齒。「那個人實在是膽大包天！竟然敢對本王妃的花兒亂來，五十板子簡直太便宜他了！」

果真是皇權至上的社會，一個人一條命，隨便張張口就給打發了。

秀娘心頭猛地一跳，連忙道：「王妃也不用太過動怒。不管怎麼說，這株極品姚黃能長成今天這樣，還是多虧了他。他也只是貪戀王妃您給的賞賜，所以做錯了幾件事，然而瑕不掩瑜，還不至於就讓他因此賠上一條命。」

這話秦王妃可不愛聽。出嫁之前，她就是天之驕女，人人追捧著。嫁給秦王爺後，其他人更是對她恭順異常，她說什麼就是什麼，一旦她動怒，其他人只有順著她的話往下說的，誰還會一個勁兒地和她唱反調？要不是因為秀娘一眼發現問題，並在最初就拯救下自己心愛的牡丹花，她早就動怒了。所以，面對秀娘的求情，她只是冷哼一聲，並沒有說出要原諒花匠的話。

見她生氣了，晉王妃溫馴地退到一邊不說話了。齊王妃咳嗽了兩聲，卻是搖搖擺擺地走過來。「大皇嫂說得對，今天的事情多虧了小將軍夫人。看樣子，妳似乎對養牡丹有些研究？要不，妳就好人做到底，救救這株花吧！」

因為多年生病的緣故，她本就生得瘦弱。現在也是一副病懨懨的可憐模樣，再加上一副細軟如貓咪似的嗓音，真是說不出的可憐可愛，叫人不由得想要憐愛她，不管她說什麼都不忍心拉下臉。

但秀娘的心還是倏地一下來了個透心涼。

「齊王妃說笑了。民婦說了，我只是從自己多年種地的經驗來說的，再加上曾經看過幾本書，所以才大膽一試，瞎貓碰到死耗子罷了。但極品姚黃這麼金貴的東西，我是不敢碰的，一個不好出了點什麼事，那真是要了我這條命都不夠賠的。」她低聲說著，恰到好處地垂下眼簾，將眼底的冷意掩下。

雖然很想把這盆極品姚黃抱回去仔細打理，但是她不能，絕對不能！

在這個等級尊卑制度十分嚴明的時代，只要她敢點頭，那麼她就是將自己下降到一個匠人的身分，也就是對秦王妃俯首稱臣了。她低頭了，就代表溪哥低頭了。而溪哥一低頭，那低頭的對象就不是秦王妃，而是站在秦王妃背後的秦王爺。

這位齊王妃看似柔弱膽小，實際上卻是個外柔內狠的人物。看似普通的一句話，卻暗藏殺機，差點就把她給帶進溝裡去了，看來，以後自己得和她保持距離才行。

被她拒絕了，齊王妃微微一愣，水汪汪的雙眼裡馬上又浮現出一抹歉疚。「哎呀，是我疏忽了！小將軍夫人可是余小將軍明媒正娶的夫人，不日就要封誥命的，哪裡能做這種事情？也實在是我太過關心花兒，竟忘了這事。是我不對，我向妳認錯，還請小將軍夫人不要見怪。」說著，她果真就屈身向秀娘行禮。

秀娘哪裡敢受？別說溪哥到現在還沒給她正名。就算正名了，自己一個小小的誥命夫人，又有什麼資格讓一個堂堂皇子妃對自己行禮認錯？

當務之急，她連忙對齊王妃行了個更大的禮，好不容易才將事情給圓了過去。

見她這樣，齊王妃眼中的歉疚便又換作了期盼。「小將軍夫人，妳不生我的氣了嗎？」

她哪敢？

秀娘苦笑。「齊王妃說的哪裡話？妳本來也是無心之失，我還不至於這麼小肚雞腸，因為一句話就對妳恨上了。」

齊王妃連忙鬆了口氣，便又淺淺笑了起來。「小將軍夫人妳人真好，難怪余小將軍要娶妳為妻，我現在都喜歡上妳了。」

別！妳可千萬別！

秀娘本來氣還沒順呢，又被她這句話給刺激到，差點一口氣沒喘上來。

是誰說這位齊王妃和齊王爺一樣，從小自卑懦弱，膽子小得跟螞蟻似的？就憑她剛才那些話，分明就是在說——妳不原諒我，就是妳氣量小；妳要是原諒我，這就是妳該做的，大家還可以繼續做朋友！

她就是有一百個膽子，也不敢對皇族人睚眥必報啊！而至於做朋友……還是算了吧！這幾位都是深藏不露的人物，她招惹不起，大家以後還是少來往為妙。

因為牡丹的事情，秦王妃也沒了宴請她們的興致，大家又坐在一起說了幾句話，秦王妃就端茶送客了。

秀娘求之不得，忙不迭就辭別諸位王妃，急忙坐上馬車趕回大將軍府。

此時，溪哥正在院子裡坐立難安，蕙蓉郡主見縫插針，又厚著臉皮貼到他身邊。奈何溪哥滿心都繫著秀娘，根本就沒心思理會她。她一個人在這裡坐了半天，想了無數個話題來開場，卻不是被溪哥略過，就是簡單一、兩句話敷衍過去，於是，她不高興了。

「言之哥哥，你這是在擔心個什麼勁？她那麼大的人了，又有手有腳，會出什麼事？你就是太慣著她了！現在她到了京城，以後還不知道要面對多少貴人呢，難道你每次都這樣為她擔驚受怕？要我看，你就該放心大膽地讓她出去歷練，見多了，她當然就好了！」

當然，如果那鄉巴佬能「一不小心」得罪了某位貴人，然後被貴人給折騰死，那她更是拍手歡迎。

溪哥不知道她心中所想，但聽到這話心裡也很不高興。「這些事妳不懂，就不要亂說。」

蕙蓉郡主又是一噎。「言之哥哥，你這話什麼意思？你嫌棄我了嗎？以前你不會這樣的，以前不管我問你什麼，你都會耐心給我解答，從來不會這樣說我。」

以前是以前，現在，一切都已經不一樣了。

溪哥很想這樣說，但看著蕙蓉郡主滿臉的委屈，他心頭又一軟，話到了嘴邊卻怎麼都吐不出來。

這個時候，秀娘似笑非笑的面龐又出現在眼前。

「這個丫頭已經被你們慣壞了，以後要是再做出什麼坑人的事情來，我可一點都不會覺得驚訝。你們還是先做好準備吧！」

如是語句在耳畔環繞，他內心深處糾結不已。

他當然知道，蘭兒這丫頭被慣壞了。可是都已經慣這麼多年，這習慣一時半會兒怎麼可能改得過來？更何況大將軍都……

哎！

正想著，碧環突然跑進來。「小將軍，夫人回來了！」

溪哥心中一喜，連忙把眼前的事情全都扔到一邊，大步走出去迎接秀娘去了。

「言之哥哥、言之哥哥！」蕙蓉郡主眼睜睜看著他就這樣扔下自己跑了，又是驚訝又是氣憤，心裡自然又給秀娘記上一筆。

碧環站在一旁，小心觀察著她的臉色問：「郡主，小將軍夫人回來了，您要不要一起出去接？」

「接她？憑什麼？她配嗎？」蕙蓉郡主冷哼。「本郡主回去了！這女人這麼快就回來，指不定是做錯了什麼，被秦王妃給趕回來了。哼哼，就等她抱著言之哥哥哭去吧，我才懶得看她哭哭啼啼的！」

說著，她意味深長地看了碧環一眼。碧環連忙低下頭，悄悄將下巴點了點，蕙蓉郡主便滿意了，昂首大步走開了。

第二十五章

與此同時，在秦王府內，秦王爺聽到消息也迅速趕回王府。

「怎麼樣？事情都辦妥了嗎？」甫一進門，他就開口問道。

秦王妃一愣，連忙搖頭。「這個先放一邊。你先幫我參詳，京城哪裡還有培育牡丹的高手？趕緊給我找一個過來。」

「怎麼了？」秦王爺眉梢一挑。

秦王妃便將方才的事情說了一遍，末了拍拍胸脯。「虧得發現及時，情況還不嚴重。只是那個花匠我是不敢再用了，咱們得趕緊換個人才行。我可是答應了皇祖母，還要養一盆送給她的呢！」

只是話音未落，她就發現秦王爺看著自己的眼神有些不對。

「怎麼了？」她小聲問。

秦王爺保養得宜的一張臉都快黑成鍋底，雙目更是陰沈沈的。「就這樣，因為一株牡丹，妳就放過她了？」

「我知道這事是我太冒進了。但沒辦法，這極品姚黃就只有一株，它可千萬不能有事，咱們以後許多事都還要靠它呢！那個女人的事簡單，回頭我再找個理由叫她過來，一定把事給辦了！」秦王妃不以為意地道。

秦王爺冷哼。「她簡單？她要是簡單，能隨便抓住一件事就把妳們的目的都給扭轉了？她要是簡單，能讓妳連我交代的事情都丟到一邊，只顧著這一盆破牡丹？」

看看那盆看似鬱鬱蔥蔥的牡丹花，秦王爺恨得牙癢癢，真想任性地將這個罪魁禍首掃到地上摔個稀巴爛，但他終究還是克制住了。

秦王妃聽到這話卻是一愣，旋即恍然大悟。

「對呀，怎麼會這樣？我上當了，我居然……居然著了一個村婦的道！」

從秦王府回來後，秀娘就冷著臉一言不發。

溪哥急得跟熱鍋上的螞蟻似的，不停小聲地問：「到底怎麼了？是不是她們欺負妳了？妳跟我說，我……」

「你怎麼樣？難道還能幫我出氣不成？」秀娘冷聲道。

溪哥一滯，滿面為難。「那幾位都是皇室血脈，身分高貴無比，實在不是我這樣的人能動得起。」

秀娘早料到他會這麼說。只是聽到這話真從他嘴裡出來，她還是冷笑一聲。「既然都沒本事保護我，你又何必非要把我帶來這個鬼地方？你是故意讓我來這裡被人羞辱的嗎？」

「沒有、沒有！」溪哥趕緊把頭搖得跟撥浪鼓似的。「我真沒想到他們居然如此大膽，才不到一年時間，竟然就直接對妳……」

「秦王爺的霸道行徑，你在月牙村時不就已經見識過了嗎？我不相信那是你第一次見識他的性情。」秀娘輕笑。

溪哥動了動唇，卻是無言。

秀娘見狀，不由一聲冷笑。「你明知道回來這個地方會面對的是什麼，卻從來沒有提醒過我一句。我是不是該罵你一句居心叵測？」

溪哥的頭頓時垂得更低。

「你不說話，就是默認了？」秀娘眉梢一挑。

溪哥依然不語。

秀娘霎時火冒三丈。「余言之！你好惡毒的心思！明知道我一直在鄉下長大，靈兒、毓兒更是沒走出過月亮鎮一步，這些權勢關係我們都是一頭霧水，也從沒想過要攪和到其中去，可就是因為你，我糊裡糊塗到了這個地方，又糊裡糊塗被人折騰來折騰去，我問你到底安的是什麼心？我告訴你，老娘煩了膩了，老娘不伺候了！我這就收拾東西，和靈兒、毓兒回鄉下去，這份榮華富貴你要享受自己享受去，我們不奉陪了！」

說罷，她果然起身就走。

「秀娘，不要！」溪哥見狀，眼明手快地一把拽住她的手。

秀娘冷冷回頭。「放手。」

溪哥堅決搖頭。

「你不放是嗎？好！」秀娘抬腳對他就是一陣亂踢，然而溪哥卻是一動不動，任由她折騰。一看此舉行不通，秀娘咬咬牙，直接彎腰，往他緊緊攥住自己手腕的胳膊上咬下去！

溪哥悶哼一聲，然而還是沒有鬆手。

秀娘咬得牙都酸了，也分明感覺到他的皮肉都被自己咬破了，這個男人都疼得發顫，卻依然沒有放鬆半點。最終，還是她先宣佈投降。

「余言之，你有病是不是？你告訴我你到底想要怎麼樣？你說，我做，只要能滿足你的，我一定做到，我只求你到時候放了我行不行？」

「我只要妳。」溪哥終於開口，只是簡單的四個字。

秀娘心裡猛地一跳，卻笑了。「你要我幹什麼？這京城上下那麼多名門閨秀，哪個不比我聰明漂亮，你隨便娶一個都比娶我好多了！」

「她們不是妳。」溪哥道。

「她們當然不是我！她們要是我，就不會被人騎在脖子上欺負也不敢吭聲。她們要是我，也不至於被人帶到一個人生地不熟的地方，腳跟都沒站穩就開始被人算計，我真是倒了八輩子的楣，怎麼就嫁給你了？當初我們不是約法三章，說得好好的嗎？我不跟你來這個地方，我只想帶著孩子平平靜靜過日子，我真不想和那些人精玩什麼勾心鬥角啊！我鬥不過他們！」

「我知道。」溪哥點點頭，目光深深地看著她。「我也曾想過要放妳自由。可是……我試過了，還是放不下。」

「放不下，所以你就不顧我的意願強行把我帶走？余言之，你還記得你答應過我的話嗎？你說話不算話！你還是不是個男人？你這樣出爾反爾，在軍營裡怎麼讓人信服？

你……」

她說不下去了！想起這跟作夢一樣的兩個多月，秀娘只覺滿腹委屈冒了出來，她再也抑制不住地放聲大哭。

這個女人一向堅強，當初被張大戶等人逼到那個地步也沒有流一滴眼淚，唯一的一次流淚也是為了孩子。後來兩人成親，她更是堅強樂觀得讓他側目。

可是現在，因為他的一個決定，她居然哭了，而且哭得這麼傷心、這麼絕望，溪哥滿腔的愧疚也不由得翻湧出來。

「秀娘……」他小聲叫著，慢慢伸出手。

秀娘一巴掌把他的手拍開，轉身就走。溪哥連忙追上去，乾脆從背後抱住她，雙手死死扣住她的腰肢不放。

秀娘氣得破口大罵。「姓余的，你給我放手！背後對人下手，你算什麼英雄好漢？你一個大男人，欺負女人又算什麼本事？」

「對不起，對不起。」溪哥連連低聲說著，將頭靠在她肩上，聲音只有兩個人聽得清。

秀娘無力地閉上眼。「你要是真覺得對不起我，那你就放手，讓我走！」

「對不起，但我不會放手。」溪哥一字一句道，嗓音低啞，卻擲地有聲。

秀娘身體一僵，不再說話了。

溪哥繼續緊緊抱著她，似是自言自語地低聲道：「妳說得對，我的確是自私。當初明明答應過妳，卻因為捨不得你們，死活把你們給帶了回來。我知道京城裡暗潮洶湧，不適合你們母子幾個，但我真的不想把你們留在那個地方自己一個人離開。你們母子幾個早已經刻進我的骨血裡去了，我簡直無法想像和你們分離之後會怎麼樣，甚至……只要一想到妳還會再嫁，和別的男人同床共枕，我心裡就難受得不行，所以我才……對不起，我是自私。可是我不會放手，妳這輩子只能和我在一起，我們死活都在一處，妳休想離開我去別的地方！」

「你！」秀娘冷不防一個回頭，瞪圓雙目死死看著他。

溪哥也定定看著她。「不管妳怎麼想，我絕對不會放手。」

「你這個混蛋！」秀娘再次悲傷得淚如雨下，踮起腳在他臉上狠狠咬了一口。

溪哥疼得嘶了一聲，卻主動把臉送上前去。「如果這樣能讓妳消氣的話，妳就儘管咬吧！」

「這可是你說的！」秀娘早就恨他恨得牙癢癢了，一聽這話怎麼還忍得住？趕緊昂起頭，在他臉上就是一陣亂咬。

溪哥也是個真漢子。不管秀娘怎麼咬，他都咬緊牙關一聲不吭，就連身體都沒有動搖半分。

秀娘咬了好一會兒，可算是消氣一點了。便想要退開去，誰知攏在自己腰上的雙手猛然發力，一把將她又給扣進了他的懷抱裡。

「被妳咬了這麼多口，我只回報妳一口，應該是可以的吧？」

對上溪哥不懷好意的雙眸，秀娘心裡咯噔一下。「你放手！你——唔！」

外頭的春環等人聽到裡頭的爭吵聲，一個個都嚇得臉兒慘白。

「春環姊姊，這可怎麼辦才好？小將軍和夫人吵架了，看起來還鬧得不輕！」年紀最小的青環著急地問。

春環眼中也帶著一絲明顯的焦急，只是身為四個丫鬟之首，她還是鎮定得很。

「沒事，咱們就當沒聽見好了。夫妻吵架，不都是床頭打架床尾和嗎？」說這話的時候，她真沒想到秀娘和溪哥正在「床尾和」中。

很快，這個消息也傳到蕙蓉郡主耳裡。

蕙蓉郡主高興地直拍手。「太好了！我就說嘛，這個鄉巴佬懂什麼？肯定去了一趟秦王府，被秦王妃的貴氣給嚇掉了魂，現在哭鬧著要回她的鄉下，老實地做個鄉巴佬。言之哥哥趕緊把她給送走吧，這地方本來就不適合她，我天天看到她就心煩！」

過來傳遞消息的碧環滿臉陪笑。「郡主說得是。只是奴婢看小將軍的意思，似乎還不捨得放手呢！」

「言之哥哥也真是！那女人有什麼好的？不就是一點救命之恩嗎，至於要拿他下半輩子來還？」蕙蓉郡主氣悶地皺起臉。

纖指在桌面上叩擊幾下，她忽地又漾開燦爛的笑顏。「如果是這樣也無所謂。那鄉巴佬不是沒見過世面嗎？言之哥哥現在還肯哄著她，也是看在以往的情面上，我就不信，她天天這麼哭鬧，言之哥哥也忍得住！等她鬧得多了，言之哥哥的耐心肯定會被消磨乾淨，到時候，就算她不肯走，言之哥哥也肯定會把她趕走。」

「嗯嗯，郡主說得極是。」碧環忙不迭點頭。只是在垂頭之時，唇角卻泛開一抹冷笑。

如此錯綜複雜的一天很快過去。

第二天一早，孟誠就往溪哥和秀娘的院子這邊過來了。

溪哥正光著膀子在練劍。等他練完一套劍法，孟誠就笑嘻嘻地湊上去。「看你這麼生龍活虎的，昨晚一定過得十分暢快吧？怎麼樣，把人搞定了沒有？」

溪哥斜他一眼，一面用毛巾擦著汗，一面道：「她哭了一場。哭完之後好多了。」

「那，現在呢？」

「她累了，還在睡。」溪哥說著，臉上難得浮現一抹柔情。

「看看，我就說嘛！」孟誠連連點頭。「這段日子她心裡積壓的負面情緒太多，必須找個缺口放掉。不然，一旦累積過多，對她的身子不好，對你們倆也都不好。藉著這個契機讓她發洩，哭一場，一切不都好了？你也能趁火打劫，多好！」

聽他說到最後，溪哥立即板起臉輕咳一聲。「你這是想讓我告訴她，這一切都是你策劃的嗎？」

「別別別，千萬別！」孟誠立刻嚇得臉上血色都褪去一半。「你們夫妻和好如初，你打心裡感激我就夠了，她那邊就不用說了。你自己的女人還不知道嗎？那叫一個睚眥必報，我之前就惹過她好幾次了，這次要是讓她知道我又在你們當中插了一腳，她還不把我給殺了？」

他喋喋不休地說著，猛地一抬頭，就看到溪哥的臉色不知道什麼時候已經變得鐵青。

「我的女人有你說得那麼不堪嗎？」陰森的嗓音，莫名給人帶來幾分寒意。

孟誠心裡頓時大叫不好。自己怎麼又忘了，和秀娘在一起時間長了，這個男人也早已經被她同化了！而且還是他的女人，被人這麼說，他會不高興也是理所當然。

這樣的想法理解是可以理解……只是想想，當初沒有這個女人的時候，他對自己可是言聽計從，不管自己說什麼他都只有點頭認同的分兒。可如今就因為娶了個女人，自己的地位就自動靠後，連靈兒、毓兒兩個小傢伙都不如！

他恨！但再恨也沒用，事情已經到了這個地步，一切早已不在他的掌控範圍之內。

所以，孟誠很聰明地搖頭。「沒有、沒有！我說著玩的呢，嫂子又聰明又善良，還大氣得很，我對這個能征服你的女人十分欽佩，真的！」

看他一臉的真誠，溪哥才勉為其難地點點頭。「也罷，這次就放過你。」

孟誠連忙長吁口氣。「好了，我也該走了。免得一會兒她起來看到我，又開始懷疑我攛掇你些什麼了。」

說得好像你沒攛掇我什麼似的。溪哥心裡暗道，面上還是點頭。

只是孟誠還沒抬腳，一個小丫鬟就匆忙從外頭走進來。「小將軍，秦王府、齊王府以及晉王府都送東西來了！」

溪哥面色一沈。「什麼東西？」

秦王府送來的是一株豆綠牡丹，齊王府的是墨紫牡丹，晉王府的是一株波斯菊。

秀娘昨天在秦王府就是靠一株極品姚黃才走出困局，這事溪哥是知道的。所以看到秦王府和齊王府送來的東西，他暫時就明白是怎麼一回事。只是目光轉向晉王府送來的波斯菊，他又皺緊眉頭。

「這個東西是什麼意思？」

「不知道呀！」孟誠一樣圍著這盆還光禿禿的花兒繞了好幾圈，滿眼疑惑。「看來這次晉王府是別出心裁了啊，還是說，是不敢與秦王爭鋒？」

溪哥輕哼。「你覺得呢？」

「這個我怎麼知道？女人心，海底針，反正我是琢磨不透。」孟誠擺擺手，「算了，反正又不是我的女人，我不管了。這事你們夫妻倆一起商量去吧！嫂子那麼聰明的人，肯定知道什麼意思，你等她醒過來問問她就行了。喔，對了，等知道答案後，記得告訴我一聲！」

說著，他就腳底抹油跑掉了。

當秀娘醒來時，三盆花兒已經擺在她跟前。和溪哥一樣，她的目光第一時間就放在了那株與眾不同的波斯菊上，目光深沈詭譎。

「怎麼了？妳不喜歡嗎？不喜歡的話，我就叫人拿出去扔了！」溪哥忙道，果然喚人進來，就要把花給扔了。

「不用了。」秀娘卻搖搖頭。「你把這株波斯菊拿過來，給我仔細看看。」

溪哥連忙捧著花盆送到她眼前。

秀娘目光往下面根系上一掃，便點頭道：「果然是這樣。」

「怎麼了？」溪哥忙問。

「這是一株患了病的波斯菊。」秀娘道。

「患病？」

「嗯。」秀娘頷首。「這是晉王妃特地送來測試我的。她果然聰明，居然這麼快就想到了。」

「妳是說……」

「沒錯。」秀娘用力點頭。「她不信我昨天那些話只是隨口一說，所以就拿了這株波斯菊來測試我。如果我能看出牡丹的問題，那可以用我昨天說的話搪塞過去，可這波斯菊……這是這些年才從波斯傳來的珍貴品種，雖然比不上牡丹金貴，但價值也不低。所以，以我愛花成癡的品性，絕對不會眼睜睜看著它被病蟲害死。但如果我發現問題並治好了它，也就證實了她們的猜測。」

晉王妃，那個昨天一直掩藏鋒芒的女人，果然也是個精明通透的人。甚至，比秦王妃、齊王妃都要通透得多。

哎！只要想到這三個女人，秀娘就頭疼得不行。

這皇家的三個兒媳婦，哪個都不是好惹的！而且除了秦王妃外，另外兩個都有自己的保護色。說起來，倒是秦王妃還更好打交道一點，但偏偏這對夫妻野心又太大，自己是萬萬不能和她走到一起去的。

秀娘的煩惱也是溪哥的煩惱。

看著秀娘一臉苦悶地盯著那盆波斯菊，他一咬牙，隨手把花盆往旁一扔，一把握住了秀娘的手。「算了，妳別管這些了，這些原本就和咱們沒關係的，我也根本對這些派系之爭沒什麼興趣。明天我就給皇上上書一封，奏請去邊關帶兵。到時候你們和我一起去，遠離這個是非之地！」

「可以嗎？」聽到這話，秀娘心中一動，彷彿抓住一絲希望的曙光。

溪哥點點頭。「原本當初我和義父一道回京時，邊關百姓就十分不捨，多次跪求我們留下一人。只是皇命難違，我們不得已全都走了。而這大半年，因為沒有我們在，聽說黎國人又開始蠢蠢欲動，已經發動了幾次小型侵襲。如果不及時給他們點顏色瞧瞧的話，他們接下來肯定會變本加厲。這一點，皇上心知肚明。所以如果這個時候我主動請纓，皇上至少有五、六成的可能會答應。」

「只是……」說到這裡，溪哥眼中又帶上幾分愧疚。「又要累妳和孩子們與我一路奔波。而且西北苦寒，風沙也大，生存環境比月牙村還要惡劣得多。你們跟我去了那裡，也注定要吃苦受累。」

「吃苦受累沒關係，只要我們好好經營，那麼在哪裡都能過上好日子！」秀娘連忙搖頭。

溪哥聽了，心裡的愧疚卻更濃了幾分。

他目光直直地看著她。「妳放心，以後我絕對不會再讓妳被人欺負！一定！」

第二天一早，溪哥果然換上官服，和余大將軍一道上朝去了。

秀娘在將軍府裡等了足足三個時辰，才見他垂頭喪氣地回來。

見他如此，秀娘心裡就已經有了計較。

「事情沒成？」她問。
溪哥點頭。「今天早朝上看到我，皇上十分高興，下朝後還特地將我喚到御書房說話。我乘機就想提出去西北帶兵的請求，誰知秦王爺竟搶先一步，把他的人給推舉了出來。」
聞言，秀娘心下一沈。「看來他是早防備著你會來這一招了。」
「這個我早料到了，所以我依然主動請纓，陳述了由我去帶兵的十條好處，原本皇上都已經快被我說動了，可沒想到……」
「沒想到什麼？」
「沒想到，齊王爺突然出現，看到我就驚叫一聲，暈了過去！」
秀娘唇角一勾。「然後，大家都忙著給齊王爺叫太醫，安撫他的情緒。皇上更是一顆心都撲在齊王身上，帶兵的事情就自然拋在腦後了。」
溪哥點頭。「就是這樣。原本我還想著，既然我這麼嚇人，還不如順水推舟，再求皇上乾脆放我出去，我保證一輩子都不回京城來，更不會再嚇到病弱的皇親。可我沒想到……」
「是齊王說什麼了？」秀娘問。
溪哥再度點頭。「齊王爺從暈厥中醒過來，第一件事居然就是拉著我賠禮道歉，非說自己是被我滿身的英雄氣概給震懾到了，一時扛不住才會暈倒。他還拉著我的手不停地說仰慕我，想要跟著我學功夫，強身健體！」
「呵，看來是秦王爺知道他們直接下手不可能成功了，就虛晃一槍，把齊王爺給拉出來做擋箭牌。」秀娘頷首。「那你呢？不會因為嚇壞了齊王爺也心懷愧疚，就乖乖從了吧？」

「我再蠢笨，也知道那是他們的陷阱，怎麼可能傻乎乎往裡跳？我當時就向齊王爺告罪，說我學的都是殺招，那是保命的功夫，並不適合強身健體，將這事給婉拒了。」溪哥連忙搖頭。

「然後呢？齊王、秦王就這麼放棄了？」

「他們自然還不死心，但皇上對我的話十分贊同，並說如果齊王爺真想強身健體的話，他可以從侍衛營中選一個人來教導他。齊王聽了，就只得謝恩作罷了。」

哈，看來皇帝陛下對自己這兩個兒子的野心心知肚明，只是一直沒有拆穿罷了。只是這兄弟倆居然敢算計到他的御書房來，他還是很不高興。所以今天他此舉分明就是在偏幫溪哥，就是不知道事後秦王、齊王兩兄弟心裡如何想。

畢竟這事是皇帝陛下給推開的，那麼溪哥就不用有心理負擔了。

「不過，這樣一來，咱們想往邊關去的想法是不能實現了。」秀娘幽幽嘆了口氣。

溪哥一臉愧疚。「對不起，是我無能。」

秀娘搖頭。「無所謂，盡人事聽天命，咱們已經盡了自己最大的努力，至於最終結果，那不是我們能掌控的。你一開始也說了，勝敗都是五五之數，我也並未敢抱太大的希望。」

「不過……」馬上溪哥又道：「既然這個願望無法實現，我就乘機又向皇上提請給妳一個封誥，皇上答應了。」

嗄？

秀娘一怔，旋即明白過來，心中不由一陣波動。

「你……」

「我知道妳並不稀罕這個，但現在除了這個，我沒別的可給妳了。而且……」溪哥定定看著她。「我也期盼著，有這個名分桎梏著，妳這輩子都不能離開我身邊了。」

秀娘瞬息就明白他的意思，心裡的感動立即化作怨怒。「余言之，你又坑我！」

她拳頭揚起，想痛揍他一頓。

溪哥大大方方將自己送過來。「要打隨便打，只要能讓妳消氣，妳打死我都行。」

反正，自己的目的都已經達到了，他心裡高興得很！

看他一臉的得意洋洋，秀娘氣得不像話。「余言之，你換了名，就連性子都跟著變了嗎？以前你根本不是這樣的！」

想想當初的他，多麼的老實聽話，她說什麼就是什麼，幾乎都沒有自己的想法。可是自那群人出現後，他腦子裡就開始一個接一個的冒出各種稀奇古怪的想法，這每個想法都把她給坑得不輕！

當初那個呆頭呆腦的男人哪兒去了？

「以前是以前，現在是現在。現在的情況……也容不得我做一根木頭。」溪哥低聲道。

秀娘一滯，突然就說不出話了。

其實他說得也對，他要真是個榆木疙瘩，早八百年前就已經死了不知道多少遍了，又哪裡可能出現在自己面前，還拯救自己和孩子於水火？

「秀娘。」慢慢走到她跟前，溪哥握緊的拳頭慢慢展開，輕輕放在她肩頭。「其實，留在京城也不錯。咱們都小心些，不給他們抓到把柄就是了，以後再有機會，我一定緊緊抓住，趕緊就帶你們離開。而且京城繁華，咱們才來沒幾天呢，都沒出去看一眼就離開，似乎也太划不來了，所以我想著，過兩天我帶妳和孩子出去走走，妳覺得怎麼樣？」

「真的嗎？」聽到這話，秀娘心中一動，竟然有些期盼起來了。

之前在現代，她也是個愛逛街、愛美的小女人。每次發了薪水，她要做的第一件事就是好好犒勞自己一番，或者買點衣服、化妝品，或者和同事一起大吃一頓，如果不是那件事的話……一切都十分幸福美滿。

可自從到了這裡，她就一天到晚在為生計奔波，別說吃喝玩樂了，就月牙村那個地方，自己又能享受到什麼？已經足足五年沒有享受過逛街的快樂，現在突然有個人這麼提議，她覺得自己都要被爆棚的幸福感給炸裂了！

等靈兒、毓兒聽說這事，兩個娃娃也高興得不像樣，接下來的日子一天三遍地問溪哥什麼時候出去。

時間又過去五、六天，當知道前往邊關帶兵的人，果然就是秦王爺推舉的那個人時，秀娘夫妻相視後一陣苦笑，一顆心卻也稍稍放下了點——既然已經搶了他們的差事，秦王爺心中對他們自然也會稍稍有點歉疚，那麼至少一個月之內，他是不會來找他們的麻煩了。

所以，他們可以放心大膽地出門去了！

第二天一早，一家四口就收拾停當，高高興興地準備坐馬車出去，然而——

「言之哥哥——」冷不防的，蕙蓉郡主這個不散的陰魂又出現了，雙目纏綿地盯著溪哥，叫得一個深情婉轉。
見到這個人，秀娘就是一聲冷笑，斜著眼似笑非笑地看向溪哥。
溪哥額頭上青筋一跳。「蘭兒，妳怎麼來了？」
「言之哥哥，你要出門為什麼不告訴我？要不是偶然聽人說起，我就要錯過你了！你難道忘了嗎，以前你每次出門遊玩都會帶著我的。」
又來了。這丫頭也就這三板斧，一聲嬌滴滴的言之哥哥，一連串哀怨的埋怨，然後又是追憶過往，最後，再用她那雙水波漣漣的眸子盯著他，直到看出別人心底的愧疚為止。不得不承認，這丫頭這招運用得十分純熟，而這樣的招數對那些賤男人來說也的確管用。
瞧著吧，這都已經是第幾次用了？這男人就又開始猶豫了！
溪哥的確很糾結。以前蕙蓉郡主老纏著自己，他還能說服自己看在義父的面子上稍稍忍耐一下。但是現在，這丫頭分明就是故意想要拆散他和秀娘，還每每當著秀娘的面說一些似是而非的過往，搞得秀娘看自己的眼神都不對了！
人的耐性是有限的。這丫頭三番兩次這麼鬧騰，他都已經快扛不住了！他連忙求救般地看向秀娘。她這麼聰明，肯定知道怎麼對付丫頭。
是啊，她是知道，可是她憑什麼要告訴他？你自己惹的風流債，你自己想辦法解決，老娘才不插手！
秀娘淡淡丟給他一個「你自己好自為之」的眼神，就牽著孩子在一旁看好戲了。
溪哥見狀，也知道只能靠自己了。連忙深吸口氣，他沈下臉看著蕙蓉郡主。「今天是我和妳嫂子還有妳兩個姪兒姪女一家四口出去玩，這事也是我們早就商議好的，不方便帶外人。妳要真想去的話，可以叫孟誠他們來陪你，他們肯定都有時間。」

「你說我是外人？」蕙蓉郡主身形一晃，眼淚就掉下來了。

溪哥眼神一閃，但還是咬緊牙關。「不，我是外人。對了，我已經叫人去收拾皇上賜給我的府邸，等收拾妥當，我們就會從這裡搬出去。」

說完，也不再看蕙蓉郡主什麼反應，就趕緊轉過身，扶著秀娘母子幾個上了馬車。他自己坐在車轅上，一手拿起馬鞭一揮。

「駕！」

既然是一家四口出遊，他們也就沒有打算讓別人來插足。所以溪哥這個小將軍就勉強充當一次車夫，秀娘真是覺得與有榮焉。

當然，如果後面蕙蓉郡主沒有繼續跟幽魂一樣在他們後面跟著的話就更好了。

——未完，待續，請看文創風444《夫婿找上門》3（完結篇）

2016年8月出版

一妻獨秀

文創風 439～441

重生於他的意義，只有一個——
再好好愛她一次，絕不錯過有她的每一天！

你儂我儂　唯愛是寶／芳菲

前世從小婢女升級許國公世子最寵愛的姨娘，卻糊裡糊塗死在世子夫人手中，
今生再次被賣為奴，阿秀忍痛決定——慎選主家，保住小命優先！
但她左挑右選，居然還是進了一心想把女兒送進許國公府當世子貴妾的商戶，
主子正是被寄予厚望的大小姐，萬一事成，她這個貼身丫鬟不就要跟著陪嫁?!
那遠離國公府、遠離世子爺、只想過平安日子的願望，豈不全化作泡影……

哭棺竟哭回了八年前，蕭謹言還顧不得驚嘆自己的神奇遭遇，
如今的當務之急，是依照記憶尋找讓他又疼又憐又不捨的阿秀，
上輩子沒能護住她已經大錯特錯，這輩子哪還能讓她「流落在外」、「無家可歸」？
雖然此時的她仍是個小姑娘，他也心甘情願養著她、等她長大！
可他來不及阻止她當別家丫鬟了，現在該怎麼把人帶回許國公府啊……

2016年8月出版

爺兒休不掉

文創風 435～438

小時候明明是相看兩相厭的，
怎麼長大後竟會對她念念不忘，就此上了心呢？
雖然不願放她走，可她若執意求去，他也不會強求的，
他想，這或許便是愛吧……

人生如潮，平淡是福／容箏

一失足成千古恨！老祖宗的這句話確實真心不騙啊！
她不過是去登個山罷了，竟也能招來這種莫名其妙的意外？
當她墜崖後再睜開眼時，發現整個世界都變了，
一個陌生的時空、一戶貧窮到連狗都嫌的人家。
根據她打聽到的結果，她是這個家裡的次女，名叫夏青竹，
目前因傷暫回娘家休養……等等，娘家？她才八歲就嫁人了？!
何況被打得都逃回娘家來了，可見她那夫家有多不待見她啊！
得知這驚人的事實後，她徹底傻眼了，這還讓不讓人活呀？
細問才知，原來她是賣身葬父，去項家當童養媳的，
偏偏這世上沒有最糟，只有更糟，她那夫家簡直就是個火坑，
上有難伺候的婆婆，下有兩個不講理又愛欺負人的小姑，
還有一個心比天高、橫看豎看都看她不順眼的小丈夫項二爺，
家中什麼髒活累活全是她在做，待遇卻連個丫鬟還不如，
唉，雖說吃苦耐勞是中國傳統婦女的美德，但很抱歉，她來自現代，
所以，她決定努力掙錢還債，休掉她的二爺，投奔自由去啦～～

2016年7月出版

巧手回春

文創風 429～434

莫名穿到大雍朝，劉七巧一身婦科好功夫卻受限於環境不同，只能幫人接生，倒也在牛家莊裡有了點名號；但她就只能這樣嗎？是否有機會改造古代產科文化？

青春甜美的兒女情長　妙手救世的女醫天下／芳菲

前世婦產科醫師穿越來到這大雍朝的牛家莊，劉七巧根本是無用武之地！
但她職業病一發，看到古代婦女有難，怎能不出手幫忙？
也因此讓她一個農村小姑娘成了有名的接生婆，走路也有風～～
可沒想到在京城王府裡當管事的父親一紙家書傳來，
她劉七巧也要搬到京城，做個有規矩的王府丫鬟了 ?!
原本以為行醫生涯就此結束，沒想到王府少奶奶和王妃分別有孕，
她一不小心就從外書房升等到王妃的貼身丫鬟，
人人都指望她好好顧著王妃和未來的小少爺，這有何困難？
但身為太醫卻一副破身體的杜家少爺是怎麼回事，
從農村到王府，他一路能言善辯又糾纏不清，
她說東，他非要質疑是西；她好心幫產婦剖腹產子，卻被他潑冷水，
究竟西方婦科女醫遇上東方傳統神醫，誰能勝出……

文創風
443

夫婿找上門 2

國家圖書館出版品預行編目資料

夫婿找上門 / 微雨燕著. --
初版. -- 臺北市 : 狗屋, 2016.09
冊 ; 公分. --（文創風）
ISBN 978-986-328-632-5（第2冊：平裝）. --

857.7 105013198

著作者 微雨燕
編輯 黃鈺菁
校對 黃薇霓 周貝桂
發行所 狗屋出版社有限公司
地址 台北市104中山區龍江路71巷15號1樓
電話 02-2776-5889～0
發行字號 局版台業字845號
法律顧問 蕭雄淋律師
總經銷 知遠文化事業有限公司
電話 02-2664-8800
初版 2016年9月
國際書碼 ISBN-13 978-986-328-632-5
原著書名 《贤夫抵良田》，由北京黑岩信息技術有限公司授權出版

定價250元
狗屋劃撥帳號：19001626
網址：love.doghouse.com.tw E-mail：love@doghouse.com.tw